HENDRIK BERG

Küstenfluch

GOLDMANN
Lesen erleben

Buch

Im nordfriesischen Wattenmeer wird ein Wrack entdeckt. Vor über hundert Jahren sank das Schiff vor Pellworm und lag all die Zeit verborgen im Schlick. Nun ist der rostige Riese wieder aus den Tiefen aufgetaucht. Ein unheilvolles Zeichen? Denn während sich die Touristen über eine neue Attraktion im Wattenmeer freuen, häufen sich plötzlich mysteriöse Todesfälle an der Küste. Kommissar Krumme, der aus Berlin nach Husum gezogen ist, nimmt die Ermittlungen auf, als der Bauer Hinnerk Jessen tot aufgefunden wird. Krumme und seine neue Partnerin Pat glauben nicht, dass es ein Unfall war. Mit ihren Nachforschungen machen sie sich jedoch äußerst unbeliebt, und insbesondere Krumme, der mit den Gepflogenheiten der Nordfriesen noch nicht vertraut ist, eckt an. Dann aber fasst Jan, der kleine Neffe des Opfers, Vertrauen zum Kommissar – und offenbart Ungeheuerliches …

Weitere Informationen zu Hendrik Berg
sowie zu lieferbaren Titeln des Autors
finden Sie am Ende des Buches.

Hendrik Berg

Küstenfluch

Kriminalroman

GOLDMANN

Der Verlag weist ausdrücklich darauf hin, dass im Text enthaltene externe Links vom Verlag nur bis zum Zeitpunkt der Buchveröffentlichung eingesehen werden konnten. Auf spätere Veränderungen hat der Verlag keinerlei Einfluss. Eine Haftung des Verlags ist daher ausgeschlossen.

Dieses Buch ist auch als E-Book erhältlich.

MIX
Papier aus verantwortungsvollen Quellen
FSC® C014496

Verlagsgruppe Random House FSC® N001967

3. Auflage
Originalausgabe März 2017

Umschlaggestaltung: UNO Werbeagentur, München
Umschlagmotiv: FinePic®, München
mauritius images/Christian Bäck
em · Herstellung: kw
Satz: omnisatz GmbH, Berlin
Druck und Bindung: GGP Media GmbH, Pößneck
Printed in Germany
ISBN: 978-3-442-48556-7
www.goldmann-verlag.de

Besuchen Sie den Goldmann Verlag im Netz

1

Das Unwetter hatte sich den ganzen Tag angekündigt. Nicht mit Regen oder starken Böen. Sondern mit einer unwirklichen Stille. Wie eine Decke lag sie auf dem Meer. Erst am späten Nachmittag näherte sich aus Westen eine Brise, zuerst noch leise, dann immer lauter, mächtiger. Schwarze Wolken schoben sich über die Flut, die mit Macht auf Nordfriesland drängte.

Am Abend erreichte der Sturm seinen Höhepunkt. Immer höher trieb er die Wellen auf die Küste zu. In schaumgekrönten Linien wälzten sie sich an der Landschaft Eiderstedt, den Halligen Süderoog und Südfall, an der Insel Pellworm und Nordstrand vorbei auf das Festland zu.

Die meisten Schiffe waren längst in die sicheren Häfen zurückgekehrt. Nur ein einsamer Kutter kämpfte noch mit den tosenden Fluten. Ein weißer Punkt in der dunklen Nacht.

Fluchend hielt Stave Geerkens das Ruder mit beiden Händen fest. Trotzdem wurde die *MS Lena* wie ein Spielzeug von den Wellen hin und her geworfen. »Schietwetter!«, schimpfte Stave und versuchte, die beschlagende Scheibe mit dem Ellenbogen frei zu wischen.

Eigentlich sollte er jetzt mit Mattes und Görcan, seiner kleinen Crew, längst in einer warmen Kneipe in der Husumer Altstadt sitzen. Aber heute war eben einer der Tage, an denen alles schiefging. Es hatte bereits am Morgen angefangen. Da waren statt der angemeldeten zehn Angler nur fünf auf den Kutter geklettert. Und dann, kurz bevor sie ihr Ziel erreichten, verreckte der Motor. Die Benzinpumpe, natürlich. Schon seit Wochen hatte sie Probleme gemacht, heute Mittag hatte sie endgültig ihren Geist aufgegeben.

Mehrere Stunden trieben sie mitten auf der Nordsee herum. Görcan war ein absolutes Genie, was Motoren anging. Aber es war schnell klar, dass er noch Stunden brauchen würde, um die *MS Lena* wieder zum Laufen zu bringen.

Zu lange für die Angler, die bei ihm eine vierstündige Tour auf die Nordsee gebucht hatten. Nach einem heftigen Streit war Stave nichts anderes übrig geblieben, als Kuddl Oecker über Funk anzurufen, damit er seine Gäste mit zu den Angelgebieten und anschließend zurück zum Hafen nahm. Ausgerechnet Kuddl, Staves größter Konkurrent auf dem engen Markt der Hochseeangeltouren.

»Soll ich dich abschleppen, min Jung?«, hatte Kuddl mit einem breiten Grinsen gefragt. Natürlich hatte Stave abgelehnt.

Vielleicht wäre es besser gewesen, er hätte zugestimmt. Für den Abend war schlechtes Wetter vorhergesagt worden.

Endlich tauchte Görcan mit ölverschmiertem Gesicht aus dem Maschinenraum auf und verkündete, die Kiste würde wieder laufen.

Der Himmel hatte sich schon bedenklich zugezogen, als es zurück nach Husum ging.

Aber so ein bisschen Wind konnte Stave nicht beeindrucken. Bevor er mit seiner *MS Lena*, benannt nach seiner toten Frau, Touren für Angler organisierte, war er dreißig Jahre lang als Fischer auf der Nordsee unterwegs gewesen. Gegen die gewaltigen Stürme, die er da erlebt hatte, war das Wetter an diesem Abend nur ein harmloser Nieselregen.

Sie hatten gerade den Westerhever Leuchtturm passiert, als er es zum ersten Mal an Backbord sah. Nur ganz kurz. Ein Schatten am Horizont, nicht weit von der Hallig Südfall entfernt, die einsam zwischen der Fahrrinne und der Insel Pellworm in der tosenden Nordsee lag.

Stave kniff die Augen zusammen, um es besser erkennen zu können. Eine große Welle krachte gegen die Scheibe und nahm ihm die Sicht.

»Was is'n?«, fragte Mattes, der hinter ihm auf einer kleinen Bank saß und trotz des Unwetters ungerührt eine Stulle aß.

Stave beachtete ihn gar nicht. Er blickte auf das Radar. Und tatsächlich zeichneten sich dort in fast einem Kilometer Entfernung die Umrisse von etwas Großem ab.

Aber was?

Stave kannte diese Strecke besser als sein Wohnzimmer, unzählige Male war er hier langgefahren, bei Tag und Nacht, bei jedem Wetter. Aber so etwas Seltsames hatte er noch nie gesehen.

Wieder schaute er aus dem Kajütenfenster, konnte aber nur die Schaumkrone der nächsten Welle erkennen. Mattes stellte sich schmatzend neben ihn. Das heftige Schwanken des Kutters machte ihm genauso wenig aus wie Stave.

Er blickte auf das Radar und dann ebenfalls aus dem Fenster.

»Ein Wal?«

»Nee«, grummelte Stave und kratzte sich an seiner dicken Nase. »Das ist viel größer als ein Wal.«

In dem Moment krachte ein Donner über die aufgewühlte See, ein Blitz zerriss die Dunkelheit. In seinem Licht konnten sie Pellworms Küste am Horizont sehen, die Nordermühle, den rot-weißen Leuchtturm und dahinter, nur zu erahnen, den Turm der alten Kirche.

Aber nicht auf der Insel war der Blitz eingeschlagen. Er hatte sich ein anderes Ziel gesucht. Es lag glänzend im tosenden Meer. Etwas Metallisches. Scharfe Kanten wie ein gewaltiger Diamant. Es erhob sich aus der See, brach mit Urgewalt durch die Wellen. Wie ein schwarzes Loch schien es jedes Licht einzusaugen. Nur einen kurzen Moment erstrahlte alles so hell wie am Tag. Dann versank die Nacht wieder in kompletter Dunkelheit.

»Du lieber Gott, was war denn das?«, stammelte Mattes, immer noch mit der Stulle in der Hand.

Stave spürte, wie ihm eine Gänsehaut über den Rücken lief. »Keine Ahnung«, flüsterte er, »aber mit dem lieben Gott hat es bestimmt nichts zu tun.«

2

Eine Ratte, dachte Hinnerk, als er das Geräusch zum ersten Mal bemerkte.

Es war ein leises Scharren. Als hätte jemand nicht mehr die Kraft, die Füße zu heben, und schöbe sie stattdessen nur träge über den Boden.

Hinnerk schaute sich um. Keiner zu sehen. Er war allein auf dem Dachboden der Scheune. Aufmerksam lauschte er in die Dunkelheit, aber alles, was er jetzt hörte, war das Dröhnen des Sturms, der draußen über die Marsch fegte.

Er schüttelte den Kopf und konzentrierte sich wieder auf seine Arbeit. Das kleine Boot, das er Jan, seinem Neffen, zum Geburtstag schenken wollte. Zufrieden betrachtete er die Aufbauten, die er aus einem Stück Eichenholz herausgeschnitzt hatte. Zur Belohnung griff er nach der Pilsflasche, die auf dem Tisch stand, und trank einen Schluck. Er lehnte sich entspannt zurück und betrachtete sein kleines Reich. Auch wenn Paula, seine Frau, es nicht gerne hörte, hier fühlte er sich am Ende des Tages besonders wohl. Nur eine Werkbank, eine Lampe in dem dunklen hohen Raum, ein bisschen was zu basteln und zu reparieren, mehr brauchte es nicht, um ihn glücklich zu machen. Und zu reparieren gab es eigentlich immer etwas.

Er blickte zu dem einzigen Fenster und beobachtete, wie die schwarzen Wolken über den Himmel rasten. Morgen früh musste er eine Runde um den Hof drehen. Er war sicher, dass der Sturm Spuren hinterlassen würde. Heruntergefallene Dachschindeln, abgeknickte Äste. Ob das schiefe Baugerüst hinter dem Wohnhaus dem starken Wind standhalten würde?

Alles kein Problem für Hinnerk. So war das hier eben an der Küste, wo man lernte, mit den Folgen des Wetters zu leben.

Er schloss die Augen, genoss den Duft nach bearbeitetem Holz. Die frische, nach Meer und Salz riechende Luft, die durch das undichte Fenster in den Dachboden strömte.

Auf einmal wieder das Geräusch.

Nein, dachte Hinnerk. Das sind keine Ratten. Oder Mäuse. Oder überhaupt irgendein Tier. Abgesehen davon, dass die Schafe und Kühe auf dem Feld waren – das hörte sich an, als ob jemand draußen um die Scheune schlich.

Oder war sogar jemand in der Scheune?

Hinnerk stand auf.

»Hallo?«, rief er, aber niemand antwortete. Stille. Nur der Wind, der um das Haus blies.

Und dann wieder ein leises Schlurfen.

»Jan? Bist du das?« Er lächelte. »Hör zu, ich habe dir gesagt, du darfst nicht gucken! Es soll eine Überraschung sein.«

Keine Reaktion. Hinnerk zog die Stirn in Falten. Da hatte er sich wohl geirrt. Eigentlich sollte der Kleine ja auch längst im Bett liegen.

Wieder hörte er ein Geräusch. Dieses Mal war es eher ein Kratzen. Doch eine Ratte? Oder eine ihrer Katzen? Beides? Hinnerk wollte gar nicht wissen, was für Dramen sich hier in der Nacht abspielten.

Misstrauisch ging er zur Kante des Dachbodens. Er blickte hinunter in die Scheune, auf das Werkzeug, die Geräte, die neben dem Trecker standen und die er heute vor dem schlechten Wetter in Sicherheit gebracht hatte.

Nichts zu sehen. Alles in Ordnung. Er lächelte gedankenverloren. Wie oft war er schon allein hier oben gewesen? Unzählige Male. Noch nie hatte er Angst gehabt. Man konnte ja vieles über ihn sagen, aber eine Bangbüx war Hinnerk nun ganz bestimmt nicht.

Trotzdem, irgendwas war heute Abend anders. Etwas stimmte nicht. Etwas gehörte nicht hierher. Er spürte, wie sich die Nackenhaare aufstellten, als ob Strom in der Luft schwirrte.

Er wollte zum Arbeitstisch zurückkehren, als ihn ein heftiger Stoß in den Rücken traf. Hinnerk stöhnte auf, wollte sich umdrehen. Aber da verlor er schon das Gleichgewicht. Auf der Kante stehend ruderte er einen kurzen Augenblick mit den Armen – und fiel dann mit dem Rücken voran nach unten in die Tiefe.

Ein hässliches, schmatzendes Geräusch. Und ein fürchterliches Stechen, das plötzlich mit Wucht durch seinen Körper fuhr wie ein Meer aus brennenden Flammen.

Was war passiert? Wer hatte ihn gestoßen? Ungläubig versuchte Hinnerk, den Kopf zu bewegen. Ohne Erfolg. Er hatte keine Kontrolle über sich. Er spürte seinen

Körper nicht mehr. Arme, Beine, alles nur ein einziger quälender, drückender Schmerz.

Stöhnend versuchte er, sich aufzurichten. Aber auch das ging nicht. Stattdessen erkannte er aus den Augenwinkeln, dass etwas aus seinem Bauch aufragte. Dornen, blutige Dornen.

Und es war sein Blut.

Erschöpft sackte er nach hinten. Tränen liefen ihm über die Wangen. Er spürte einen seltsam metallischen Geschmack auf der Zunge, merkte, wie etwas Heißes aus seinen Mundwinkeln lief.

Mit aufgerissenen Augen starrte er nach oben, auf den Dachboden. Was war nur da oben? *Wer* war dort oben? Alles begann zu verschwimmen, unklar zu werden. Die Augenlider flimmerten. Das Letzte, was er noch erkennen konnte, war ein Schatten, der sich über die Kante des Bodens zu ihm herunterbeugte.

Hinnerk wusste: Er würde sterben, jetzt. Vielleicht war er schon tot. Denn auf einmal spürte er, wie eine Hand nach seinen Fingern griff. Eine Kinderhand. Sanft und zärtlich drückte sie ihn, streichelte ihn voller Mitgefühl und nahm ihn schließlich mit auf seine letzte Reise.

3

Die Welt um ihn herum drehte sich. Die Musik, die Farben, das Licht, alles wurde zu einem Strudel. Ihn schwindelte, nur einen Augenblick länger, und er wäre zur Seite gekippt.

»Tut mir leid, ich kann nicht mehr«, ächzte Krumme und hielt sich schnaufend an einer Säule fest.

»Oh bitte, noch ein letzter Wiener Walzer, Herr Kommissar«, rief Frau Schröter. Trotz ihrer 55 Jahre schien ihr die Anstrengung kaum etwas auszumachen. Mit vor Glück glänzenden Augen strahlte sie ihn an und hakte sich bei ihm unter. Krumme schüttelte den Kopf.

»Nein, ich brauche eine Pause.« *Und hören Sie auf, mich Kommissar zu nennen,* wollte er ergänzen. Seit einem Monat wohnte er nun bei ihr zur Untermiete. Und sie mochte partout nicht Theo zu ihm sagen oder ihn wenigstens mit seinem richtigen Nachnamen ansprechen.

»Na, du machst doch nicht etwa schlapp?«, rief ihm ein sehr dicker Mann mit seiner im Vergleich zu ihm sehr zierlichen Frau zu. Holger Mannsen, Kollege von der Bredstedter Schutzpolizei, und seine Frau Petra. Kaum zu fassen, mit welcher Leichtigkeit die beiden trotz Mannsens gewaltiger Leibesfülle über den Boden der Tanzschule schwebten.

Krumme hielt die Hände hoch. »Ich kann nicht mehr! Vielleicht hätte ich heute mehr trinken müssen. Außerdem sind meine Schuhe viel zu eng. Ich habe überall Blasen.«

»Ach komm, Theo. Ist doch sowieso gleich Schluss! Nur noch drei Tänze, hat Raoul gesagt.«

»Eine Rumba ist auch dabei!«, rief Mannsens Frau Petra voller Vorfreude. Schon drehten sich die beiden wie ein Karussell im Walzertakt auf die andere Seite des Raumes.

Krumme warf einen kurzen Blick zu Raoul, ihrem Tanzlehrer mit kubanischen Wurzeln, einem grauhaarigen Mann. Mit seinen über siebzig Jahren war er noch immer sagenhaft gut auf den Beinen und gab gerade einem jungen Studentenpärchen Anweisungen.

Aber Krumme hatte für diesen Abend genug. Er war ein eher mittelmäßiger Tänzer. Discofox, Slowfox, natürlich auch einen langsamen Walzer, das kriegte er hin. Aber drei Wiener Walzer hintereinander waren einfach zu viel Rock 'n' Roll für ihn. Respektvoll neigte er den Kopf vor Frau Schröter. »Nicht böse sein. Ich muss unbedingt an die frische Luft.«

Kurz darauf stand er vor dem Haupteingang der Tanzschule am nördlichen Rand der Husumer Altstadt. Krumme atmete erleichtert durch. Schon besser. Die Hände tief in den Taschen vergraben blickte er in den Himmel. Verrückt, wie dramatisch sich das Wetter in den letzten zwei Stunden verschlechtert hatte. Er schloss die Augen und lächelte. Der kühle Wind fuhr durch seine verschwitzten Haare. Der Regen prasselte ihm ins erhitzte Gesicht, lief über die Stirn und Nase und tropfte auf das Kopfsteinpflaster. Eine heftige Böe traf ihn, so dass er sich kaum auf den Beinen halten konnte.

Das Wetter war an der Nordsee nicht nur ein Grundrauschen im Hintergrund. Sondern etwas Lebendiges mit einem eigenen Willen, etwas nicht zu Kontrollierendes, das immer für eine Überraschung gut war. Das einen manchmal liebevoll in den Arm nahm. Und einem in Nächten wie diesen auch einen tüchtigen Tritt in den Hintern geben konnte.

Genau das war einer der Gründe, warum er vor einem Monat hierhergezogen war. Sein Leben in Berlin, in der großen Stadt? Schon nach kurzer Zeit nur eine graue Erinnerung, die mit jedem Tag mehr verblasste.

Krumme hörte den Donner eines nahen Blitzes und zuckte zusammen. Er blickte hinauf in den Himmel, in einen schwarzen Wirbel, wo Wolken sich nach unten wölbten, als ob sie etwas auf die Erde spucken wollten.

Auf einmal fühlte er sich unbehaglich, so allein auf diesem Hinterhof. Was stimmte nicht? Was war anders geworden? Es schien, als hätte sich ein Schatten über die Küste gelegt. Krumme dachte an die Nacht vor ein paar Jahren, als er zum ersten Mal nach Nordfriesland gekommen war. Auch damals war ein heftiger Sturm über die Marsch gefegt. Krumme war über den Deich gegangen und von einem gefährlichen Psychopathen niedergestochen worden. Doch schon bevor er den Mann getroffen hatte, war Krumme sicher gewesen, dass etwas Böses unterwegs war. Eine Ahnung nur. Aber in der langen Zeit als Kriminalkommissar hatte er gelernt, dass er auf Gefühle und Instinkte hören sollte.

»Na, ist es nicht ein bisschen kalt hier draußen?«, holte ihn ein tiefer Bass aus den trüben Gedanken. Mannsen wollte zuerst nach draußen treten zu seinem Freund, blieb aber nach einem skeptischen Blick zum Himmel lieber in der offenen Tür der Tanzschule stehen. Seine Tanzschuhe funkelten im Licht der Neonwerbung. Krumme lächelte. Dass ausgerechnet der große Mannsen so zarte Lackschuhe trug, konnte er immer noch nicht glauben. Normalerweise war sein Kollege von der Schutzpolizei nur in festen Schuhen oder Gummistiefeln unterwegs. Oder in Fußballschuhen, wenn er als Trainer der Dorfmannschaft »Concordia Kleebüll« neben dem Sportplatz stand.

»Willst du nicht wieder reinkommen? Raoul hat schon nach dir gefragt.«

»Ich habe heute eigentlich genug getanzt.«

»Tanzen ist vorbei. Wir stehen alle an der Bar. Raoul hat einen Schnaps von seiner letzten Kubareise mitgebracht.«

»Na dann muss ich wohl mitkommen.« Krumme grinste und wandte sich zum Eingang.

»Ist wirklich sehr nett, dass du Petra, Marianne und mich begleitest.«

»Macht doch Spaß!«

»Nicht wahr?« Mannsen hielt die dicke Hand vertraulich grinsend vor den Mund. »Und Marianne ist auch ein Schatz, oder?«

Krumme war klar, dass sein Kollege ihn mit seiner Freundin verkuppeln wollte, die er schon seit Schulzeiten kannte und die seit fünf Jahren Witwe war. Aber vorerst reichte es ihm, dass sie seine Vermieterin war. Trotzdem nickte er höflich lächelnd.

»Wollen wir? Nicht dass der Schnaps schon alle ist«, sagte er und zeigte auf die Tür. Mannsen zwinkerte ihm frech zu, klopfte ihm auf die Schulter und ging vor. Krumme blickte ein letztes Mal unwohl zum Himmel, wo erneut ein grelles Leuchten den schwarzen Himmel zerschnitt. Dieses Mal war der Donner bereits etwas leiser. Wahrscheinlich hatte der Blitz irgendwo draußen auf den Inseln eingeschlagen.

Eine ungemütliche Nacht. Krumme fragte sich, wie wohl der nächste Tag werden würde. Dann folgte er Mannsen in die Tanzschule.

4

Am nächsten Morgen war Stave früh auf den Beinen. Er war zwar erst um Mitternacht ins Bett gegangen, hatte aber kaum schlafen können. Kurz nach sechs stand er auf, machte sich einen Kaffee und verließ sein Häuschen am Stadtrand von Husum. Mit seinem alten Ford Transit fuhr er die Nordseestraße hinaus Richtung Nordstrand. Das war früher mal eine Insel gewesen. Anfang des zwanzigsten Jahrhunderts war sie durch einen Deich mit dem Festland verbunden worden, eine Verbindung, die später durch Landgewinnung ausgebaut wurde und Nordstrand in eine Halbinsel verwandelt hatte.

Stave überquerte den Damm und bog nach links ab, um zur südwestlichen Spitze zu fahren. Er suchte sich einen Parkplatz, dann stieg er eine Treppe hinauf auf den Deich.

Dort oben erwartete ihn eigentlich ein überwältigender Blick. Es herrschte Ebbe, das Meer hatte sich zurückgezogen. Normalerweise konnte er über das Wattenmeer bis hinüber nach Eiderstedt sehen.

Aber nicht heute.

Der nächtliche Sturm hatte sich verzogen. In ein paar Stunden schon würde die Sonne von einem makellos blauen Himmel scheinen. Doch noch lagen Nebelbänke über dem Watt und leuchteten im frühen Morgenlicht. Weiter als hundert Meter konnte er nicht sehen.

Auch gut. Stave war an der Nordsee aufgewachsen, er kannte hier jede Muschel. Er wusste genau, wo die gefährlichen Priele verliefen. Zur Sicherheit hatte er einen Kompass dabei, aber er glaubte nicht, dass er ihn brauchen würde.

Schuhe und Socken hatte er schon beim Wagen ausgezogen. Jetzt krempelte er die Hose hoch und ging hinaus in das Watt. Es quietschte, als er die Füße zum ersten Mal auf den graubraunen Schlick setzte. Wie warm der auch nach dieser stürmischen Nacht noch war!

Mit entschlossener Miene marschierte er Richtung Westen. Der Nebel war nicht überall gleich dicht, zwischendurch klarte es immer wieder auf. Dann konnte er die Hallig Südfall in der Ferne sehen. Oder Schiffe, die vor Eiderstedt im Heverstrom auf das Meer fuhren. Der Anblick der Kutter versetzte ihm einen kleinen Stich. Er wusste, es würde noch eine teure Reparatur werden, bevor er mit seiner *MS Lena* erneut Angeltouren veranstalten konnte.

Kurz vor der Stelle, wo er sein Ziel vermutete, zog der Nebel zu. Auf einmal konnte er höchstens zwanzig Meter weit sehen.

Als wenn es sich vor ihm und der Welt verstecken wollte.

Schließlich war es so weit. Zuerst nur ein Schatten, unheimlich, bedrohlich, dann wurden die Umrisse konkreter, waren immer besser zu erkennen: Ein Schiffswrack. Nicht nur eine kleine Barke, wie es sie hier im Watt überall gab. Keine verfaulten Bretter und Planken, die nur erahnen ließen, dass sie Überreste eines Boots waren. Nein, dieses Schiff bestand aus Stahl und Eisen.

Wie ein rostiger Leviathan ragte es in den Nebel, so groß, dass Stave das Heck, das immer noch tief im Watt steckte, kaum erkennen konnte.

Er schluckte, der Anblick des Riesen nahm ihm den Atem. Aufrecht erhob sich das Wrack aus dem schwarzen Schlick, bereit, jeden Moment wieder auf Fahrt zu gehen. Der farblose schorfige Rumpf schien komplett intakt. Erst als Stave etwas zur Seite trat, sah er, dass an der Backbordseite ein großes Loch klaffte. Zeichen eines Zusammenstoßes? Oder war das Schiff, ein alter Frachter, auf ein Riff gelaufen?

Vorsichtig riskierte er einen Blick in den dunklen Innenraum, konnte außer einem schwarzen Schlund aber nur wenig erkennen. Rostige Streben, Zwischenwände, Überreste einer gewaltigen Maschine. Er hörte, wie Wasser gurgelnd durch das Wrack lief.

Wie alt es wohl war? Und wo war es hergekommen?

Er schaute sich die Hülle genauer an. Das Salzwasser hatte die Farbe komplett abgewaschen, auch von dem Namen war nichts mehr zu erkennen. Er drückte vorsichtig gegen den Rumpf. Überall hatte der Rost Blasen geschlagen, doch darunter war das Eisen erstaunlich robust. Er legte die Hand auf den alten Stahl. Bildete er es sich nur ein, oder spürte er ein Vibrieren? Als ob irgendwo noch ein Motor lief. Ein Generator? Es war seltsam, aber auf verstörende Weise hatte Stave den Eindruck, ein schwaches Spannungsfeld würde das gesamte Wrack umgeben.

»Faszinierend, oder?«, hörte er eine leicht näselnde Stimme. Er drehte sich um und erblickte einen hageren Mann in einer grünen Öljacke. Genau wie er hatte der

Fremde die Hose hochgekrempelt und stand mit nackten Füßen im Watt. Die schulterlangen Haare klebten feucht vom Nebel am kantigen Schädel, um den Hals baumelte ein Fernglas.

Mit einem langen Stock, den er wie einen Wanderstab benutzte, zeigte er auf das Wrack.

»Unglaublich, was alles aus dem Watt auftaucht, wie?«

Stave zog die Füße mit einem leisen Schmatzen aus dem Schlick und ging einen Schritt zurück. »Ich habe hier schon oft Überreste von alten Schiffen gesehen«, sagte er, »allerdings noch nie ein so großes Wrack.«

»Ja, stimmt, es ist riesig. Wussten Sie, dass seit 1600 vor Pellworm über 800 Schiffe gesunken sind? Seitdem liegen sie verborgen im Watt. Windjammer, Fischkutter, Frachter. Da sind schon ein paar Brocken dabei.«

»Bis Pellworm ist es aber noch ein bisschen hin.«

»Klar. Doch mit jedem Wechsel von Ebbe und Flut bewegen sich diese Wracks weiter, versteckt unter dem Schlick. Und bei einem Sturm wie letzter Nacht können sie dann wieder auftauchen. Oft zig Kilometer von dem Ort entfernt, wo sie vor vielen Jahren gesunken sind.«

Auf einmal hörten sie ein lautes Brummen. Dieses Mal kam es nicht vom Schiff. Stave schaute nach oben, wo der Nebel sich komplett aufgelöst hatte. Überall schien bereits der blaue Himmel durch. Ein Hubschrauber kam näher und flog mehrere Kurven über das rostige Wrack.

Stave kratzte sich an der Nase. »Sieht aus, als hätte Nordfriesland eine neue Attraktion.«

5

»Noch einen Kaffee, Herr Kommissar?«

Frau Schröter stand mit der dampfenden Kanne neben ihm am Frühstückstisch und sah ihn freundlich an. Krumme bemerkte, dass sie zwar noch einen Bademantel trug, ihre Haare aber bereits frisch frisiert waren. Sie musste extra früher aufgestanden sein. Dabei waren sie beide am letzten Abend doch erst nach Mitternacht wieder zu Hause gewesen.

Krumme lächelte. »Nein danke, Frau Schröter«, sagte er, »ich habe noch.«

»Wie sieht's mit Brot aus? Soll ich Ihnen noch eine Scheibe abschneiden?«

»Nicht nötig, ich habe keinen Hunger mehr. Ihre selbstgemachte Marmelade schmeckt übrigens köstlich.«

Frau Schröter nickte zufrieden und ließ ihn dann allein in der Küche zurück. Krumme blickte seiner Vermieterin lächelnd hinterher. Die Gute, er hatte ihr schon mehrmals gesagt, dass sie sich seinetwegen keine Mühe machen sollte. Er konnte sich auch allein sein Frühstück zubereiten. Schließlich war er nicht ein Feriengast, sondern ihr Untermieter. Aber so beharrlich, wie sie bei der Anrede »Herr Kommissar« blieb, stand sie jeden Morgen vor ihm auf und sorgte dafür, dass der heiße Kaffee und das frische Brot schon auf dem Tisch standen.

Mit einem entspannten Seufzer lehnte er sich auf dem Stuhl zurück und sah hinaus auf den nach dem Gewitter der letzten Nacht wieder blauen nordfriesischen Himmel. Im Hintergrund lief das Morgenradio mit den Lokalnachrichten aus Schleswig-Holstein. Und durch das offene Fenster konnte er ein Rotkehlchen hören und die frische, salzige Luft des nahen Meeres riechen. Herrlich.

Sein neues Zuhause. Seit vier Wochen wohnte er jetzt schon in dem kleinen Haus am nördlichen Rand der Husumer Altstadt zur Untermiete. Zwei Zimmer, Bad, keine eigene Küche. Die teilte er sich mit Frau Schröter.

Schon nach so kurzer Zeit dachte er kaum noch an Berlin. Seine dunkle Wohnung in Neukölln, der Schmutz und der ständige Lärm, das muffige Büro im Polizeipräsidium in der Sonnenallee – alles nur noch trübe Erinnerungen.

Wer hätte gedacht, dass ihm der Wechsel von der Großstadt ins kleine Husum so leichtfallen würde?

Er schaute auf seine Uhr und seufzte. Zeit, zur Arbeit zu gehen. Krumme trank seinen Kaffee aus, schnappte sich seine Jacke und machte sich auf den Weg.

Die Küche im dritten Stock des Polizeipräsidiums an der Poggenburgstraße, gegenüber vom Husumer Hauptbahnhof, sah so aus wie alle Büroküchen, die von vielen Mitarbeitern genutzt wurden. Schmutzige Tassen im Spülbecken. Auf der Ablage benutzte Teebeutel. Der Mülleimer quoll über, und die Spülmaschine war nicht ausgeräumt.

Eigentlich genau wie in Krummes alter Küche in Berlin. Jetzt war er bemüht, Ordnung zu halten, vor allem, um sich vor Frau Schröter nicht zu blamieren. Gedankenverloren goss er sich einen Kaffee ein, als Hauke Friedrichs und Karsten Ludwig sich ebenfalls in die kleine Küche drängten.

»Ah, der Berliner Kollege. Alles frisch?«, erkundigte sich Friedrichs. Er war fast zwei Meter groß und hatte lange, spinnenartige Arme und Beine. Trotzdem hing ihm ein strammes Bäuchlein über die Bundfaltenhose.

Sein Kumpel Karsten ›Katsche‹ Ludwig war das genaue Gegenteil: klein und untersetzt. Sein dicker haarloser Kopf saß praktisch ohne jeglichen Hals auf dem Oberkörper, insgesamt hatte er große Ähnlichkeit mit einer Kugel.

»Moin«, sagte Krumme nur und nickte den Kollegen zu. Er konnte die beiden nicht leiden.

»Und? Wie geht's mit Ihrer neuen Kollegin?«, erkundigte sich Ludwig. Er grinste.

»Gut, sehr gut«, erwiderte Krumme tonlos und wich seinem Blick aus.

»Wie schön. Ich bin sicher, bei Ihnen kann sie noch einiges lernen«, sagte Friedrichs. Auch ihm war die Schadenfreude deutlich anzumerken.

Krumme nickte wieder. Er nahm den Kaffee und machte sich auf den langen Weg zu seinem Büro.

Diese Idioten. Er wusste genau, dass es hier in der Polizeidirektion einige gab, die ihn nicht besonders mochten. Die ihm unterstellten, dass er sich nur deshalb aus Berlin nach Husum hatte versetzen lassen, um schon mit 55 Jahren einen entspannten Vorruhestand einzuleiten.

Dann diese Geschichten aus Kleebüll und der Hallig Hooge. In beiden Fällen, einmal als aktiver Berliner Kommissar und einmal als Urlauber, hatte Krumme die Initiative ergriffen und insgesamt drei gefährliche Mörder überführt. Und dabei die Kollegen von der Kriminalpolizei in Husum nicht gut aussehen lassen, die besonders auf der Hallig nicht sorgfältig genug gearbeitet hatten.

Nun saß er selbst in der Polizeidirektion an der Poggenburgstraße. Krumme war sicher, dass es noch eine Weile dauern würde, bis er sich hier eingelebt hatte und von allen akzeptiert wurde. Solange würden einige bestimmt alles tun, um ihm das Leben so schwer wie möglich zu machen.

Dazu gehörte, dass seine Vorgesetzten ihm vor ein paar Tagen ausgerechnet eine junge Absolventin der Polizeischule ins Zimmer gesetzt hatten.

Er hatte das Büro erreicht. Durch die halboffene Tür konnte er seine neue Kollegin sehen. Sie saß hinter ihrem Computer, aber wie so oft blickte sie nur auf ihr Handy. Sie hieß Patrizia Reichel, war gerade mal 24 Jahre jung und groß gewachsen. Wie Hauke Friedrichs überragte sie Krumme fast um anderthalb Köpfe. Auch sonst war sie von eher kräftiger Statur. Nicht direkt dick, aber stämmig.

Die riesenhafte Absolventin der Polizeischule und der zerzauste Kommissar aus der Hauptstadt – Krumme wusste, dass sie beide ein ungewöhnliches Paar abgaben. Krumme holte tief Luft und ging hinein.

»War was?«, erkundigte er sich.

Patrizia schüttelte den Kopf, ohne dabei wenigstens kurz aufzuschauen.

Viel geredet hatten sie bisher nicht. Krumme war kein Meister des Smalltalks, hatte aber am Anfang ein paar Mal probiert, mit ihr zu plaudern. Über das Wetter, natürlich. Über die Qualität des Mittagessens. Über sein altes Büro in Berlin. Über den Zugverkehr auf der Bahnlinie gegenüber dem Präsidium.

Offensichtlich nicht unbedingt Themen, für die sich eine junge Frau wie Patrizia erwärmen konnte. Sie hatte stets nur knapp geantwortet und ihn dabei mit einer Mischung aus Unverständnis und Langeweile angesehen. Ob sie ihn für einen Idioten hielt? Für einen alten Mann, kurz vor der Rente, von dem man nicht mehr allzu viel erwarten sollte?

Dass er neu in Husum war, freiwillig aus der Hauptstadt in die friesische Provinz gekommen war, all das schien sie kein Stück zu interessieren. Lieber spielte sie mit ihrem Handy herum oder hackte hektisch in die Tastatur ihres Computers. Wusste der Teufel, was genau sie dort den ganzen Tag anstellte. Kriminaldirektor Krüger, ihr gemeinsamer Chef, hatte ihr irgendwelche Rechercheaufgaben im Internet gegeben. Krumme hatte kurz nachgefragt, worum genau es dabei ging. Darauf hatte sie mit einigen Fachwörtern geantwortet, in einem Ton, der wohl suggerieren sollte, dass er sowieso keine Ahnung von diesem Thema hatte. Stimmte ja auch. Aber woher sollte sie das wissen? Also nickte er betont lässig und fragte nicht weiter nach.

Na schön, er teilte sein Zimmer mit einer praktisch Fremden. Und wenn er die grinsenden Mienen der Kollegen sah, allen voran Hauke Friedrichs' und Katsche Ludwigs, war klar, dass sie ihm eins auswischen wollten. Sollte er sich darüber aufregen? Krumme beschloss, cool zu bleiben. Er hatte schon schlimmere Situationen gemeistert. Er war eben neu hier. Mit der Zeit würden sich die Dinge von allein zurechtrücken.

Also beließ er es bei »Moin, Mahlzeit, Schönen Feierabend«, ignorierte das große Mädchen hinter dem Computerbildschirm und kümmerte sich ansonsten nur um seinen Kram. In Berlin hatte er am liebsten allein gearbeitet. Patrizia schien jetzt auch kein Interesse an Teamarbeit zu haben. Darauf immerhin konnten sie sich einigen.

Ihr gemeinsames Telefon klingelte. Bevor er reagieren konnte, hatte Patrizia bereits abgenommen.

»Ja?«, sagte sie mit überraschend tiefer, tonloser, gelangweilter Stimme ins Telefon. Sie verzog keine Miene, als sie Krumme während des Gesprächs anschaute. Dann legte sie auf und fuhr sich erst einmal durch die Haare.

»Und?«, fragte er ungeduldig.

»Das war der Chef. Ein Toter. Draußen in Eiderstedt. Sie haben ihn heute Morgen gefunden. Wir sollen uns darum kümmern.«

Krumme atmete tief durch. Schluss mit den blöden Statistiken. Er schnappte sich seine Jacke von dem windschiefen Garderobenständer und freute sich. Endlich wieder echte Polizeiarbeit.

6

Nach einer nur halbstündigen Autofahrt – ihr erster gemeinsamer Einsatz, Patrizia saß überraschend nervös am Steuer – hatten sie ihr Ziel erreicht: Den Jessen-Hof, einen dreihundert Jahre alten Haubarg nahe der Nordseite Eiderstedts. Ein mächtiger Bauernhof, der komplett zu Wohnungen umgebaut worden war, in denen die Familie lebte.

Im Moment interessierte sie aber nur die Scheune. Kollegen hatten sie weiträumig abgesperrt. Vor dem offenen Tor stand bereits der Passat der Spurensicherung und neben einem Streifenwagen auch ein Rettungswagen.

»Moin«, rief Krumme fast schon wie ein echter Friese den Kollegen von der Streifenpolizei entgegen, die vor dem Absperrband eine Zigarette in der Sonne rauchten. Bei ihnen wartete neben einem Koffer auch ein Mann mit zurückgegelten Haaren. Seine Hände steckten tief in den Taschen eines langen Trenchcoats, den er trotz der Mittagshitze trug. Aber weder er noch einer der anderen beachtete Krumme. Alle starrten nur zu Patrizia, die mit schwarzer Jeans, einem sackartigen T-Shirt und halbhohen Chucks wie eine dunkle Riesin hinter ihm stand.

Patrizia schien solche Blicke gewohnt zu sein. Zumindest ließ sie sich nichts anmerken. Mit ausdrucksloser Miene blieb sie im Hintergrund – und zog ihr Handy aus der Tasche, um ihre letzten Nachrichten zu checken. Oder was auch immer. Krumme seufzte. »Sie sind der Neue aus Berlin, oder?«, fragte einer der beiden Streifenpolizisten, ein stoppelhaariger Bodybuilder mit tiefliegenden Hundeaugen.

Krumme verzog das Gesicht und zeigte auf den Krankenwagen. »Was macht der denn hier?«

Der Kollege des Bodybuilders, ein magerer Mann mit krummem Rücken und verschlagenem Hyänenblick, grinste.

»Der ist für die Schwester des Toten. Sie hat ihn heute Morgen gefunden und ist gleich umgekippt.«

»Kein Wunder, ist echt kein schöner Anblick«, sagte der Mann mit dem Gel in den Haaren.

»Und Sie sind …?«, fragte Krumme.

»Schröder, Gerichtsmedizin«, antwortete der Mann, ohne die Hände aus den Taschen zu nehmen.

»Sagen Sie bloß, Sie sind schon fertig?«

Der Mediziner nickte. »Die Todesursache ist mehr als klar. Ich nehme an, es ist kurz vor Mitternacht passiert. Den Rest sage ich Ihnen, wenn ich den Burschen auf meinem Tisch hatte.«

Krumme beschloss, sich den Tatort endlich selbst anzuschauen. Als er Patrizia mit einem Zeichen aufforderte, ihm zu folgen, bemerkte er, wie sie gerade mit ihrem Handy und dem Polizeiwagen im Hintergrund ein Selfie knipste.

»Wollte ich posten. ›Mein erster Fall‹«, erklärte sie verlegen, als sie seinen vorwurfsvollen Blick sah.

»Spinnst du? Pack bloß das Scheißding weg«, zischte Krumme.

Als die beiden schließlich die Scheune betraten, verstanden sie sofort, was der Gerichtsmediziner gemeint hatte. Ihnen bot sich ein recht unappetitlicher Anblick, auf den Krumme in dieser friesischen Idylle überhaupt nicht gefasst war. Auch seine junge Kollegin stöhnte leise auf. Für einen Moment sah sie aus wie ein junges Mädchen – was sie in ihrem Herzen wohl auch war. Krumme atmete tief durch und trat langsam an den Toten heran.

Der dunkelhaarige Mann steckte mit weit ausgestreckten Armen auf den Dornen einer Egge, die sich an vier Stellen durch seinen Körper gebohrt hatten. Seine aufgerissenen Augen starrten in einer Mischung aus Entsetzen und Verständnislosigkeit zum Dach. Der Boden war schwarz von seinem getrockneten Blut. Krumme sah, wie Patrizia neben ihm würgte und sich die Hand vor den Mund hielt. Da muss sie durch, dachte er. Eine Kriminalpolizistin sollte so einen Anblick ertragen können.

Der Beamte mit dem schiefen Rücken, der ihnen in die Scheune gefolgt war, bemerkte, wie Patrizia litt.

»Autsch, das hat wehgetan, was?«, sagte er und grinste dabei über das ganze Gesicht. Patrizia schwieg und wendete sich ab.

»Haben Sie sonst noch eine sinnvolle Information für uns?«, erkundigte sich Krumme.

»Hinnerk Jessen, 38 Jahre. Landwirt. Ist von dem Boden da oben heruntergestürzt.«

»Der Hof gehört ihm?«

»Nein, seinem Vater Tore Jessen. Hinnerk hat sich um die Landwirtschaft gekümmert, zusammen mit seinem Vater und seinem Bruder Finn. Ihre Schwester Ingrid Jacobs und deren Mann wohnen mit ihren beiden kleinen Kindern ebenfalls hier auf dem Hof, haben aber mit der Landarbeit und der Viehwirtschaft nichts zu tun.«

Krumme blickte zu Patrizia, die bereits ihr Notizheft herausgeholt hatte und mitschrieb. Sehr gut.

»Und wo sind die alle?«, fragte er.

»Hinnerks Frau ist gerade bei ihrer Schwester in Hamburg. Ingrids Mann ist auf Geschäftsreise. Die anderen haben wir ins Haus geschickt, bis wir mit ihnen reden können.«

Krumme nickte zufrieden.

»Spurensicherung?«

»Ich bin hier oben«, kam eine Stimme vom Scheunenboden. Krumme schaute sich um und fand eine schmale Treppe, die hinaufführte. Patrizia folgte ihm.

Der Kollege, ein rund 50-jähriger Mann mit hoher Stirn und buschigen Augenbrauen über einem strengen Gesicht, fotografierte gerade Hinnerks Arbeitstisch. Krumme stellte sich und Patrizia vor. Der Mann hieß Köhler.

»Dürfen wir uns ein bisschen umschauen?«, erkundigte sich Krumme.

Köhler sah ihn zuerst verständnislos an, nickte dann. »Bitte, machen Sie, was Sie wollen. Ich bin hier fertig.«

»Schon?«

Der Mann kniff die Augen zusammen und musterte den Kommissar. »Jawohl. Ich habe alles fotografiert und Fingerabdrücke genommen. Ansonsten war hier nichts zu holen. Kein Müll, keine Spuren. Hinnerk hat vor seinem Tod alles sauber gemacht.«

Krumme sah sich überrascht um. Tatsächlich war auf dem Dachboden kein Staub zu sehen.

»Also für mich ist die Sache klar«, fing sein Kollege an. »Der Mann hat hier oben gebastelt und dazu das ein oder andere Bierchen getrunken. Dann wollte er noch ordentlich Klarschiff machen. Aber so angeschickert, wie er war, hat er da vorn das Gleichgewicht verloren, ist vom Boden runter auf die Egge gefallen – und zack!« Patrizia zuckte zusammen, als er mit beiden Händen aufeinanderklatschte.

»Sie meinen, er war betrunken?«

»Vielleicht nicht besoffen, aber ein bisschen beschwipst auf jeden Fall.« Er zeigte auf vier leere Bierflaschen, die neben einem Modellschiff standen. Unter dem Tisch war eine Kiste mit weiteren Flaschen zu sehen. »Genaueres kann Ihnen natürlich nur der Gerichtsmediziner sagen.«

»Also ein Unfall, meinen Sie?«

Köhler schloss seine Tasche mit einem leisen Klicken.

»So sieht's doch aus, oder nicht? Aber wen interessiert hier schon meine Meinung?« Er zog ein Taschentuch aus seiner Hose und schnäuzte sich. Dann schnappte er seine Sachen und wollte nach unten gehen.

»Was ist mit dem Rest der Scheune?«, fragte Krumme.

Köhler starrte ihn verwirrt an.

»Ich will, dass auch unten alles nach Fußspuren abgesucht wird.«

»Die ganze verdammte Scheune?« Der Mann sah ihn ungläubig an.

Krumme nickte. »Nach Fingerabdrücken natürlich auch. Und vergessen Sie nicht die Egge und die anderen Maschinen.«

Köhlers Augen wurden zu Schlitzen. »Aber wenn es doch ein Unfall war?«

»Das werden wir schon sehen. Holen Sie sich ruhig Verstärkung, wenn Sie Hilfe brauchen. Vielen Dank«, ergänzte Krumme, um ihm zu zeigen, dass das Gespräch für ihn zu Ende war.

Köhler musterte ihn abschätzig. Dann nahm er seine Tasche und machte sich auf den Weg. Er fluchte leise, als er auf der steilen Treppe fast das Gleichgewicht verlor.

Krumme ging langsam auf dem Dachboden herum, blickte in jede Ecke und sah sich alles genau an. Es roch nach altem Stroh und Kuhdung. Ansonsten war alles so sauber und aufgeräumt, dass man vom Boden hätte essen können.

Vorsichtig riskierte er einen Blick durch die Dachbodenöffnung nach unten. Das Licht der Sonne fiel in einem breiten Strahl durch das Tor genau auf den toten Hinnerk. Von hier oben sah er aus wie ein gekreuzigter Heiliger.

»Passen Sie auf, dass Sie nicht auch noch runterfallen«, sagte Patrizia, die sicherheitshalber auf Abstand blieb. Krumme hatte ihr eigentlich das kollegiale »Du« angeboten. Aber sie schien doch so viel Respekt vor ihm zu haben, dass sie lieber beim »Sie« und »Herr Krumme« blieb.

Er trat einen Schritt zurück und schaute sich weiter um. Das alte, durchgesessene Sofa, der Kalender an der Wand, die Fußballzeitungen auf dem Tisch. Offensichtlich war diese Ecke für Hinnerk nicht nur ein Arbeitsplatz, sondern auch eine Art Wohnzimmer gewesen.

Er hörte ein leises Rascheln. Gab es hier Mäuse? Oder Ratten? Er hasste Ratten! Er musste an den Hinterhof seiner alten Berliner Wohnung denken, an das pelzige Monster, das er dort einmal neben dem Müll entdeckt hatte.

Wieder das Geräusch, dieses Mal aber viel leiser. Angestrengt lauschte Krumme in die Stille. War das wirklich ein Tier? Vielleicht eine Kuh, die irgendwo im Stall stand?

»Ist was?«, erkundigte sich Patrizia.

»Was denkst du, was hier passiert ist?«, fragte er sie. Patrizia überlegte einen Moment, zuckte dann mit den Schultern.

»Stimmt schon, sieht alles nach einem Unfall aus. Obwohl …« Sie zeigte zu dem Modellschiff, das immer noch auf dem Arbeitstisch lag. »Ich kann nicht glauben, dass jemand, der so süße Dinge bastelt, so besoffen ist, dass er einfach von der Scheune fällt.«

Krumme betrachtete seine junge Kollegin. Er nickte zufrieden.

»Komm, mal schauen, was die Familie sagt.«

7

Der Jessen-Hof war bis vor dreißig Jahren ein Haubarg gewesen, in dem es neben dem Wohnbereich auch Platz für Tiere und Landmaschinen gegeben hatte. Mittlerweile war der Hof komplett als Wohngebäude umgebaut worden.

Die Kollegen hatten Krumme verraten, dass die Angehörigen in der Wohnung von Ingrid Jacobs warteten, Hinnerks Schwester, die zusammen mit ihren beiden kleinen Kindern und ihrem Mann Niklas auf dem Hof lebte.

Als Krumme und Patrizia die geräumige Küche mit einem wunderbaren Blick auf den weitläufigen Garten betraten, saßen dort eine Frau mit rot geweinten Augen und ein Hüne, beide mit schwarzgelockten Haaren. Ingrid Jacobs und Finn Jessen, die beiden Geschwister des Toten. Dazu eine gelangweilt dreinblickende Beamtin der Schutzpolizei, die in der Ecke in einer Illustrierten blätterte.

Krumme setzte sich mit Patrizia an den Tisch. Stirnrunzelnd bemerkte er, dass seine junge Kollegin nicht nur ihr Notizheft herausholte, sondern auch ihr Handy griffbereit vor sich auf die Tischplatte legte.

»Mein Beileid«, sagte Krumme. Ingrid schluchzte leise und wischte sich zitternd eine Träne aus den Augen.

Ihr Bruder Finn nickte nur niedergeschlagen und starrte auf seine riesigen Hände. Krumme blickte zu Patrizia, die Finn aufmerksam und mit einem wohlwollenden Lächeln betrachtete.

Krumme warf ihr einen vorwurfsvollen Blick zu, worauf Patrizia verlegen nach unten sah.

Er erkundigte sich, wer noch hier auf dem Hof lebte. Mit starrer Miene erzählte Ingrid, dass es vier Wohnungen gab. Der tote Hinnerk lebte zusammen mit seiner Frau Paula, die gerade ihre Schwester in Hamburg besuchte und noch nichts von dem Tod ihres Mannes wusste. Finn wohnte allein in einer kleinen Wohnung im Erdgeschoss und war zusammen mit Hinnerk und ihrem Vater Tore, der oben unter dem Dach wohnte, für die Arbeit auf dem Hof verantwortlich. Ingrid selbst lebte mit ihrem Mann Niklas und ihren Kindern Jan und Grete in der größten Wohnung mit der Terrasse und dem Garten. Sie erklärte den Beamten, dass Niklas eine Druckerei in Tönning besaß und gerade auf Geschäftsreise in München war.

»Und Ihre Kinder? Wo sind die jetzt?«, fragte Krumme.

»Olga, unsere Betriebshelferin, passt auf die beiden auf«, sagte Ingrid.

»Ihre Betriebs… was?« Krumme sah sie an.

»Ihre Magd«, erklärte Patrizia.

Ingrid verriet ihm, dass das Zuhause der alten Dame, die praktisch ihr ganzes Leben auf dem Jessen-Hof verbracht hatte, eine kleine Wohnung neben der ehemaligen Gemeinschaftsküche war.

Krumme hatte sich alles notiert. Genau wie Patrizia, wie er zufrieden feststellte.

»Und Ihr Vater? Sollte der nicht auch hier sein?«

Ingrid blickte zu Finn. Der räusperte sich und ergriff zum ersten Mal mit friesisch gedehnter Stimme das Wort: »Er wollte noch die Kühe versorgen. Müsste gleich kommen.«

Krumme nickte und überlegte, wie er jetzt vorgehen sollte. Eigentlich war es besser, die beiden Geschwister einzeln zu befragen. Wieder bemerkte er einen kurzen, keuschen Blickkontakt zwischen Patrizia und Finn. Ingrids Bruder erinnerte ihn in Größe und Aussehen ein wenig an Harke, ein riesenhafter Knecht, der genau wie sein Kollege Mannsen in Kleebüll, einem kleinen Dorf nördlich von Husum, lebte. Und der ihm vor zwei Jahren das Leben gerettet hatte. Der gleiche leicht verträumte Blick. Nur dass Finn mit seinen schwarzen Locken, seinem Dreitagebart und seinen warmen, dunklen Augen im Gegensatz zu Harke ein richtiger Frauentyp war.

Er sah zu Ingrid. »Frau Jacobs, Sie haben Ihren Bruder gefunden?«

Sie schüttelte den Kopf. »Nein, das war Olga. Sie wollte heute Morgen in der Scheune nach den Kätzchen schauen. Da hat sie Hinnerk entdeckt und sofort mich geholt und …« Sie stockte, rang wieder mit den Tränen. Ihr Bruder griff mitfühlend nach ihrer Hand, worauf sie schluchzend den Kopf an seine Schulter legte.

»War er oft in der Scheune?«

Finn antwortete. »Sehr oft. Für Hinnerk war es das Größte, Sachen zu bauen oder zu reparieren.«

Krumme nickte und überlegte einen Moment.

»Wollen Sie einen Kaffee?«, fragte ihn Ingrid.

»Sehr gerne.« Sie stand auf und ging zum Schrank.

»Und dann würde ich gerne erst einmal mit Ihrer Ma… mit Ihrer Betriebshelferin sprechen.«

Finn stand ebenfalls auf. »Ich hole sie.«

Krumme streckte den Rücken. »Gibt es hier einen Raum, wo ich allein mit ihr reden kann?«

Finn sah ihn verwirrt an. »Nur Sie und Olga?«

»Genau. Und danach auch mit Ihnen und Ihrer Schwester.«

»Aber …«

»Der Rest wartet jeweils hier in der Küche.« Er wandte sich an Patrizia. »Und die Kinder sollen sich auch schon mal bereithalten.«

»Was soll das denn werden?«, meldete sich ein heiserer Bass in seinem Rücken. Krumme drehte sich überrascht um. Hinter ihm stand ein großer, kräftiger älterer Mann. Er schätzte ihn auf um die siebzig Jahre. Glatze, dichter weißer Vollbart, der ihm das Aussehen eines biblischen Patriarchen gab. Blaue Augen, die hinter der kleinen Nickelbrille hellwach funkelten. Er trug eine khakifarbene Regenjacke, weite Jeans und dunkelgrüne Gummistiefel. Nicht besonders elegant. Trotzdem hatte der Mann eine Präsenz, die mit einem Mal die ganze Küche füllte.

Dazu gehörte auch der mächtige Schäferhund, der direkt neben seinem Herrchen stand und mindestens genauso furchterregend dreinschaute.

Krumme fühlte sich auf einmal wie ein Schuljunge vor einem strengen Lehrer. Er stand auf und stellte sich und Patrizia höflich vor.

Der Alte sah ihn abschätzig an. Erst nach einem langen Moment erwiderte er den Gruß und griff nach Krummes Hand.

»Jessen. Das hier ist mein Hof. Und das ist meine Familie.«

Krumme nickte. »Mein Beileid zum Tod Ihres Sohnes.« Der Alte verzog kaum eine Miene, aber die Schatten unter seinen roten Augen zeigten ihm, wie sehr ihn Hinnerks Tod mitgenommen hatte. Immer noch machte er keine Anstalten, sich zu ihnen zu setzen. Im Gegenteil.

»Sie haben mir nicht geantwortet. Was genau machen Sie hier?«

Krumme tauschte einen irritierten Blick mit der ebenfalls verwunderten Patrizia aus. »Wir reden mit Ihrer Familie, um herauszufinden, was genau hier in der letzten Nacht passiert ist.«

Tore Jessen kniff die Augen zusammen und musterte ihn vorwurfsvoll: »Sie reden nicht mit meiner Familie. Sie wollen sie verhören.«

»Das ist Routine.«

»Das ist eine Unverschämtheit.«

Krummes Miene fror ein. »Wie bitte?«

»Hinnerk war mein Sohn.« Der alte Mann zeigte zu Finn und Ingrid. »Ihr Bruder, der Onkel ihrer Kinder. Glauben Sie im Ernst, einer von uns hätte was mit seinem Tod zu tun?«

»Im Moment glaube ich gar nichts. Aber da drüben in der Scheune ist ein Mensch gestorben. Ich will nur verstehen, was auf diesem Hof passiert ist. Und solange ich nichts Genaues weiß, ist es meine Pflicht, in alle Richtungen zu ermitteln.«

»Ach ja? Und eine Richtung heißt, Hinnerk wurde von seiner Familie umgebracht?«

Krumme schwieg, presste die Lippen aufeinander.

Tore Jessen schob die Brille auf der Nase ein Stück nach oben und richtete sich zur vollen Größe auf. »Herr Kommissar, ich habe gerade mit Ihren Kollegen da draußen gesprochen.« Er zeigte mit dem hageren Finger hinaus zur Scheune, wirkte dabei wie Moses, der seinem Volk den Weg durch die Wüste wies. »Die sind alle davon überzeugt, dass Hinnerks Tod ganz klar ein tragischer Unfall war.«

Krumme fiel der Unterkiefer nach unten.

»Wirklich?«

Tore verschränkte die Arme, musterte ihn wie ein ungehorsames Kind. »Sie sagen, mein Sohn ist gestolpert und in den …« Er zögerte kurz. Seine Stimme bebte. »In den Tod gestürzt.«

Krumme verdrehte die Augen. »Wie können die das jetzt schon behaupten, wo …«

»Das sind Ihre Leute. Experten. Aber ich will Ihnen mal was sagen, Herr …«

»Krumme.«

»Herr Kommissar. Ich will nicht, dass Sie meine Familie in diesen furchtbaren Stunden auf so eine Weise unter Druck setzen. Deshalb fordere ich sie auf, den Hof auf der Stelle zu verlassen.«

8

»Das hast du wirklich geträumt?« Die alte Frau hielt ihn mit ihren faltigen Händen an den Schultern und sah ihn mit ihren vom grauen Star gezeichneten Augen eindringlich an. Sie sprach leise, um der kleinen Grete keine Angst zu machen, die am Tisch saß und konzentriert ein Bild ausmalte. »Ja, ich schwöre, das habe ich geträumt«, sagte Jan. Er zitterte. Er bemerkte, wie besorgt die Magd war, und das machte ihm Angst.

»Weißt du, was das bedeutet?«, erkundigte er sich nervös.

Sie überlegte. Dabei hielt sie ihren Kopf so dicht vor seinen, dass er sie riechen konnte. Olga roch etwas muffig. Jan fand, dass sie dafür doch recht lebendig aussah.

»Ein Zeichen, ich bin sicher, das ist ein Zeichen«, erklärte sie feierlich.

»Wofür?«

»Ein Schatten hat sich über die Küste gelegt. Etwas Schlimmes ist passiert. Und es kann immer wieder geschehen«, raunte die alte Frau. Sie schaute sich im Raum um, als befürchtete sie, ein Kobold würde ihr jeden Moment in den Nacken springen.

Jan spürte, wie sich ein frostiger Schauer über seinem Rücken ausbreitete. Dabei war es ein warmer, noch nicht zu heißer Sommertag.

Olga nahm jetzt sein Gesicht in ihre beiden Hexenhände. »Jan, versprich mir, dass du keinem davon erzählst.«

»Auch nicht Mama oder Papa?«

»Gerade denen nicht. Die würden das nie verstehen.«

Jan überlegte. Tatsächlich hatte vor allem seine Mutter bisher wenig Verständnis für seine Träume gezeigt. Wenn Jan ihr von den Bildern erzählte, die ihn ständig quälten, streichelte sie ihm nur über den Kopf und sah ihn besorgt an. »Mein armes Kind«, sagte sie dann meistens, »du hast einfach zu viel Fantasie.«

Er nickte. »Ich sag nichts.«

Die alte Frau streichelte ihm über den Kopf. »Braver Junge.«

Es klopfte an der Tür. Finn schaute in das Kinderzimmer. »Olga, kommst du mal kurz?«

Mit einem Ächzen richtete sich die Magd auf. Sie schleppte ihren gebeugten Körper zur Tür, drehte sich aber noch einmal um. »Kein Wort, Jan, hast du verstanden?« Dabei hob sie mahnend ihren langen Zeigefinger. »Kein Wort!« Sie schenkte Grete noch ein liebevolles Lächeln und verließ dann das Kinderzimmer.

»Was sollst du nicht sagen?«, fragte Grete, ohne von ihrem Bild aufzuschauen.

»Darf ich dir nicht verraten. Ist ein Geheimnis.«

»Was für ein Geheimnis?«

»Wenn ich dir das sage, ist es ja kein Geheimnis mehr.«

Grete schaute nun doch einmal auf und sah verwirrt zu ihm herüber. Schließlich zuckte sie nur mit den Schultern. Sie konzentrierte sich weiter auf ihr Bild. Mit leise quietschendem Filzstift malte sie in ihrem Buch die einzelnen Felder einer Blume aus.

Jan betrachtete sie neidisch. Grete hatte Glück. Sie wusste gar nichts. Von dem, was Onkel Hinnerk passiert war. Von den ganzen schlimmen Dingen. Sie musste sich noch keine Sorgen machen.

»Hast du wieder schlecht geträumt?« Grete schien seine Gedanken erraten zu haben.

»Ein bisschen«, gab Jan nach kurzem Zögern traurig zu.

»Und was?«

»Ach«, machte er nur und zuckte mit den Schultern. Er sprang auf ihr gemeinsames rotes Sofa. Gedankenverloren griff er nach einem Comic, legte es aber gleich wieder zurück. Er hatte jetzt keine Lust auf lesen.

Stattdessen starrte er niedergeschlagen an die Wand. An der hingen ein paar von Gretes bunten Zeichnungen, aber Jan nahm sie überhaupt nicht wahr. Genauso wenig wie das Zwitschern der Spatzen draußen auf dem Hof. Die warme Sonne. Das sanfte Rauschen der Blätter. Jan war gerade in einer ganz anderen Welt. Sein kleiner Kopf dröhnte noch immer von den dunklen Bildern der letzten Nacht. Was war da nur passiert? Er konnte es einfach nicht begreifen.

Er hielt sich beide Hände vor die Augen, versuchte, sich zu konzentrieren, um zu verstehen.

Onkel Hinnerk war tot, das hatte Olga ihm erzählt. Was genau passiert war, hatte sie ihm nicht verraten, nur dass es etwas unglaublich Schreckliches gewesen war. Sie wolle ihm keine Angst machen, hatte Olga behauptet. Aber durch ihre düsteren Andeutungen hatte sie es für ihn erst richtig unheimlich gemacht.

Aber eigentlich wusste er ja, was geschehen war. Er

hatte es nicht gesehen. Aber gefühlt. Als wenn er selbst dabei gewesen wäre.

Onkel Hinnerk war gestorben. Er hatte schlimme Schmerzen gehabt. Und er war in seinen letzten Momenten so einsam gewesen. Das hatte Jan deutlich gespürt. Sein Lieblingsonkel, der Segelschiffe, Autos und Drachen für ihn gebastelt hatte, war tot. Jan hatte seine Qualen spüren, aber ihm nicht helfen können.

Jan seufzte. Er drehte sich zur Seite, damit Grete nicht sah, wie er sich eine Träne aus den Augen wischte. Er wollte doch ein großer Junge sein!

Er war mitten in der Nacht aufgewacht. Sofort hatte er gewusst, dass diese düsteren Erinnerungen nicht nur ein Traum gewesen waren. Es war wirklich passiert.

Jan hatte oft diese seltsamen Träume zwischen Fantasie und Wahrheit. Oft wusste er, was im nächsten Moment passieren würde. Spürte, was ganz woanders geschah. Er konnte das Heu riechen, wenn sein Opa Tore in der Scheune arbeitete. Fühlte den Wind in den Haaren, wenn Finn mit dem Trecker über den Deich fuhr. Und ahnte, dass er mit dem Reifen in ein Erdloch rutschen würde, selbst wenn er im gleichen Moment Kilometer entfernt auf der roten Couch im Jessen-Hof saß. Seine Eltern fanden das unheimlich. Aber ihm machten diese seltsamen Bilder keine Angst. Sie waren ein Teil von ihm wie seine Hände, Haare oder Augen.

Aber dieses Mal war es anders gewesen. Ganz anders.

Es war so, wie Olga gesagt hatte. Ein Schatten hatte sich auf einmal über die Küste gelegt. Etwas Böses, er konnte es deutlich spüren. Ein Beben in der Nähe, das schnell näher kam. Es war ganz plötzlich aufgetaucht, hatte den Himmel verdunkelt und sich wie schwarzer Nebel in seine Gedanken gedrängt.

Und es war nicht nur bei einer dunklen Ahnung geblieben. Er hatte Olga alles erzählt. Sie war die Einzige, die ihm zuhörte und ihn verstand.

Er hatte den Mann gesehen, der Onkel Hinnerk umgebracht hatte. Nicht das Gesicht, eigentlich nur die Statur. Ein Mann eben. Noch wusste er nicht, wie es passiert war. Aber irgendetwas Schlimmes hatte er getan. Der schwarze Mann. Plötzlich war er in seinem Traum, in seinem Kopf aufgetaucht, ein Schatten nur. Er war auf Onkel Hinnerk zugegangen. Jan hatte versucht, ihn zu warnen. Aber keine Chance. Auf einmal waren da nur Schmerzen gewesen. Und der Tod.

Von Erinnerungen gepeinigt stöhnte Jan so laut, dass Grete erschrocken aufschaute.

»'tschuldigung«, stammelte Jan verlegen mit belegter Stimme. Er wollte seiner kleinen Schwester keine Angst machen. Im Gegenteil, er war ihr großer Bruder, er musste sie vor allem Bösen beschützen.

Mit weichen Knien rutschte er vom Sofa herunter und stolperte zum halboffenen Fenster. Er konnte auf den Platz zwischen dem Hof und der Scheune sehen, wusste, dass dort drinnen irgendwo Onkel Hinnerk war.

Du darfst dort auf keinen Fall hineingehen, hatte Olga ihn gewarnt. *Niemals*!

Er überlegte. Ob Olga recht hatte? Er vertraute ihr. Seit er denken konnte, war sie auf dem Hof. Für ihn und Grete war sie wie eine echte Oma. Sie verbrachte viel mehr Zeit mit ihnen als seine Eltern, die beide fast den ganzen Tag in der Druckerei in Tönning arbeiteten.

Olga wusste immer, was zu tun war.

Aber dieses Mal war er nicht sicher. War es wirklich richtig, sein Wissen für sich zu behalten? Sollte er die Wahrheit nicht einem anderen Erwachsenen erzählen? Den Eltern? Vielleicht auch Opa Tore? Er sagte fast nie etwas zu seinen Träumen. Aber die Art, wie er ihn aufmerksam betrachtete, ihn mit den blauen Augen hinter der kleinen Brille musterte, zeigte Jan, dass Opa Tore ihn sehr gut verstand. Manchmal hatte er sogar das Gefühl, dass auch er mehr sehen konnte als andere Menschen.

Ein Mann kam aus dem Haus. Jan hatte ihn noch nie gesehen. Seine sowieso schon zerzausten Haare wurden vom Wind ordentlich hin und her gepustet, die Jacke blähte sich auf wie ein Ballon.

Das musste der Kommissar sein, von dem Onkel Finn erzählt hatte. Jan schaute ihn sich sehr genau an, er hatte noch nie einen echten Kommissar gesehen. Nur im Fernsehen, aber die waren nicht echt, das wusste er.

Finn hatte mit viel Respekt von dem Kommissar gesprochen. Schließlich war er der erste Polizist, der jemals auf den Hof gekommen war. Jan wusste nicht genau, warum, aber er hatte den Eindruck, dass der Mann überhaupt nicht hierhergehörte. Vielleicht, weil er beim Gehen mit dem Schuh an einem Stein hängen blieb und fast auf die Nase fiel.

Der Kommissar schien sehr schlechte Laune zu haben. Selbst auf die lange Entfernung konnte Jan spüren, wie wütend er war. Er ballte die Fäuste, während er über den Hof ging, seine Augen funkelten. Mit zusammengepressten Lippen marschierte er über das Kopfsteinpflaster und verschwand in der Scheune. Nach einer Weile kam er wieder heraus, zusammen mit einem Mann in einem langen Mantel und Gummihandschuhen. Was der hier wohl machte? Jan hatte keine Ahnung.

Die beiden Männer waren zu weit weg, er konnte nicht verstehen, worüber sie redeten. Aber es war sehr deutlich, dass sie keine Freunde waren. Der Kommissar mit den zerzausten Haaren und den tiefen Falten unter den Augen schimpfte, wedelte dabei wild mit den Armen. Doch das schien dem anderen völlig egal zu sein.

Nun kam auch noch sein Opa hinzu. Zusammen mit Finn, Olga und einer sehr großen Frau ging er zu dem Kommissar. Sogar Wolf trottete über den Hof, folgte wie immer seinem Herrchen.

Opa Tore war sehr sauer. Jan wusste, dass man ihm dann am besten aus dem Weg ging. Aber der Kommissar schien ziemlich hartnäckig zu sein. Doch gegen Opa Tore hatte er keine Chance, niemand hatte das. Schließlich ließ Opa ihn einfach stehen und ging zusammen mit Olga und Finn zurück ins Haus. Der Mann mit dem langen Mantel verzog sich wieder in die Scheune. Die große Frau und der Kommissar blieben allein zurück. Die Frau zuckte mit den Schultern und verschwand dann ebenfalls aus Jans Blickfeld.

Der Kommissar tat Jan leid, wie er da mit hängendem Kopf auf dem Hof stand. Er beobachtete, wie er sich mit beiden Händen über das Gesicht rieb, um anschließend genervt in den Himmel zu schauen.

Doch dann stutzte er.

Und blickte genau in seine Richtung. Er hatte ihn hinter der Gardine bemerkt! Jan erstarrte erschrocken, konnte sich auf einmal nicht rühren. Für einen kurzen Augenblick sahen sie einander in die Augen. Der Kommissar lächelte ihm freundlich zu, winkte sogar. Und Jan winkte zurück, mechanisch, ohne zu überlegen.

Dann sprang er zur Seite und versteckte sich, so schnell er konnte, hinter der Gardine.

9

»Na, Sie Armer, ist heute nicht so gut gelaufen auf dem Jessen-Hof, oder?« Hauke Friedrichs' sanfte Stimme sollte nach Mitgefühl klingen, aber in dem breiten Grinsen erkannte Krumme nur Hohn und Spott.

»Es geht«, brummte er und blickte demonstrativ auf seine Unterlagen. »Wir sind noch am Anfang. Aber ich bin sicher, wir werden den Fall lösen.« Er blickte kurz zu Patrizia, die trotz ihrer Größe so gebückt hinter ihrem Computer saß und einen Schokoriegel futterte, dass sie kaum zu sehen war.

»Ich habe gehört, der alte Tore hat Sie vom Hof gejagt?«

»Sie haben ja erstaunlich viel gehört.«

Friedrichs nickte fröhlich. Er schaute kurz zu Patrizia, aber die duckte sich noch weiter nach unten. Krumme ärgerte sich, dass sie ihm in dieser peinlichen Situation nicht beistand. Wahrscheinlich spielte sie wieder mit ihrem verdammten Handy herum.

Friedrichs zeigte keine Gnade und wollte noch nicht gehen. Erwartungsvoll richtete er den Blick wieder zu ihm. Dabei stand er so dicht vor ihm, dass er den abgestandenen Rauch seiner Zigaretten deutlich riechen konnte.

Krumme seufzte. »Natürlich war die Stimmung nicht

ganz einfach. Der Arme hatte gerade einen Sohn verloren. Kein Wunder, dass er da ein wenig gereizt war.«

Friedrichs kratzte sich gedankenverloren an der Nase. »Ein wenig gereizt? Der alte Tore? Na, Sie werden ihn schon noch kennenlernen.« Damit hatte er endlich genug und verschwand aus dem Büro.

Idiot, dachte Krumme, als er ihm eine finstere Grimasse hinterherschickte. Patrizia bemerkte seinen Blick und grinste. Er quälte sich zu einem Lächeln. Seit ihrer Rückkehr hatten sie während des langen Nachmittags nur drei, vier Sätze miteinander gesprochen. Natürlich war sie noch sehr jung, aber heute hätte er sich über eine etwas dynamischere, vor allem selbstbewusstere Kollegin gefreut.

Aber egal. Er hatte gerade ganz andere Probleme, dachte Krumme und sah sich den Bericht der Spurensicherung an, den Friedrichs ihm mit einem süffisanten Lächeln auf den Tisch gelegt hatte.

»Und?«, fragte Patrizia. »Was schreibt Köhler?«

Krumme brummte ungehalten, las noch ein bisschen weiter, bevor er ihr antwortete. Erstaunlicherweise hatte der Kollege von der Spurensicherung nicht nur schnell gearbeitet – bereits nach fünf Stunden hatte er einen ersten Bericht abgegeben –, sondern auch sehr sorgfältig. Fuß- und Fingerabdrücke, Fotos des Tatorts und der kompletten Scheune, alles da. Offensichtlich wollte er sich nach dem Streit auf dem Jessen-Hof keine Blöße geben. Krumme hätte gerne etwas zu meckern gehabt, aber auf den ersten Blick gab es nichts zu kritisieren. Nachdenklich fasste er für Patrizia die ersten Ergebnisse zusammen. Tatsächlich sah es ganz so aus, als wenn

Köhler mit seiner Vermutung recht hatte: kein Verbrechen, sondern ein tragischer Unfall. Sehr ärgerlich, dass er das nicht zuerst ihm, sondern dem alten Jessen gesagt hatte.

»Sind Sie enttäuscht?«, fragte Patrizia ihn.

Krumme sah sie verständnislos an.

»Na ja, weil das kein richtiger Fall ist. Ein Bauer, der vom Heuboden fällt. In Berlin war doch bestimmt viel mehr los.«

Krumme goss sich eine Tasse Kaffee ein und schaute hinaus in den frühen Abend. Auf der anderen Straßenseite konnte er hinter einigen Bäumen Teile des Husumer Bahnhofs sehen, gerade hielt dort die NOB, die Nord-Ostsee-Bahn.

Er schüttelte den Kopf. »Nein, das ist es nicht«, sagte er. »Ist doch schön, wenn die Welt nicht so schlecht ist, wie man zuerst gedacht hat.«

»Finde ich auch.«

»Trotzdem, zwei kleine Dinge passen nicht.«

Patrizia zeigte auf den vorläufigen Befund des Gerichtsmediziners, den dieser ebenfalls schon am Nachmittag hereingereicht hatte. »Dass Hinnerk gar nicht so betrunken war?«

Krumme nickte.

»Dann ist er eben einfach so gestolpert. Der Holzboden der Scheune ist ziemlich uneben«, meinte sie.

»Mag sein. Aber da gab es noch etwas, und davon steht hier leider gar nichts drin.« Er zeigte jetzt wieder auf den Bericht der Spurensicherung. »Wenn ich richtig verstehe, gehen die Kollegen davon aus, dass Hinnerk gerade den Dachboden gefegt hat, als er unglücklicherweise hinunter auf die Egge gestürzt ist. Tatsächlich lag der Besen oben auf dem Boden, und alles war absolut sauber.«

Krumme deutete auf ein Foto, das den toten Hinnerk mit ausgestreckten Beinen zeigte. »Außer Hinnerks Schuhe, die immer noch auf den Füßen steckten. Die Sohlen waren voller Lehm.«

Patrizia sah ihn verwirrt an.

»Wie kann es sein, dass es auf dem Heuboden überhaupt keine Spuren davon gibt?«, fragte Krumme.

»Weil er gerade sehr gründlich gefegt hatte?«

Krumme atmete tief durch und nippte an seinem Kaffee. »Oder weil eine andere Person versucht hat, alle Fußspuren und Fingerabdrücke zu beseitigen«, sagte er.

»Wer?«

»Der, der Hinnerk vom Boden heruntergestoßen hat.«

Patrizia schwieg nachdenklich. Dann hielt sie den Befund des Gerichtsmediziners hoch. »Hätte es dann nicht irgendwelche Spuren eines Kampfes geben müssen? Blaue Flecken? Schürfwunden?«

Krumme lächelte. Hatte er Patrizia unterschätzt? Zum ersten Mal sprachen sie wie zwei richtige Polizisten miteinander. Und das, was sie sagte, klang gar nicht so dumm.

»Und wenn es keinen Kampf gab?«, erwiderte er. »Wenn Hinnerk überrascht wurde?«

Patrizia sagte nichts.

Er hob die Schultern. »Na ja, ich behaupte ja nicht, dass es so war. Trotzdem, ich werde auf jeden Fall noch mal mit den Angehörigen sprechen, um mir ein genaues Bild zu machen.«

Ein leises Surren erklang. Krumme sah sich überrascht um. Patrizia wusste sofort, um was es sich handelte: eine Textnachricht auf ihrem Handy, das vor ihrem Computer lag. Sie schaute, wer ihr geschrieben hatte, und tippte mit geübten Fingern auf das Display. Sie lächelte, bemerkte dann aber, dass Krumme sie beobachtete, und senkte verlegen den Blick.

Ertappt konzentrierte er sich wieder auf den Bericht.

»Wie lange machen wir denn heute noch?«, fragte sie.

»Geh ruhig, Patrizia. Ich mache auch gleich Feierabend. Wollte das hier nur noch zu Ende lesen.«

Sie nickte und stand auf.

Bevor sie das Büro verließ, drehte sie sich noch einmal um. »Übrigens. Patrizia – das klingt so spießig.«

Krumme sah sie überrascht an. »Ich finde den Namen ganz hübsch.«

»Ich fänd's besser, wenn Sie mich Pat nennen.«

Er lächelte. »Aber nur, wenn du Theo zu mir sagst.«

Sie nickte verlegen, offenbar war ihr so viel Vertraulichkeit umgekehrt doch ein bisschen zu viel.

»Schönen Abend, Pat.«

Wieder nickte sie. Dann verließ sie das Büro.

Wie angekündigt las Krumme nur noch den Bericht zu Ende. Schließlich schob er die Unterlagen zusammen und schnappte sich seine Jacke. Bevor er das Licht ausmachte, blickte er noch einmal in das Büro zurück.

Verrückt, als er hier in Husum anfing, hatte er sich eigentlich vorgenommen, mit neuem Lebensschwung auch für mehr Sauberkeit und Ordnung auf dem Schreibtisch zu sorgen. Doch mittlerweile sah er schon genauso chaotisch und unaufgeräumt aus wie in seinem alten Büro im

Polizeipräsidium in Berlin. Der Mülleimer quoll über. Die vertrockneten Blätter eines kleinen Hibiskus hingen traurig auf den Boden, und auf dem Tisch lagen neben halbvollen Kaffeetassen überall Ordner und lose Papiere herum. Wie peinlich! Er beschloss, hier morgen erst einmal aufzuräumen. Auf Pats Seite wirkte dagegen alles sehr ordentlich. Stifte und Kugelschreiber lagen in einem entsprechenden Fach. Ihre Unterlagen hatte sie in den Schreibtisch wegsortiert, und neben dem Computer stand ein sauber geschnittener Bonsai mit einer kleinen Mickymaus-Figur, die auf einer klitzekleinen Bank saß. Unter der Folie ihrer Schreibunterlage entdeckte er ein paar liebevoll drapierte Postkarten. Daneben ein Konzertticket für einen Club in Hamburg.

Milde lächelnd schaltete er das Licht aus und schloss die Tür.

Wie immer machte er sich zu Fuß auf den Weg nach Hause. Die Strecke vom Präsidium bis zur Wohnung im Treibweg führte ihn einmal quer durch die Husumer Altstadt. Die Spaziergänge morgens und abends waren die Höhepunkte des Tages. Frau Schröter hatte ihm ein Fahrrad angeboten, aber Krumme hatte dankend abgelehnt. Husum mit seinen kleinen Straßen und Gässchen, dem holprigen Kopfsteinpflaster, den alten Fischer- und den historischen Treppengiebelhäusern am Markt war sein neues Zuhause geworden. Wenn er entspannt durch die Altstadt bummelte, vorbei am geschäftigen Hafen mit seinen vielen Restaurants und urigen Kneipen, dann wusste er, dass er alles richtig gemacht hatte. Berlin war Geschichte, jetzt war seine Heimat hier in Nordfriesland. Wie immer stellte er sich für einen Moment an die Mole und schaute Richtung Westen, wo hinter den Kränen und Speichern gerade die Sonne unterging. Er schloss die Augen, hörte das Lachen der Möwen über sich im wolkenlosen Himmel, genoss den salzigen Duft der nahen Nordsee und des frisch gebratenen Fisches, der überall an den Tischen vor den Restaurants serviert wurde. Sommer in Nordfriesland. Viele Menschen freuten sich, wenn sie einmal im Jahr hier Urlaub machen konnten. Er gehörte von nun an zu den Glücklichen, die an der Küste leben durften.

Mit den Händen in den Taschen spazierte er gutgelaunt durch das alte Hafengelände, über das alte Pflaster der Schiffbrücke und bog dann nach rechts in die Hohle Gasse Richtung Neustadt.

Überall feierten die Husumer und ihre Gäste den warmen Sommerabend, plauderten und lachten ausgelassen.

Krumme schlenderte die schmale Gasse Richtung Schloss und fragte sich, ob er nicht auch irgendwo noch etwas trinken und essen sollte. Neugierig blickte er durch die Fenster in die Gaststätten und Bierstuben hinein.

Und stutzte auf einmal.

Irritiert ging er noch mal einen Schritt zurück, zu einer Bar, die vor allem von jungen Leuten besucht wurde.

Ungläubig sah er durch die weit geöffneten Fenster hinein in den Gastraum. Konnte das wirklich sein?

Nein, er täuschte sich nicht. An einem kleinen Tisch in der Ecke saß Pat zusammen mit einem Freund. Beide lächelten etwas unsicher und schüchtern. Aber es war offensichtlich, dass sie einander sehr sympathisch waren.

Krumme konnte es nicht fassen. Bei Pats Begleiter handelte es sich um Finn Jessen.

10

Als stünde die Welt in Flammen. Wolkenschichten, die lautlos wie Kulissen auf einer gewaltigen Theaterbühne schwebten. Ihr funkelndes Spiegelbild in der glatten Nordsee. Darauf ein einsamer Krabbenkutter, der das glänzende Wasser durchschnitt, über sich nur der Himmel und ein stumm dahingleitender Schwarm Möwen, der dem Schiff hinaus auf das Meer folgte. All das erstrahlte in zahllosen Rot- und Orangetönen vor der schillernden Scheibe der Abendsonne am Horizont.

Der Mann mit der kurzen Hose und den Gummistiefeln saß auf einer Bank und betrachtete dieses einmalige Schauspiel. Seine roten Haare leuchteten wie eine Fackel. Vor ihm lagen die endlosen Salzwiesen, der Seehafer bog sich in einer sanften Brise. Wo begann die Nordsee, wo hörte das Land auf? Von seiner Position aus war es unmöglich, das zu erkennen. Ein Mann, allein in der Natur.

Aber saß er wirklich auf der Bank, um Zeuge dieses Wunders zu werden?

Das unrasierte Gesicht zeigte nicht die geringste Regung. Kein Lächeln, keine Freude. Der leere Blick der starren Pupillen schien nichts von der Schönheit wahrzunehmen, die ihm der liebe Gott zu Füßen legte.

Mit durchgedrücktem Rücken saß er da, die gespreizten Hände abgelegt auf den Knien, wie eine abgestellte Holzpuppe. Nur der Brustkorb hob und senkte sich unter dem verwaschenen T-Shirt, noch war also Leben in ihm.

Und doch war er gerade in einem anderen Universum.

Das einzigartige Schauspiel vor seinen Augen näherte sich dem Höhepunkt. Die Sonne begann, hinter dem Horizont zu verschwinden. Langsam, aber stetig versank die orange Scheibe in der Nordsee, veränderte in den letzten Augenblicken ihre Form, wurde zu einem schillernden Oval, zerlief wie ein goldener Farbklecks. Schließlich explodierte das Licht, ein letzter leuchtend grüner Blitz, dann war von der Sonne nichts mehr zu sehen.

Aber noch immer war der Himmel erfüllt von ihrem Glanz. Er reichte, um die Salzwiesen zum Strahlen zu bringen, und spiegelte sich in den Augen des Mannes.

Mit einem Ruck richtete er sich auf, wie von unsichtbaren Fäden in die Höhe gezogen. Für einen kurzen Moment schien er einer fernen Stimme zu lauschen, legte mit verlorener Miene den Kopf zur Seite. Dann streckte er sich wieder. Wie eine aufrechte Birke stand er mitten in der flachen Ebene, die Arme eng an die Beine gelegt. Ein letztes Mal ging der Blick zum Horizont. Keine Regung, die braun gebrannte Stirn angespannt, die Lippen zusammengepresst zu einem Strich. Nur eine einsame Träne lief ihm über das Gesicht.

Er drehte sich um in zwei ruckartigen Bewegungen, erst nach rechts, dann nach hinten. Wie ein Roboter schob er den Körper um die schiefe, von Moos überzogene Bank herum.

Vor ihm erhob sich ein riesiger Leuchtturm, die roten und weißen Ringe strahlten trotzig im letzten Abendlicht. Er war gewaltig, bis hinauf in den Himmel reichte seine Spitze, von wo aus lange Strahlen hinaus in die Marsch und über das Meer strichen. Rechts und links standen zwei kleine Häuser mit hellen Wänden und roten Dächern. Ein König mit seinen Adjutanten, gemeinsam wachten sie über die Küste.

Mit festen, aber seltsam steifen Schritten verließ der Mann die Bank und marschierte zurück zum Leuchtturm. Je näher er kam, desto mächtiger ragte er vor ihm auf. Doch er hatte kein Auge für dieses Symbol menschlicher Erfindungskraft. Er schaute nur nach unten, folgte dem kleinen Pfad, der ihn von hinten zu der Gebäudegruppe führte. An einer Schranke vorbei betrat er das Grundstück. Er blieb kurz stehen, spürte den Wind in den vom Salzwasser verklebten roten Haaren, lauschte dem Kreischen der Möwen. Aus einem der Häuser hörte er Lachen und Musik. Junge Leute, die ausgelassen feierten.

Mit einem Ruck setzte er sich wieder in Bewegung. Er ging zu einem kleinen Schuppen, der versteckt hinter einem der beiden Gebäude lag. An der Wand hingen Flaschen, Netze, Gummistiefel, Plastiktüten, Autoreifen und vieles mehr. Müll, der in den Salzwiesen und im Watt gefunden wurde, eine Warnung, dass dieses Paradies nicht weiter verschmutzt werden durfte.

Doch der Mann hatte keinen Blick mehr für so irdische Probleme. Er ging in den Schuppen hinein, schob Schaufeln, Fahrräder und Rasenmäher beiseite, bis er fand, was er gesucht hatte: ein langes Seil.

Er nahm es mit hinaus auf den Rasen, stellte sich in den Schatten des großen Turms. Den Blick zum Horizont gerichtet, wo der Tag sich jetzt mit einem letzten Glimmen endgültig verabschiedete, schnürte er einen Seemannsknoten. Unzählige Male hatte er das schon getan. Er musste nicht mehr hinschauen, die Hände wussten auch so, was sie zu tun hatten.

Schließlich war er fertig. Seine Augen glänzten im Dämmerlicht wie schwarze Höhlen, als er die Schlinge kontrollierte und prüfte, ob sie sich auch tatsächlich mit einem Ruck schloss.

Natürlich tat sie das. Keiner konnte besser Knoten schnüren als er.

Es war so weit. Zeit, den letzten Schritt zu tun.

Er ging um den Leuchtturm herum, kramte in der Tasche nach einem Schlüsselbund und öffnete die schwere Tür. Das Metall knirschte, als er sie aufstieß. Die vom warmen Tag aufgeheizte Luft entwich mit einem Rauschen, sonst blieb alles ruhig.

Mit unbewegter Miene stand er vor dem dunklen Loch und blickte in das Innere des Turms, in der Hand das Seil mit der Schlinge.

Es gab kein Zurück mehr.

Oder doch?

Etwas hatte sich verändert.

Zweifel, auf einmal.

Was tue ich hier?, schienen seine Augen plötzlich zu fragen. Er schwankte. Die Hände zu Fäusten geballt stemmte der Mann sich mit aller Macht gegen eine unsichtbare Kraft, die ihn aufforderte weiterzugehen. Sich dem Schicksal zu stellen.

Er atmete schwer, unfähig sich zu rühren, alles hinzuwerfen und einfach wegzulaufen.

Ein letzter Kampf, ein letztes Zögern.

Umsonst.

Wieder ging ein Ruck durch den Körper, wieder begann ein unsichtbarer Spieler die Fäden zu ziehen. Der Mann streckte den Rücken, blickte mit aufgerissenen Augen in den Leuchtturm, den Ort, wo die Geschichte für ihn enden würde.

Er verzog keine Miene. Seine Hand zitterte, sein kompletter Körper zitterte.

Erneut blickte er auf die Schlinge, die er in der Hand hielt, hörte noch einmal die ferne Musik einer Gitarre und das Lachen der Jugendlichen aus dem Haus.

Zu spät, es war viel zu spät. Jetzt gab es kein Zurück mehr. Der Mann hob den Fuß und verschwand im Inneren des Leuchtturms.

11

Jan schreckte aus dem Schlaf. Er war schweißgebadet, obwohl seine Mutter ihm nur eine dünne Decke übergelegt und das Fenster geöffnet hatte. Jan spürte, wie die angenehm kühle Nachtluft ins Zimmer strömte.

Er schnaufte leise, gefangen von dem Schmerz, den er gespürt hatte. Er brauchte einen Moment, bis er verstand, wo er war: in seinem Zimmer, zusammen mit der friedlich schlafenden Grete. Ihr Bettchen stand auf der anderen Seite, er konnte das Rascheln hören, als sie sich unter ihrer Decke bewegte.

War wieder etwas geschehen?

Mit einem Stich im Herzen kamen die Erinnerungen an die Ereignisse des letzten Tages zurück. An Onkel Hinnerks Tod. Den Besuch der Polizei. Den Streit zwischen Opa Tore und dem Kommissar.

An den furchtbaren Schmerz, den er in der Nacht zuvor gespürt hatte. Onkel Hinnerks Schmerz.

Der schwarze Schatten.

Olgas strenger Blick, als sie ihm verbot, anderen zu erzählen, was er gespürt hatte. Ihre langen dünnen Finger, mit denen sie ihn festgehalten hatte.

Nun hatte ihn schon wieder so ein fürchterliches Gefühl aus dem Schlaf geworfen. Ein Traum? Jan versuchte, sich zu erinnern, aber alles, was er gesehen hatte, verschwand bereits in einem unergründlichen Nebel. Verzweifelt bemühte er sich, letzte Bilder festzuhalten. Ihm war, als ob sich ein Unbekannter beeilte, aus seinem Kopf zu verschwinden.

Halt! Bleib stehen, ich will wissen, wer du bist!

Aber schon war auch dieser Hauch einer Erinnerung verschwunden.

Erschrocken über die dunklen Empfindungen, die ihm durch den Kopf schwirrten, drückte er Kuschel an die Brust. Die Eltern hatten ihm das Plüschschaf letzte Weihnachten geschenkt. Es lag immer mit im Bett, ohne Kuschel konnte und wollte Jan nicht mehr schlafen.

Eine schlimme Ahnung traf ihn mitten in den Bauch. War erneut jemand gestorben? Jemand aus der Familie? Er forschte in seinen Erinnerungen, in seinen Gedanken. Olga hatte ihm gesagt, dass er das tun sollte, wenn diese Gefühle kamen. Auf verwirrende Weise hatten sich so in der Vergangenheit immer wieder Bilder ergeben, die mit der Realität zusammenpassten.

Aber nein, jetzt hatte es keinen in der Familie getroffen, da war Jan sicher. Irgendwo war etwas Schlimmes passiert. Jedoch nicht hier auf dem Jessen-Hof. Jan atmete erleichtert durch und ließ sich wieder zurück in sein Bett fallen, Kuschel immer ganz fest im Arm.

Er presste die Augen zusammen, so doll er konnte. Keine düsteren Gedanken mehr, bitte. Er wollte weiterschlafen, schöne Sachen träumen. Von ihrem Urlaub in Spanien. Von Sonne und Strand. Von Eis essen und schwimmen im warmen Meer.

Und tatsächlich, es funktionierte. Bereits nach ein paar Minuten war Jan eingeschlafen.

Als er wieder aufwachte, schien schon die Sonne ins Zimmer.

Von der Beklemmung der Nacht war nichts mehr zu spüren, ein Glück! Für einen Augenblick fragte er sich, ob vielleicht alles nur ein Traum gewesen war, hatte dann aber keine Lust, erneut so viel darüber nachzudenken.

Wie spät es wohl war? Wahrscheinlich recht früh, denn aus dem Haus konnte er keine Geräusche hören. Noch war die Temperatur im Zimmer angenehm kühl.

Jan schaute zu Grete hinüber. Sie war nicht mehr da. Vielleicht war sie zu Mama und Papa ins Bett gekrochen, wie sie es oft am Morgen machte.

Jan beschloss, ebenfalls aufzustehen.

Er warf die Decke zur Seite, schnappte sich Kuschel und ging über die knarrenden Dielen zur Tür hinaus auf den Flur. Alles war still, seine Eltern schliefen noch. Sein Vater war gestern erst spät nach Hause gekommen und hatte noch lange mit seiner Mutter zusammengesessen.

Aber aus der Küche konnte Jan ein leises Radio hören.

Und tatsächlich, Olga war auch schon wach. Wie so oft war sie die Erste, die im Hof aufstand. Gewohnheit, sagte sie, früher hatte sie sich um die Zeit um die Hühner gekümmert und die Kühe gemolken. Heute bereitete sie das Frühstück vor. Oder spülte das Geschirr, obwohl sie längst eine Geschirrspülmaschine hatten. Auch so eine Marotte. Olga hielt nicht viel von technischen Erneuerungen.

»Hallo, Jan!«, rief Grete, die mit baumelnden Beinen am Tisch hockte und ihr Müsli aß. Jan setzte sich neben sie und hob Kuschel mit auf die Bank, seinen Stammplatz in der Küche.

Olga begrüßte ihn, strich ihm dabei liebevoll mit der Hand über die Haare. Sie sah sehr müde aus. Oder traurig? Eine graue Strähne hatte sich aus ihrem Haardutt gelöst und hing ihr ins Gesicht. So zerstreut hatte Jan sie noch nie erlebt.

»Willst du auch schon was essen?«, fragte sie. Er nickte. Olga schüttete ihm eine Schale voll ein und füllte ihm genau wie Grete ein großes Glas mit frischer Milch. Es hatte Vorteile, wenn man auf einem Bauernhof lebte.

Im Radio liefen gerade die Nachrichten. Jan verstand kein Wort von dem, was der Moderator erzählte. Doch dann hieß es, ein Mann, der die Station des Nationalparks Wattenmeer beim Westerhever Leuchtturm geleitet hatte, hätte sich in der Nacht im Turm erhängt.

Eine Nachricht, die Olga mit einem schmerzhaften Stöhnen kommentierte. Jan und Grete tauschten einen erschrockenen Blick, sahen zur Betriebshelferin, die ihr Gesicht in ihren Händen vergrub.

»Was ist denn, Olga?«, fragte Jan, worauf sie ihn mit blutunterlaufenen Augen ansah. Noch nie hatte sie so alt und ergraut ausgesehen.

»Was ist nur los mit dieser Welt?«, fragte sie.

Er starrte sie verwirrt an, schüttelte dann den Kopf, wusste nicht, was er darauf sagen sollte.

»Etwas Böses ist auf die Welt gekommen«, raunte sie mit düsterer Stimme.

Grete legte erschrocken die Hand auf den Mund.

»Etwas Böses?« Auch Jan war die Angst anzumerken.

Olga nickte. »Ich kann es in meinen Gelenken spüren,

ganz deutlich.« Sie zeigte den entsetzten Kindern ihre zitternden knochigen Finger.

Jan glaubte zu verstehen. »Du meinst das, was auch Onkel Hinnerk …« Er schwieg. Anders als Olga wollte er Rücksicht auf Grete nehmen, die wie gelähmt ihrem Gespräch folgte.

Olga nickte gedankenverloren. Dann klemmte sie sich die Zeitung unter den Arm, stand auf und schleppte sich hinaus in ihre Stube. Die beiden Kinder sahen ihr völlig verunsichert hinterher. Normalerweise war Olga immer die Letzte, die die Küche verließ. Vorher sorgte sie dafür, dass der Tisch und die Spüle stets leer geräumt waren.

Grete blickte hilfesuchend zu ihrem großen Bruder. Ihre Magd, die eigentlich mehr wie ihre Oma war, in so düsterer Stimmung zu sehen machte ihr Angst. Jan hob nur hilflos die Schultern.

Auf einmal spürte er es auch. Der Schatten, er war wieder da. Und auch wenn draußen die Sonne schien, merkte er, wie er sich dunkel über alles Leben legte.

12

Was für ein Bild!

Ein schwarzer rostiger Riese, der wie ein Wal aus dem Schlick ragte. Daneben ein Meer von Schaulustigen in bunter Sommerkleidung. Eltern mit Kindern, Wanderer mit Rucksäcken, Pärchen, Hand in Hand. Alle hatten sie sich begleitet von Wattführern auf den Weg gemacht, um das Wunder vor der nordfriesischen Küste zu bestaunen.

Krumme saß in seinem Stammcafé und betrachtete beeindruckt das Foto auf der Titelseite der *Husumer Nachrichten*. Es war kaum zu glauben: In dem Artikel stand, dass die Küste vor Nordfriesland voller Schiffswracks war – über 800 sollten sich im grauen Morast verstecken und sich getrieben von Ebbe und Flut ständig verschieben.

Verrückt, was es hier alles gab. Einmal mehr freute sich Krumme über die Entscheidung, in den Norden gezogen zu sein.

Er schaute auf die Uhr. Ausnahmsweise hatte er nicht bei Frau Schröter gefrühstückt, sondern auf dem Weg durch die Stadt eine kleine Pause gemacht, um einen Kaffee zu trinken und die Morgenzeitung zu lesen. Obwohl es gerade mal acht Uhr war, konnte er die kommende Hitze des Tages schon spüren. Über 30 Grad sollten es heute werden. Aber anders als in Berlin, wo bei diesen Temperaturen der Asphalt kochte, war die Wärme hier am Meer durch den regelmäßigen Wind gut zu ertragen.

Krumme bezahlte und machte sich auf. Er beobachtete, wie sich die Geschäfte für den neuen Tag vorbereiteten. Gemüsehändler füllten ihre Regale, eine Verkäuferin sortierte Strandartikel im Schaufenster, die Kellner am Hafen deckten die Tische für ihre Gäste ein. Husum erwachte. Das kannte er natürlich auch von Berlin. Aber hier war alles kleiner, überschaubarer, irgendwie netter. Schon nach den paar Wochen, die er jetzt hier wohnte, erkannten die Leute ihn wieder und grüßten freundlich, wenn er morgens an ihren Geschäften vorbeispazierte. Von wegen spröde Nordfriesen!

Im Präsidium war die schöne Stimmung erst einmal vorbei. Die Ersten, die ihm über den Weg liefen, waren ausgerechnet Hauke Friedrichs und der schon völlig durchgeschwitzte Katsche Ludwig. Wie sie die Treppe herunterkamen, erinnerten die beiden ihn an Pat und Patachon, zwei dänische Komiker aus den vierziger Jahren, die er früher bei *Väter der Klamotte* im Fernsehen gesehen hatte.

»Keine Zeit zum Plaudern«, schnaufte Ludwig, als Krumme ihnen einen guten Morgen wünschte.

»Ein Toter im Leuchtturm«, ergänzte sein Kollege. »Westerhever. Selbstmord.«

»Wir halten Sie auf dem Laufenden«, versprach der kleine Ludwig grinsend. Dann war er mit seinem schlaksigen Kollegen durch die Tür. Krumme sah den beiden kopfschüttelnd hinterher.

Aber er hatte seinen eigenen Fall. In zwei Stunden kam Paula Jessen, Hinnerks Frau, zum Verhör. Er hatte sie genauso vorgeladen wie Ingrid mit ihrem Mann Niklas Jacobs und Finn Jessen.

Er dachte daran, wie er Finn am letzten Abend zusammen mit Pat gesehen und kurz überlegt hatte, ebenfalls in die Bar zu gehen und die beiden anzusprechen. Aber dann hatte er sich dagegen entschieden. Er wollte ihre Zweisamkeit nicht stören.

Aber heute musste Pat ihm erklären, wie sie auf die Idee kam, ausgerechnet mit dem Bruder eines Opfers, dessen Todesumstände noch nicht abschließend geklärt waren, auszugehen.

Krumme stapfte die Treppe hinauf. Während draußen ein leichter Wind dafür sorgte, dass die Hitze erträglich war, stand die Luft im gesamten Präsidium. Es stank nach Reinigungsmitteln, Akten und altem Männerschweiß.

Zum Glück war Pat schon da und hatte die Fenster weit geöffnet. Als er hereinkam und sie begrüßte, schloss sie sie wieder, eine gute Entscheidung angesichts des Bahnverkehrs und der Straße vor dem Gebäude.

Krumme packte seine Sachen aus und setzte sich seufzend an den Tisch. Erst einmal ankommen.

Er goss sich ein Glas Wasser ein und schaute dabei zu Pat, die trotz ihrer Größe wieder hinter ihrem Computer verschwand. Was tippte sie da eigentlich die ganze Zeit? Einmal hatte er sie auf ihrer Facebook-Seite erwischt, er hoffte, dass sie nicht schon wieder ihre Zeit damit verschwendete.

»Mal schauen, ob wir heute mehr über diese Jessen-

Familie erfahren«, fing er an, um die Konversation in Gang zu bringen. Und um Pat die Möglichkeit zu geben, von sich aus von ihrem Rendezvous mit Finn zu erzählen.

Aber Pat brummte nur und tippte hektisch weiter. Krumme seufzte und beschloss, erst einmal den Computer hochzufahren.

Pat richtete sich hinter ihrem Bildschirm auf. »Ich habe mal alles gesammelt, was wir bisher über die Familie wissen.«

Er sah sie überrascht an. »So viel ist das ja leider noch nicht.«

»Gucken Sie mal. Ich habe Ihnen gerade ein Diagramm geschickt.«

Ein Diagramm? Und hatten sie nicht eigentlich abgemacht, sich zu duzen? Krumme klickte die entsprechende Datei an – und tatsächlich: Da war eine sehr übersichtliche Darstellung der einzelnen Familienmitglieder und ihrer Verbindung zueinander.

»Wenn Sie auf die Namen gehen, gibt es mehr Infos.«

Krumme klickte auf Paula Jessen, die später zum Verhör vorbeikommen sollte. Und erfuhr, dass sie dreißig Jahre alt war, in einer kleinen Boutique in Husum arbeitete und seit vier Jahren mit Hinnerk verheiratet war. Neben weiteren Informationen erfuhr er sogar den Namen und die Adresse ihrer Schwester, die sie in der Nacht von Hinnerks Tod in Hamburg besucht hatte.

»Ich bin beeindruckt«, sagte Krumme und war es auch.

»Ein Foto habe ich noch nicht. Aber das kann man später immer noch ohne Probleme einsetzen«, sagte

Pat. Ihr war anzusehen, wie sehr sie Krummes Reaktion freute.

»Aber … woher hast du denn diese ganzen Informationen?«

Pat wich seinem Blick verlegen aus. »Na ja, ich habe mir eben Notizen gemacht. Den Rest habe ich mir im Internet zusammengesucht. Und auch sonst noch … ein paar Quellen gefunden.«

»Aha«, machte Krumme und klickte auf Finn Jessens Namen. Wieder öffnete sich ein Feld mit einer ganzen Reihe Daten, die er bisher alle noch nicht gekannt hatte. Und im Gegensatz zu seiner Schwägerin Paula gab es hier sogar ein Foto.

»Das hast du wirklich gut gemacht. Eine sehr schöne Grundlage für unsere heutigen Gespräche.« Pat lächelte stolz. »Aber eine Sache möchte ich jetzt doch noch wissen. Gestern Abend, auf dem Weg nach Hause, da …«

Ein Klopfen unterbrach ihn. In der Tür stand Frau Ühmet, eine freundliche kleine dunkelhaarige Frau, die unten am Empfang und in der Telefonzentrale arbeitete. »Darf ich kurz stören?«

Er und Pat sahen überrascht zu ihr.

»Hier ist … ein Herr Jacobs. Er möchte mit Ihnen sprechen.«

Pat und Krumme sahen sich verwirrt an. »Jetzt schon? Der sollte doch erst mittags kommen?«, fragte Krumme seine Kollegin.

Frau Ühmet blickte mit einem freundlich-mütterlichen Lächeln in den Flur. »So komm, der Herr Kommissar hat jetzt Zeit für dich.«

Damit schob sie einen kleinen, blassen, ungefähr sieben oder acht Jahre alten Jungen in das Büro. Er trug Turnschuhe, eine kurze Hose, ein SpongeBob-T-Shirt und drückte einen bunten Rucksack an seine Brust, aus dem die Nase eines Plüschschafes guckte. Mit ängstlichen, weit aufgerissenen Augen blickte er sich in ihrem Büro um.

»Ja, hallo, wen haben wir denn da?«, fragte Krumme verblüfft.

Aber der Kleine war so erschrocken, dass er ihn nur stumm und voller Ehrfurcht anstarrte.

Krumme ging in die Knie und reichte ihm seine Hand. »Ich bin Theo Krumme. Und wie heißt du?«

Der Junge schluckte. »Mein Name ist Jan Jacobs«, sagte er dann mit großem Ernst. »Und ich muss Ihnen was ganz Wichtiges sagen.«

13

Kurz darauf saß der Kleine auf dem Stuhl vor Krummes Schreibtisch. Er wirkte sehr verschüchtert. Nervös schaute er sich im Büro um, betrachtete konzentriert ein Fahndungsplakat und ein Foto, das Mitglieder der Kriminalpolizei bei einer Party auf einem Schießplatz zeigte. Krumme ärgerte sich, dass er das blöde Bild seines Vorgängers noch nicht abgehängt hatte.

»Wir haben uns gestern schon einmal gesehen, oder? Du hast aus dem Fenster geschaut«, fragte er den Kleinen.

Jan lächelte verlegen.

Pat stellte dem völlig durchgeschwitzten Jungen ein Glas Wasser hin. Jan schaute mit großen Augen zu ihr auf. Für einen Moment wurde er von ihrem Schatten komplett verdeckt. Dann trank er einen Schluck. Krumme bemerkte, wie seine Hand zitterte.

»Wo sind denn deine Eltern? Warten die draußen?«

Der Kleine schwieg, sah nur verlegen auf seine Finger.

»Sag bloß, du bist ohne sie hierhergekommen?«

»Mit dem Bus«, sagte Jan und griff noch einmal zum Wasserglas.

»Die ganze Strecke? Allein?«

Jan nickte. »Ich kann das.«

»Daran zweifle ich nicht. Du bist ja schon ein großer Junge.«

Krumme und Pat tauschten einen besorgten Blick. Jan schob derweil die Unterlippe nach vorn und schaute sich um. Als er sich umdrehte, konnte er sehen, dass ein paar Kriminalkollegen durch die Glasscheibe der Tür einen Blick auf den ungewohnten Gast riskierten. Krumme forderte sie mit einer Armbewegung zum Verschwinden auf. Dann sah er wieder freundlich zu dem Kleinen, der verstört auf dem Stuhl herumrutschte.

»Was wollen die denn?«, fragte er Krumme mit aufgerissenen Augen.

»Vergiss die«, erwiderte er. »Die ... suchen nur ein Klo.« Keine besonders tolle Antwort, das wusste er. Tatsächlich runzelte Jan skeptisch die Stirn.

»Wissen deine Eltern denn, dass du hier bist?«

Der Junge senkte den Blick und schüttelte den Kopf.

»Meinst du nicht, dass sie sich große Sorgen machen?«

Jan überlegte, drückte sein Plüschschaf an sich und zuckte mit den Schultern.

Krumme sah zu Pat und nickte ihr zu. Sie verstand, was er meinte, stand auf und ging in ein anderes Büro, um ungestört zu telefonieren.

Er betrachtete den Jungen. Er erinnerte sich noch genau daran, wie klein und zerbrechlich der Junge am Fenster gewirkt hatte.

»Du hast gesagt, du willst mir was ganz Wichtiges sagen?«

Wieder nickte Jan nur. Er wischte sich mit dem Handrücken über die Stirn. Krumme hätte bei der Hitze gerne das Fenster geöffnet. Aber auch so waren die Züge am Bahnhof und der mittlerweile rege Verkehr deutlich zu hören. Für einen Moment überlegte er, mit dem

Kleinen in ein anderes Zimmer zu gehen. Vielleicht in den Verhörraum, da war es immer schön kühl. Aber mit einem Kind in dieses Loch? Er hatte eine bessere Idee.

»Magst du Eis?«

Jan sah ihn überrascht an.

Krumme lächelte. »Unten am Hafen gibt es eine tolle Eisdiele. Dann setzen wir uns zu den Schiffen und plaudern ein bisschen. Hast du Lust?«

Jan strahlte.

Als sie kurz darauf durch den Flur gingen, kam ihnen Pat entgegen. »Wo wollen Sie denn hin?«

»Eis essen. Am Hafen.«

»Was?«, flüsterte sie. »Ich habe gerade mit den Eltern telefoniert. Die sind bereits auf dem Weg.«

»Biete ihnen einen Kaffee an. Wir sind gleich zurück.«

Pat schaute wenig begeistert. Aber Krumme schob Jan schon zur Treppe.

»Ein tolles Schaf hast du da«, sagte Krumme, als sie zusammen durch den Zingeldamm zum Hafen gingen. Jan lächelte verlegen.

»Wie heißt es denn?«

»Kuschel.«

Er nickte dem Jungen freundlich zu. »Ein sehr guter Name.«

Am Schifffahrtsmuseum vorbei erreichten sie eine Bäckerei, die aus einer Truhe auch Eis verkaufte. Obwohl es erst später Vormittag war, drückte die schwüle Sommerhitze wie ein warmer Schwamm auf die Stadt. Krumme konnte sich nicht erinnern, dass es schon einmal so heiß an der Nordsee gewesen war. Aber was wusste er schon? Das war sein erster Sommer in Friesland.

Er spendierte dem Jungen drei Kugeln Erdbeereis mit Schokoladensauce und nahm selbst eine Apfelschorle. Sie setzten sich auf eine Bank am Hafenkai. Während Jan schweigend das Eis futterte, beobachtete Krumme das Treiben im Hafen. Zwei Möwen schwammen schläfrig auf dem spiegelglatten Wasser, direkt neben einem zum Café umgebauten Kutter. Es roch nach Meer, gebratenem Fisch, Kaffee und Sommer.

Krumme überlegte, wie er anfangen sollte. Was Kinder anging, fehlte ihm ein bisschen die Übung. Seine einzige Tochter Hannah war bereits erwachsen und lebte mit ihrem Freund in Australien. Er hatte sie seit Jahren nicht mehr gesehen.

»Gehst du schon in die Schule?«, fragte er.

»Mm.« Jan nickte mit vom Eis verschmierten Gesicht.

»Dann hast du jetzt bestimmt Ferien?«

Jan nickte erneut, schwieg aber und konzentrierte sich vorläufig nur auf das Eis. Krumme beschloss zu warten, bis der Junge zu Ende gegessen hatte.

»Tut mir sehr leid, das mit deinem Onkel«, sagte er schließlich, als Jan fertig war und sich mit einer Papierserviette den Mund abgewischt hatte.

Der Kleine schwieg, kniff dabei aber kurz die grünen Augen zusammen. Krumme hatte beobachtet, dass er das öfter tat. Er fragte sich, was wohl im Kopf des Kleinen vor sich ging.

»Du hast ihn bestimmt sehr gemocht, oder?«

Jan nickte und beobachtete mit regungsloser Miene die Möwen im Hafenbecken.

»Ich habe gesehen, dass er gerade ein Schiff gebaut hat. War das für dich?«

Jan lächelte versonnen, kniff dabei erneut die Augen zusammen, dieses Mal aber wegen der Sonne, die direkt in Krummes Rücken stand. Er rückte ein bisschen zur Seite, damit sein Schatten auf den Jungen fiel und er nicht geblendet wurde.

»Onkel Hinnerk hat mir ganz viele Schiffe gebaut. Sogar einen richtigen Windjammer.«

»Wirklich? Den würde ich mir gerne mal anschauen.«

Jan nickte lächelnd.

Wieder schwiegen sie eine Weile.

»Du weißt, was vorletzte Nacht passiert ist, oder?«

Jan zuckte unsicher mit den Schultern.

»Hast du was gesehen? Oder gehört?«

»Ich habe was Komisches geträumt.«

»Geträumt?« Krumme sah ihn überrascht an.

»Ja. Da ist ein schwarzer Schatten gekommen. Er hat Onkel Hinnerk gestoßen. Dann ist er gefallen. Er hat große Schmerzen gehabt. Und dann ist er gestorben.«

14

Jan atmete schwer, sein Blick ging zum Horizont. Wieder blinzelte er mit den Augen.

Der arme Junge. Krumme betrachtete ihn mitleidig von der Seite.

»Ein Schatten?«, fragte er schließlich und wischte sich den Schweiß aus der Stirn. »Das Gesicht hast du nicht erkannt?«

Der Junge schüttelte den Kopf. »Nein«, gab er traurig zu.

Krumme kratzte sich nachdenklich an der Nase. »Hast du solche Träume öfter?«

»Schon …«

Er betrachtete den Jungen, der neben ihm auf der Bank saß. »Wie alt bist du eigentlich, Jan?«

»Nächsten Monat werde ich sieben«, erklärte der Kleine stolz.

»So ein großer Junge bist du schon?«

Jan nickte. »Onkel Finn sagt, ich werde später bestimmt mal so groß wie er. Mindestens.«

Krumme lächelte. Tatsächlich war Jan eher klein für sein Alter. Die Haut weiß wie Schnee. Arme und Beine bleistiftdünn.

»Hast du deinen Eltern erzählt, was du gesehen hast?«

»Nein.« Er schüttelte den Kopf, auf einmal sehr traurig.

Krumme schwieg. Aber Jan lächelte schon wieder.

»Aber Olga, die weiß Bescheid. Der habe ich alles erzählt.«

»Eure … Betriebshelferin?«

Jan nickte. »Sie sagt, ich bin was ganz Besonderes.«

»Oh, das bist du auch. Ganz bestimmt.«

Er schenkte dem Jungen ein aufmunterndes Lächeln, obwohl er eigentlich ein wenig enttäuscht war. Ein Schatten in einem Traum – er bezweifelte, dass das reichte, um neue Ermittlungen zu rechtfertigen.

»Moin, Theo, was treibst du denn hier?«, meldete sich auf einmal ein tiefer Bass hinter ihm. Krumme drehte sich überrascht um. Hinter ihm stand sein Kollege und Freund Hauptkommissar Mannsen von der Bredstedter Schutzpolizei. Daneben ragte ein Riese mit zotteligen blonden Haaren in den Himmel. Knecht Harke, der genau wie Mannsen in dem kleinen Dorf Kleebüll nördlich von Husum wohnte. Er nickte Krumme freundlich zu. Aber seiner gehetzten Miene war anzumerken, wie sehr ihn der Hafentrubel und die vielen Autos verunsicherten. Kein Wunder, Harke verließ Kleebüll fast nie. Husum war die größte Stadt, die der scheue Knecht kannte.

»Na, das ist ja eine Überraschung«, gab Krumme leicht irritiert zu. Er wäre jetzt lieber allein mit Jan geblieben.

Aber Mannsen hielt eine Plastiktüte in die Luft. »Wir sind shoppen. Harke braucht eine neue Hose. Die alte ist nach zwanzig Jahren doch ein bisschen hinüber.« Er klopfte auf Harkes Blaumann, der tatsächlich sehr schäbig aussah. Aber anders hatte Krumme ihn nie gesehen.

Plötzlich spürte er einen heftigen Stoß in den Unterleib. »Ah, und Reiko ist auch mit dabei, wie nett«, stellte er fest. Reiko war Harkes Dobermann. Mit seinen scharfen Zähnen sah er furchterregend aus, war aber im Prinzip harmlos – zumindest zu den Menschen, die er gut kannte. Gemeinsam mit Harke hatte er ihm vor zwei Jahren sogar das Leben gerettet, als er ihn schwerverletzt auf einem Deich gefunden hatte. Eigentlich ein toller Hund. Allerdings hatte er die verstörende Angewohnheit, die Schnauze immer in Krummes Schritt zu drücken. Auch jetzt versuchte er, sich zwischen seine Beine zu schieben.

»So sieht also die Arbeit der Kripo aus? Eis essen und Schiffe gucken. Und wer ist der junge Mann?« Mannsen zwinkerte Jan freundlich zu, der schwer beeindruckt den gewaltigen Bauch des uniformierten Polizisten betrachtete.

Krumme stellte die drei einander vor. Jan reichte den beiden Männern artig die Hand, wirkte aber etwas überwältigt.

Krumme stand auf und zog seinen Kollegen ein wenig zur Seite. »Wir sind gerade in einer Art Verhör«, flüsterte er Mannsen zu. In dürren Worten erzählte er ihm von Hinnerks Tod und dass Jan ihm gerade etwas darüber verraten wollte.

»Oh, davon habe ich gehört. Hinnerk Jessen. Und der arme Junge hat gesehen, wie es passiert ist?«, fragte sein Kollege mit ebenfalls gesenkter Stimme.

Krumme zögerte. »So ähnlich.«

»Und jetzt kommen wir Döspaddel und platzen einfach so dazwischen.«

»Ist schon gut. Konntest du ja nicht wissen.«

»Wir sind sofort weg.«

Aber so einfach war das nicht. Als sie sich umdrehten, bemerkten sie, dass Harke sich neben Jan auf die Bank gesetzt hatte. Eng aneinandergerückt waren sie bereits in ein Gespräch vertieft und plauderten wie alte Freunde. Worüber genau konnten Krumme und Mannsen nicht verstehen. Reiko hatte sich zu ihnen gesellt und seine Schnauze vertraulich auf Jans Knie gelegt.

»Hm, so schnell kommen wir wohl doch nicht weg«, stellte Mannsen fest. Krumme sah zu der Bank und lächelte. Der kleine Junge und der friesische Riese – hier hatten sich zwei Seelenverwandte gefunden.

»Harke …«, begann Krumme. Aber Mannsen unterbrach ihn. »Wie wäre es, wenn wir die beiden noch ein bisschen allein lassen und uns einen Becher Kaffee holen?«

Er überlegte. »Na schön, aber nur einen kleinen Becher. Ich muss unbedingt noch mit dem Jungen weiterreden.«

Sie stellten sich an der Schlange vor der Bäckerei an. Krumme blickte noch mal zu Harke und Jan. Er konnte sehen, wie der Junge den großen Knecht voller Bewunderung anstrahlte. Was er ihm wohl gerade erzählte? Harke war der ungewöhnlichste Mensch, den er jemals kennengelernt hatte. Und Krumme hatte als Berliner schon viele seltsame Menschen kennengelernt. Gegen die vielen Sonderlinge, die sich auf den Straßen der Großstadt herumtrieben, wirkte Harke eigentlich ganz normal. Bis auf die Tatsache, dass der blonde Riese behauptete, dass Nis, ein kleiner Kobold, bei ihm im

Haus wohnte. Außer ihm hatte ihn natürlich bisher niemand gesehen.

Plötzlich hallte ein lautes Kreischen über den Platz.

»Jan, was treibst du hier?« Jans Mutter Ingrid lief völlig aufgelöst über das Kopfsteinpflaster, in ihren Augen helle Panik. Ihr folgte ein gutaussehender Mann in einem grauen Anzug. Jans Vater Niklas, nahm Krumme an. Mit ein paar Schritten waren sie bei der Bank. Entsetzt sahen sie den großen Mann mit den halblangen, von Salzwasser verklebten Haaren wie einen Wassermann dicht neben ihrem Jungen sitzen.

»Finger weg von meinem Sohn!«, kreischte Ingrid und zog Jan mit einem Ruck von Harke weg.

15

Der arme Harke verstand nicht, was um ihn und mit ihm passierte. Im Gegensatz zu Reiko, der sich mit entblößten Zähnen knurrend vor sein Herrchen stellte.

»Mama, das ist Harke, er ist mein Freund«, rief Jan erschrocken, aber Ingrid beachtete ihn gar nicht.

»Pass auf deinen Köter auf, sonst rufe ich die Polizei!«, fauchte sie mit funkelnden Augen. Harke stand auf und stemmte beide Hände in die Hüften.

»Reiko tut keinem was«, stellte er gekränkt fest, während Ingrid und ihr Mann unsicher zurückwichen.

Endlich konnte sich Krumme zwischen die kleine Gruppe schieben. »Frau Jacobs, entspannen Sie sich. Es ist alles in Ordnung«, erklärte er mit erhobenen Händen.

Jans Mutter sah ihn wütend an. »Sie! Was haben Sie sich nur dabei gedacht?«

Krumme hatte keinen Schimmer, was sie damit meinte. Ingrid verdrehte die Augen und zog den sich sträubenden Jan von Harke weg. Endlich sagte auch Ingrids Mann etwas. »Wie kommen Sie dazu, unseren Sohn zu entführen?«

Krumme seufzte. »Herr Jacobs, oder? Ich habe Ihren Sohn bestimmt nicht entführt. Und überhaupt, ich kann Ihnen versichern, dass dieser Mann absolut ungefährlich ist.«

»Sagen Sie bloß, Sie kennen den Kerl?« Ingrid musterte Krumme wie Ungeziefer.

»Natürlich, das ist Harke, und er ist ein guter Freund.«

»Mama, ich …«, versuchte Jan, etwas zu sagen. Aber sein Vater fuhr ihm aufgebracht über den Mund.

»Du bist still, wir reden gleich noch. Wie kannst du nur allein von zu Hause abhauen?«, zischte er. »Wir sind vor Angst fast gestorben!«

Jan starrte ihn entsetzt an. Nur mit Mühe konnte er die Tränen unterdrücken.

Harke sah seinen neuen Freund leiden. Sofort schob er den massiven Körper nach vorn. »Hören Sie auf, Sie machen ihm doch Angst!«, schimpfte er mit Niklas, der tatsächlich nervös zurückwich.

Die Situation wurde immer unübersichtlicher. Jetzt stellte sich Mannsen hastig vor den Knecht. »Kommissar Krumme hat recht. Sie müssen wirklich keine Angst haben.«

»Und wer sind Sie jetzt?« Ingrid betrachtete seinen gewaltigen Bauch mit einer Mischung aus Verachtung und Ekel.

Mannsen streckte den Rücken. »Hauptkommissar Holger Mannsen, Polizei Bredstedt.«

Ingrid und ihr Mann tauschten einen Blick. »Was ist hier eigentlich los?«, fragte Ingrid. »Zwei Polizisten schnappen sich ein kleines Kind und führen es einem«, sie musterte Harke voller Abscheu, »einem dahergelaufenen Irren zu?«

Langsam reichte es Krumme. »Frau Jacobs, mit allem Respekt, aber was Sie sagen, ist völliger Blödsinn.«

Weiter kam er nicht, denn Ingrid gab ihm eine schallende Ohrfeige, so laut und heftig, dass die Passanten auf der Promenade sich nach ihnen umsahen.

»Ingrid …«, murmelte Niklas Jacobs, wohl auch erschrocken, dass seine Frau eine Grenze überschritten hatte.

Krumme hielt sich die Wange. Ihm fehlten die Worte, genau wie den anderen.

»Hätte ich nur auf meinen Vater gehört!«, fauchte Ingrid. »Er hat mir gesagt, ich soll auf keinen Fall zu Ihnen kommen. Vorladung hin oder her.«

»Frau Jacobs, ich bitte Sie«, versuchte jetzt Mannsen, die Situation zu beruhigen, »das ist alles nur ein Missverständnis. Wir …«

Aber Ingrid ließ ihn nicht ausreden. »Halten Sie den Mund! Ich werde mich über Sie beschweren. Über Sie beide.« Damit zog sie Jan hinter sich her und ging Richtung Parkplatz. Niklas schenkte den Beamten einen letzten vorwurfsvollen Blick und folgte dann seiner Frau.

Harke ließ die Schultern hängen. Traurig winkte er Jan hinterher, und der winkte zurück.

»Hm, ist jetzt nicht so gut gelaufen, was?« Mannsen sah Krumme verlegen an. Der raufte sich die verschwitzten Haare und schüttelte den Kopf.

»Wieso hast du den beiden verraten, wo ich mit dem Kleinen hingegangen bin?«, schimpfte Krumme mit Pat, als er wieder zurück im Präsidium war und seine Wange kühlte.

»Bin ich jetzt etwa schuld?«

»Ich hatte die Situation wunderbar im Griff, bis diese Irre aufgetaucht ist!«

»Genau, die Alte war völlig durchgeknallt. Was sollte ich denn machen?« Pat schnaufte, so sehr regte sie sich über seine Anschuldigung auf.

»Ich hab dir gesagt, du sollst ihnen einen Kaffee anbieten, bis wir wieder zurück sind.«

»Habe ich ja versucht.« Pat verdrehte die Augen.

»Und?«

»Diese Irre hat das Tablett auf den Boden geworfen! Die wollte nur ihren Sohn sehen. Die war kurz davor, den ganzen Laden auseinanderzunehmen.«

Krumme ließ sich stöhnend in den Stuhl fallen. Er wusste, dass er ungerecht war. Aber auf irgendjemanden *musste* er jetzt einfach sauer sein. Und verdammt noch mal, Pat war nun mal das perfekte Opfer. Selbst schuld, wenn sie sich nicht besser durchsetzte.

Er konnte Jans Mutter ja verstehen. Da haute der Kleine einfach von zu Hause ab und fuhr mit seinem Plüschschaf allein durch Nordfriesland – klar, dass sie Angst hatte. Und so harmlos Harke auch war, auf einen Fremden wirkten er und sein Hund schon etwas unheimlich.

Er hätte auf Jans Eltern warten sollen. Hier, im Präsidium. Aber er hatte eben unbedingt wissen wollen, was der Kleine zu erzählen hatte.

Ein Schatten hat meinen Onkel vom Dachboden gestoßen.

Schade, dass er kein Gesicht gesehen hatte. Ob der Junge wirklich eine Ahnung hatte, was in dieser Nacht passiert war?

Aber selbst wenn? Ein kleiner Junge mit Albträumen war nicht gerade die Art Zeuge, auf den man eine Ermittlung aufbauen konnte.

Das Telefon klingelte. Bevor Krumme sich orientieren konnte, hatte Pat sich schon den Hörer gegriffen und das Gespräch abgenommen. Mit starrer Miene lauschte sie dem Anrufer.

Auch so etwas, das Krumme überhaupt nicht mochte. Nie sprach sie laut den Namen des Anrufers oder der Anruferin aus. Ständig musste er voller Ungeduld warten bis sie auflegte, um zu erfahren, wer sie hatte sprechen wollen. Es konnte jeder sein. Ein wichtiger Zeuge. Ihre Mutter. Vielleicht auch nur irgendeine ihrer Mädchenfreundinnen.

»Tut mir sehr leid, das zu hören. Ich sage Kommissar Krumme Bescheid«, sagte sie schließlich und beendete das Gespräch mit einem verärgerten Seufzen.

»Und? Wer wollte mich sprechen?«, fragte er spitz.

»Paula Jessen, Hinnerks Frau. Sie kommt nicht.«

»Was?«

»Nach dem Tod ihres Mannes fühlt sie sich noch nicht in der Lage, nach Husum zu fahren.«

»Was soll das denn?«

»Und sie lässt bestellen, dass ihr Schwiegervater nicht will, dass wir seine Familie weiter belästigen.«

»Spinnt der Alte jetzt komplett?«

»Seine Tochter hat ihn bereits angerufen und ihm von der Sache mit dem Jungen erzählt.«

»Mist.«

Pat nickte. Krumme stöhnte. Dann sprang er auf und ging zum Fenster. Auf der anderen Seite fuhr gerade ein Güterzug durch den Bahnhof, er konnte das laute Knattern bis hierher deutlich hören.

Mit dem Handrücken wischte er sich den Schweiß

aus der Stirn. Verdammte Hitze. Er stellte sich vor, wie schön es wäre, jetzt bei Mannsen auf der schattigen Terrasse zu sitzen und die leckere, selbstgemachte Limonade seiner Frau zu trinken.

Stattdessen saß er in diesem stickigen Loch und machte sich vor den Kollegen lächerlich, weil er sich von diesem sturen Bauern herumschubsen ließ. Schließlich fasste er einen Entschluss und schnappte sich sein Jackett.

»Wo wollen Sie hin?«, fragte Pat.

»Auf den Jessen-Hof.«

»Aber die wollen Sie dort nicht sehen.«

»Deswegen ja. So kann das ja nicht weitergehen. Das ist doch absurd.«

Er ging zur Tür. Pat stand auf und griff nach ihrem Handy.

»Nein«, sagte Krumme. »Ich fahre allein.«

Pat sah ihn überrascht an. »Ich soll nicht mitkommen?«

»Nein, das regle ich allein. Von Mann zu Mann.«

Pat nickte nur langsam. Ärgerte sie sich? Oder war es ihr egal? Er konnte es nicht erkennen. Er zeigte auf ihren Computer.

»Du hast doch noch diesen Computerschnickschnack, um den du dich kümmern musst, oder?«

Sie schwieg.

»Mach das. Ich bin ja bald wieder da.«

»Gut.«

Jetzt schien er doch Enttäuschung in ihrem Blick auszumachen. Oder war sie eingeschnappt? Er kannte diese Miene von seiner Tochter Hannah, wenn sie sauer auf ihn gewesen war, früher, in einem anderen Leben. Egal. Bestimmt wollte Pat nur Finn wiedersehen. Was nun überhaupt nicht ging und weswegen er auch noch mal ein ernstes Wort mit ihr reden musste. Aber nicht jetzt.

»Ich bin weg. Ruf mich an, wenn was ist.«

Damit verließ er das Büro. Als er sich noch einmal umdrehte, sah er durch die Glastür, wie Pat sich wieder auf ihren Stuhl fallen ließ. Für einen Moment starrte sie mit ihren dunklen Augen auf den Bildschirm. Dann griff sie wieder zu ihrem Handy.

Krumme schüttelte den Kopf und machte sich auf den Weg.

16

Die leichte Brise von heute Morgen hatte sich gelegt. Ungewöhnlich für den Norden, wo sonst immer etwas Wind über das flache Land strich. Kühe und Schafe drückten sich in die wenigen Schatten. Die Menschen in den kleinen Dörfern blieben in ihren Häusern und Höfen, hofften auf eine Abkühlung am Abend.

Die heiße Luft flimmerte über dem Asphalt der Straße, die schnurgerade zum Horizont führte. Am Ende der rote Haubarg. Die Hitze ließ ihn wie eine Fata Morgana erscheinen, schwebend über dem grünen Land, wie ein Schloss, nicht real.

Nicht von dieser Welt, so fühlte er sich auch. Falls jemand aus dem Hof in seine Richtung schaute, sah er nur eine verschwommene Kontur in der Ferne. Er war ein Phantom, ein Gespenst, unsichtbar.

Er streckte die Arme aus, drehte sie im gleißenden Licht, sah auf seine schartigen Hände. Mochte alles in der Hitze des Sommers vergehen, er spürte sie nicht.

Im Gegenteil: Ihm war kalt. Verrückt. Als wäre er einem Kühlschrank entstiegen. Oder als hätte er im Schnee gelegen.

Er hörte ein leises Surren von der Straße. Eine Gruppe Radfahrer. Noch ein Stück entfernt, aber sie kamen schnell näher.

Er trat einen Schritt zurück, verschwand im Schatten der alten Eiche, in dem auch sein Wagen kaum zu sehen war.

Die Gruppe rauschte an ihm vorbei, ohne ihn zu beachten. Eine Familie. Vorneweg der Vater, kurze Hose und weiße Socken in braunen Sandalen. Dahinter die kräftig gebaute Mutter mit dem gleichen finsteren Blick wie ihr Gatte. Und zum Schluss zwei halbstarke Jungs, die zu ihrem Pech das einfältige Gesicht ihrer Eltern geerbt hatten.

Er verzog das Gesicht. Urlauber. Feriengäste, die ein paar Wochen an der Nordsee verbrachten, um anschließend wieder in ihre Reihenhäuser irgendwo in Deutschland zurückzukehren. Spießer. Insekten in einer Welt, in der Männer wie er Giganten waren.

Er lebte nach seinen eigenen Gesetzen. Wenn diese Familie wüsste, an wem sie gerade achtlos vorbei gefahren war, würde sie ihren Freunden ihr ganzes armseliges Leben lang davon erzählen.

Aber jetzt war nicht die Zeit, über diese Idioten nachzudenken. Er hatte anderes zu tun. Eine Aufgabe, die nur funktionieren konnte, wenn er konzentriert blieb. Fokussiert.

Er musste aufpassen.

Weiter in Deckung bleiben.

Vorhin wäre es beinahe schiefgegangen. Beinahe hätte er den Wagen übersehen, der sich ihm mit großer Geschwindigkeit genähert hatte. Erst im allerletzten Moment war er hinter dem Baum in Deckung gegangen, mit regungsloser Miene, die Augen auf das Auto gerichtet, das zurück zum Haubarg gefahren war.

Sie hatten ihn nicht bemerkt, natürlich nicht.

Aber er hatte sie gesehen. Die dunklen Locken, die so untypisch waren für die Bewohner Nordfrieslands. Er hatte genau hingeschaut und bemerkt, dass sie sich gestritten hatten. Er mit verzerrter Miene, sie mit blanker Panik im Blick. Wo waren sie gewesen? Bei der Polizei? Beim seltsam schiefen Kommissar, der vor einem Tag auf dem Hof herumgelaufen war? Er hatte keine Ahnung.

Aber egal, er hatte keine Angst vor der Polizei. Selbst wenn sie wüssten, dass es ihn überhaupt gab, wenn sie erkannten, wie gefährlich er war, und zur Jagd auf ihn blasen würden, sie würden ihn nie kriegen.

Vor sich in einem Graben neben dem Weg sah er eine tote Gans, die mit seltsam schiefem Kopf halb im Wasser lag. Hatte ein Seeadler sie vom Himmel gestoßen? Oder hatte eine der vielen Katzen, die hier überall herumliefen, sie beim Trinken überrascht und mit einem Tatzenhieb niedergestreckt?

Maden hatten ihren Körper erobert. Er konnte sehen, wie Hunderte von ihnen in einer großen offenen Wunde am Hals herumwirbelten, in den Körper krochen und ihn von innen auffraßen. Ein Bild, das andere Menschen geekelt hätte, wenn sie denn aufmerksam genug durch die Welt gehen würden, um solche Dinge zu entdecken.

Er sah solche Dinge. Weil er ebenfalls im Schatten stand.

Und weil er viel Zeit hatte. Oh ja, er hatte unendlich viel Zeit. Wenn es nötig war, konnte er stundenlang völlig reglos ausharren, um dann im richtigen Moment blitzschnell wie eine Schlange zuzuschlagen. Hatte er jemanden im Visier, gab es keine Chance, ihm zu entkommen. Er war der Vollstrecker.

Mit diesen Gedanken trat er wieder aus dem Schatten und richtete den Blick erneut auf den Haubarg, der wie ein rotes Schloss am Horizont leuchtete.

17

Seine Mutter hatte sich auf der Rückfahrt gar nicht beruhigen wollen. Die ganze Zeit hatte sie geschimpft. Über den Kommissar. Über Harke. Und über ihn.

»Wieso machst du uns immer solche Schwierigkeiten?«, fragte sie ihn später in der Küche, als sie zu dritt am alten Tisch saßen. »Kannst du dir überhaupt vorstellen, was für Sorgen wir uns gemacht haben? Wie kommst du dazu, einfach so in den Bus zu steigen? Hast du eine Ahnung, wo wir dich überall gesucht haben?«

»Hättest du mich denn fahren lassen, wenn ich gefragt hätte?«, erwiderte er. Seine Eltern starrten sich ratlos an. Sie hassten es, wenn er auf eine Frage eine Gegenfrage stellte.

»Nein, Jan, ich glaube nicht.«

Er zuckte mit den Schultern. *Da hatten sie die Antwort.*

»Wir hätten mit dir gesprochen, uns deine Geschichte in Ruhe angehört.«

»Hättet ihr auch dem Kommissar davon erzählt?«

Seine Mutter hielt die Hände dramatisch zum Himmel. »Dieses Kind macht mich wahnsinnig!«, stöhnte sie. Etwas, was sie immer wieder sagte. Und jedes Mal spürte Jan einen heftigen Stich. Er liebte seine Mama doch. Er wollte ihr keine Probleme machen. Nur deshalb behielt er so viele Dinge, die ihm durch den Kopf gingen, für sich. Weil er wusste, wie sehr sie sich aufregte.

»Jan, es war doch nur ein Traum«, versuchte es sein Vater. »Denkst du wirklich, die Polizei hat die Zeit, jedem Traum nachzugehen?«

Der Kommissar aus Husum hatte ihm genau zugehört. Bei ihm war seine Information gut aufgehoben. Ganz zu schweigen von Harke. So viel Gelegenheit zum Reden hatten sie ja nicht gehabt. Aber zum allerersten Mal fühlte Jan, dass ihn jemand wirklich verstanden hatte. Dass seine Eltern seinen neuen Freund für ein Monster hielten, fand er gemein.

»Jan, hast du gehört, was ich gefragt habe?«

»Das war kein normaler Traum«, wiederholte er trotzig, was er bereits im Auto gesagt hatte.

Seine Mutter seufzte nur, während sie sich und ihrem Mann einen Tee eingoss. Jan hatte sie ein Glas Milch hingestellt.

»Du hast gesagt, du hast kein Gesicht erkannt?«

»Nein, aber …« Er stockte, forschte in seiner Erinnerung. Langsam verschwand alles immer mehr im Nebel. »Da war jemand. Und er hat Onkel Hinnerk gestoßen.«

Seine Eltern tauschten einen Blick.

»Dann hast du nichts gesehen?«, erkundigte sich sein Vater.

Jan atmete traurig aus. »Ich habe was gespürt. Dass er sich wehgetan hat. Dass er gestorben ist.« Er schaute auf seine Hände.

»Sonst nichts?«, hakte seine Mutter noch mal nach, streichelte ihm dabei liebevoll über die Wange. Er schüttelte den Kopf.

Für einen Moment schwiegen alle.

»Jan«, sein Vater räusperte sich, »deine komischen Träume sind eine Sache. Du hast eben viel Fantasie. Aber dass du mit so einem Quatsch zur Polizei fährst, das geht wirklich nicht.«

»Das ist kein Quatsch«, rief Jan verzweifelt.

»Hör auf, mich zu unterbrechen!«, fuhr sein Vater ihn an. Jan zuckte erschrocken zurück.

»Lass ihn. Er wollte eben helfen.« Seine Mutter seufzte müde. Sie stand auf und begann, die Spülmaschine auszuräumen.

Sein Vater winkte ungeduldig ab und sah Jan tief in die Augen. »Nein, auf so eine Hilfe kann die Polizei verzichten. Aber wenn du wieder was zu sagen hast, rede erst einmal mit uns, bevor du allein durch die Gegend fährst. Haben wir uns verstanden, junger Mann?«

Jan nickte. Seine Mutter bemerkte, dass er kurz vorm Weinen war. Wieder streichelte sie ihm über die Haare.

»Mein armer Kleiner, wir machen uns doch nur Sorgen. Diese düsteren Träume, die sind nicht gut für dich.«

Jan sah auf den Boden. Das hatte er schon so oft gehört. Aber was sollte er denn tun? Er träumte diese Dinge nun einmal. Und wenn etwas davon wirklich passierte, verwirrte ihn das am allermeisten.

»Wieso hast du das nur getan?«, fragte Olga vorwurfsvoll, als er später allein in seinem Zimmer hockte. Seine Eltern hatten ihm einen Tag Stubenarrest verordnet, damit er in Ruhe darüber nachdachte, warum er nicht von zu Hause abhauen und mit dem Bus nach Husum fahren durfte.

Jan wich ihrem Blick aus. Er hatte sich ein Comic geschnappt. Wieso ließen ihn die Erwachsenen nicht endlich in Ruhe?

»Ich habe dir gesagt, dass du dein Geheimnis für dich behalten solltest. Schau, was passiert ist.«

»Der böse Mann hat Onkel Hinnerk geschubst. Jetzt ist er tot. Ich wollte, dass die Polizei diesen Mann schnappt, damit er ins Gefängnis kommt.«

Olga verdrehte die Augen. Jan konnte sehen, dass ihre Hände wieder zitterten. Sie hatte ihre grauen Haare inzwischen ordentlich zu einem Dutt nach hinten gesteckt, ihr Gesicht sah aber noch grauer aus als am Vormittag.

»Mein liebes Kind, ich fürchte, so einfach ist das nicht.«

Jan betrachtete die alte Magd misstrauisch. Warum war sie so dagegen, dass er anderen von seinem Traum erzählte?

»Dafür ist die Polizei doch da! Sie fangen die bösen Menschen und sperren sie ein.«

Olga schwieg, sah ihn nur an. Was war das in ihrem Blick? Angst?

»Ich glaube kaum, dass die Polizei hier was tun kann.«

Jan betrachtete sie, rieb sich über die Augen. Es ärgerte ihn, dass er ständig blinzeln musste. Aber sosehr er sich auch konzentrierte, es zu lassen, passierte es doch immer wieder.

»Warum?«, fragte er.

Sie überlegte einen Moment. »Weil es böse Mächte auf dieser Welt gibt. Die kann man nicht einfach in das Gefängnis sperren.«

Jan spürte, wie ihm trotz der Hitze im Zimmer ein

kalter Schauer über den Rücken lief. »Böse Mächte?«, wiederholte er ängstlich.

Olga nickte. »Weißt du, der liebe Gott und seine Engel haben so viel zu tun, dass sie nicht überall sein können. Und dort, an diesen dunklen Stellen, da machen sich andere, böse Mächte breit.«

Jan sah in Olgas runzeliges Gesicht. Auf einmal war sein Mund staubtrocken.

»Und wir können nichts dagegen tun?«

Olga schüttelte den Kopf, während ihr Blick hinaus auf die in der Sonne liegenden Felder ging. »Wir müssen auf der Hut sein. Sie nicht reizen. Und hoffen, dass ihre schwarzen Augen, die überall herumschweifen, uns nicht finden.«

Damit stemmte sie sich ächzend aus dem kleinen Stuhl, den sie sich neben Jans Bett gezogen hatte, und ging einfach, ohne das Wort noch einmal an ihn zu richten. Er konnte sehen, wie die Sorgen ihren Rücken noch krummer machten, als er sowieso schon war.

Jan blieb allein zurück. Nervös schaute er hinaus aus dem Fenster zu der in der Sonne leuchtenden knallgrünen Marsch. Er blickte in die gleiche Richtung, in die Olga gerade mit blutunterlaufenen Augen gesehen hatte.

Plötzlich spürte er ein unangenehmes Brennen in seinem Magen. Er wandte sich ab. Aber er war sicher, irgendjemand, *irgendetwas* schaute gerade zurück.

18

Natürlich sah er dem Ziel seines Ausfluges mit gemischten Gefühlen entgegen. Trotzdem hatte es etwas von Urlaub, als Krumme mit dem Auto Husum verließ und im Süden rechts nach Eiderstedt abbog. Keine Bundesstraße. Stattdessen fuhr er mit dem Passat über schmale Landstraßen, vorbei an renovierten Friesenhäusern und kleinen Bauernhöfen mit liebevoll gepflegten Gärten. Er hatte alle Scheiben geöffnet, genoss die frische Luft und schaute zu, wie pulsierende Vogelschwärme über die Marsch schwebten. Immer in der Nähe des nördlichen Deichs ließ er sich vom Navi in das Herz Eiderstedts führen. Nach einer halben Stunde erreichte er den Jessen-Hof. Er parkte einen Kilometer entfernt neben einem Feldweg und stellte den Motor aus.

Die Stille war überwältigend. Überwältigend schön. Kein Auto, nur Vogelzwitschern und eine laue Brise, die die Blätter einiger naher Birken flüstern ließ. Kaum hörbar, denn an diesem warmen Sommertag herrschte fast komplette Windstille. Aus der Entfernung hörte er Möwen und das Blöken einer Kuh. Ein Rascheln ließ ihn zusammenzucken. Erschrocken drehte er sich um, konnte aber in den Büschen hinter dem Wagen nichts sehen. Vielleicht eine Ente, die in der Böschung eines nahen Grabens nach etwas zu futtern suchte.

Er atmete tief durch, roch neben dem nahen Meer den Duft nach frisch geschnittenem Gras und Heu. Er lächelte. Was für eine Idylle. In diesem friedlichen Moment konnte er sich nicht vorstellen, dieses Paradies jemals wieder zu verlassen.

Aber leider war er heute nicht zum Spaß hier. Er zog eine Mineralwasserflasche unter dem Sitz hervor und trank einen Schluck. Er schaute zum Haubarg des Jessen-Hofs. Stolz und mächtig ragte er in den blauen Himmel. Wie ein rotes Schloss inmitten der grünen Felder. Die Scheune befand sich auf der Rückseite, von seinem aktuellen Standort aus konnte er sie nicht sehen. Mit den großen Eichen, die um den Haubarg standen, sah alles sehr heimelig aus. Kaum zu glauben, dass dort vor kurzem ein Mensch auf schreckliche Weise sterben musste. Und noch schwieriger war es, sich vorzustellen, dass er ermordet worden war.

Die beiden Gebäude waren nur ein Teil des Hofs. Auf der anderen Seite eines Landweges erhoben sich zwei gigantische Scheunen, nicht so windschief wie die neben dem Haubarg, sondern moderne Paläste der Landwirtschaft. Auf ihren Dächern waren riesige Solarkollektoren installiert, die jetzt grell im Licht der Nachmittagssonne funkelten. Soweit Krumme wusste, hielten die Jessens dort ihre Milchkühe. Von den Tieren oder auch Menschen war nichts zu sehen. Auf die Entfernung sah alles wie ausgestorben aus.

Doch halt, vor der einen Scheune bewegte sich etwas. Er holte ein Fernglas aus dem Handschuhfach und blickte hindurch. Und tatsächlich, es war der alte Tore Jessen. Aufrecht, mit langen selbstbewussten Schritten marschierte er vor der Halle entlang und verschwand schließlich hinter einer Ecke.

Na schön, dachte Krumme und seufzte. Zeit, den Stier bei den Hörnern zu packen. Er startete den Motor und fuhr im Schritttempo zum Hof, hielt schließlich vor dem Eingang der beiden Scheunen, die nun eher wie Fabrikhallen wirkten. Krumme konnte etwas gedämpft, aber doch ganz deutlich das Muhen von hunderten Kühen hören.

Er stieg aus dem Wagen und überlegte für einen Moment, ein Jackett anzuziehen, weil er damit seriöser aussah. Was bei dem, was er vorhatte, nicht schaden konnte. Aber nach den paar Minuten in der prallen Sonne war er bereits völlig durchgeschwitzt. Die Jacke blieb im Auto.

Langsam schlenderte er zu den Hallen. So lauschig die Landschaft drumherum war, hier wirkte alles verlassen und gespenstisch. Ob alle modernen Bauernhöfe heutzutage so aussehen? Konnte schon sein. Als eingefleischter Berliner war er das letzte Mal vor Jahrzehnten auf einem Bauernhof gewesen.

Ein leises Knurren holte ihn aus seinen Gedanken. Böses ahnend drehte er sich um. Und tatsächlich: Nur ein paar Meter entfernt lauerte Tores Schäferhund. Mit gefletschten Zähnen und eindringlichem Knurren ließ er Krumme nicht aus den Augen.

»Hey, alter Freund«, stammelte er und rührte sich nicht. »Alles klar? Wo ist denn dein Herrchen?«

Jetzt nur keine Angst zeigen. Diese Viecher können das riechen.

Krumme war nicht unbedingt ein Hundefreund. Was in Berlin, wo die halbe Stadt sich Dackel, Doggen oder Pudel in viel zu kleinen Wohnungen hielt, ein Problem war. Mit Grauen dachte er an die Spaziergänge im Tiergarten zurück, wo er ständig in Alarmstellung sein musste, um nicht von einem bissigen Kampf- oder Schäferhund angesprungen zu werden. Auch mit Harkes Dobermann Reiko hatte er so seine Schwierigkeiten, obwohl der Hund völlig harmlos war.

Auf einem großen Bauernhof mitten in Nordfriesland hatte es natürlich einen Sinn, sich einen Hund zu halten. Einen Wachhund. Und Krumme war sicher, dass Tores Hund perfekt dafür geeignet war. Langsam kam er auf ihn zu, knurrend, die Ohren angelegt, die spitzen Zähne entblößt. Schleim tropfte in zähen Fäden auf den Weg. Krumme spürte, wie ihm der Schweiß auf einmal in Strömen den Nacken herunterlief – und das lag ganz bestimmt nicht nur an der Hitze hier auf dem staubigen Platz.

Wie hieß der Hund noch mal?

»Na, Wolf«, erinnerte sich Krumme. »Alles paletti bei dir? Heute schon was gefressen? Ich hoffe mal, ja …«, sagte er mit gebrochener Stimme.

Wolf marschierte weiter auf ihn zu. Er war riesig, selbst für einen Schäferhund. Ein Sprung, und er konnte ihm die Fänge in die Kehle schlagen. Langsam tastete er sich nach hinten und stolperte, fiel auf den harten Boden. Das Zeichen für den Hund, ihn anzugreifen.

»Wolf! Aus!«, hörte er auf einmal ein strenges Kommando. Tore Jessen. Wie aus dem Nichts war er aus einer der Hallen aufgetaucht. Und kaum zu glauben, die beiden kurzen Wörter reichten, dass Wolf mitten in der Bewegung verharrte und sich nicht mehr rührte.

»Hierher! Bei Fuß!«

Ohne Verzögerung drehte sich das Tier, trottete zu seinem Herrchen und nahm neben ihm Stellung – ließ Krumme aber nicht aus seinen kleinen schwarzen Augen. Unglaublich, wie gut er auf Tore hörte. Krumme fragte sich, ob er auch umgekehrt sofort angreifen würde, wenn der entsprechende Befehl kam. Wahrscheinlich.

»Was wollen Sie hier?«, dröhnte Tores Stimme im gleichen Ton, mit dem er auch dem Hund die Befehle gab.

Krumme rappelte sich auf und klopfte sich den Dreck von der Hose. Wie peinlich, dass ihn der stolze Bauer ausgerechnet in so einer entwürdigenden Situation erwischt hatte. »Ich will nur reden.«

»Ich habe Ihnen nichts zu sagen. Hauen Sie ab und lassen Sie uns in Ruhe.«

»Nur ein paar Worte.«

»Schönen Tag noch.«

Damit drehte sich der alte Mann einfach um und verschwand mit langen Schritten wieder hinter der Scheune. Sein Hund trabte ihm hinterher.

Krumme blieb allein auf dem Platz in der brennenden Sonne zurück. Er verdrehte die Augen.

So schön es in Nordfriesland auch war, an die Sturheit seiner Bewohner musste er sich noch gewöhnen. Zum Glück war er als Berliner hart im Nehmen und unverschämte Umgangsformen gewöhnt.

Na warte, so schnell wirst du mich nicht los! Er wischte sich mit dem Handrücken den Schweiß von der Stirn und folgte dem Alten.

Er fand ihn auf der Rückseite der Halle neben einer

Reihe Hundehütten. Zu seiner Überraschung lagen vor den kleinen Plastikhäuschen aber keine Hunde im weichen Heu, sondern Kälbchen. Mit großen Augen schauten sie aus ihren Hütten heraus oder ließen sich von Tore streicheln, während er ihnen neues Futter gab.

»Habe ich mich eben nicht klar genug ausgedrückt?«, herrschte er Krumme an.

»Sehr klar«, erwiderte er, während er einen Blick auf Wolf warf, der zwar aufmerksam den Kopf hob, ansonsten friedlich in einiger Entfernung neben einem Zaun lag. Wahrscheinlich, um den Kälbern keine Angst einzujagen.

Er räusperte sich. »Jetzt mal Butter bei die Fische«, sagte er einen Spruch, den er von Mannsen gelernt hatte. »Es gab hier einen Toten. Ihren Sohn. Das kann Ihnen doch nicht egal sein.«

»Ihre Kollegen sind sich einig, dass es ein Unfall war.«

»Vielleicht war es das ja auch. Aber solange die genauen Umstände nicht geklärt sind, muss ich darauf bestehen, dass Sie mich meine Arbeit machen lassen.«

Tore musterte ihn mit abschätzigem Blick. »Ihre Arbeit?«, fragte er spöttisch. Jetzt, wo er dicht vor ihm stand, konnte er dunkle Ringe unter Tores Augen sehen, sein Gesicht wirkte grau und eingefallen. Offensichtlich Spuren der Trauer um sein ältestes Kind.

Doch egal, was die Gründe für Tores Stimmung waren, allmählich ging ihm der alte Mann auf die Nerven. »Ja«, erwiderte er. »Ich fange die Bösen, damit sie nichts Böses mehr tun können.«

Zum ersten Mal hob Tore die Mundwinkel, aber ein wirkliches Lächeln war es nicht.

»Lust auf einen kleinen Ausflug?«

Krumme sah ihn überrascht an. »Ausflug? Wohin?«

Tore grinste. »Lassen Sie sich überraschen.«

19

Kurz darauf rasten sie auf einem riesigen Trecker durch die Marsch. Tore saß mit Gummistiefeln hinter dem Steuer. Krumme daneben auf einer Art Notsitz, zusammengedrängt mit Wolf, der die Schnauze zufrieden in den Wind hielt und ihn zum Glück nicht mehr beachtete.

Krumme war schon einmal auf einem Trecker gefahren, vor 30 Jahren bei einem Urlaub auf einem Bauernhof an der Ostsee. Aber das war eine knatternde, nach Diesel stinkende Kiste gewesen. Nun saß er auf einem wahren Ungetüm, raste in dem turmhohen PS-Monster so schnell über die schmalen Landwege, dass es ihm den Atem nahm. Schafe rannten erschrocken auseinander, Kühe glotzten dem donnernden Ungeheuer ungläubig hinterher. Tore schien jeden Stein, jede Kurve und kleinste Bodenwelle im Schlaf zu kennen. Andere Verkehrsteilnehmer interessierten ihn nicht. Zwei Autofahrer und ein Radfahrer, die ihnen auf den schmalen Wegen entgegenkamen, konnten sich erst im letzten Moment in Buchten am Straßenrand retten. Tore brauste an ihnen vorbei, ohne auch nur einmal den Fuß vom Gas zu nehmen. Einmal kreuzten sie die enge Durchfahrt zu einem anderen Koog. Auch hier dachte Tore nicht eine Sekunde daran, etwas abzubremsen, dabei waren nach

Krummes Einschätzung auf den beiden mit einer Mauer befestigten Seiten nur ein paar Zentimeter Platz.

Er überlegte, ob er den Alten als Vertreter der Staatsmacht darauf hinweisen sollte, sich gefälligst an die Verkehrsregeln zu halten. Aber irgendwie hatte er das Gefühl, dass das ihre noch junge Bekanntschaft unnötig trüben würde. Also hielt er lieber den Mund und klammerte sich am Sitz fest.

Es waren wohl nur ein paar Minuten, aber Krumme kam es wie eine Ewigkeit vor, als sie endlich ihr Ziel erreichten: den Deich, der Eiderstedt im Norden zum Meer abgrenzte. Tore raste mit dem Trecker einen kleinen Landwirtschaftsweg nach oben auf die Deichkrone, drehte die Maschine Richtung Landesinnere und schaltete dann den Motor aus.

»Da wären wir«, sagte er stolz. »Höher kommen wir nicht. Aber von hier hat man die beste Aussicht.«

Krumme atmete tief durch. Ein Glück, er hatte überlebt. Er schaute sich um. Auf der einen Seite das fast spiegelglatte Meer, nur ein einsamer Frachter zerschnitt das blaue Tuch. Er war auf dem Weg nach Husum, am Horizont erhoben sich bereits die hohen Speicher des Hafens. Gegenüber auf der anderen Seite sah er die grünen Küstenstreifen von Nordstrand und Pellworm. Er kniff die Augen zusammen und meinte, im flimmernden Licht der Nachmittagssonne auch die Spitze des geheimnisvollen Wracks erkennen zu können. Links ragte noch in einiger Entfernung der Leuchtturm von Westerhever in den Himmel.

Auf der anderen Seite des Deichs sah er hinab in die grüne Zauberwelt Eiderstedts, Bauernhäuser, Scheunen.

Ferne Dörfer mit spitzen Kirchtürmen. Wiesen und Felder, lange Birkenreihen. Und Schafe, immer wieder Schafe. Auch in der Nähe ihres Treckers stand eine Herde. Krumme schaute hinunter, und zwei Lämmer blickten mit großen Knopfaugen zu ihm hinauf.

»So einen schönen Ausblick haben Sie in Ihrem Berlin nich', oder?« Tore hatte ein Bein lässig auf dem Schutzblech des linken Reifens abgestützt und sah ihn herausfordernd von der Seite an.

»Nein, allerdings nicht. Ein Grund, warum ich ›mein‹ Berlin verlassen habe und jetzt hier in Nordfriesland lebe.«

Der Alte betrachtete ihn nachdenklich und nickte dann.

»Das ist mein Reich«, sagte er dann und zeigte mit einem weiten Schwung nach links. Tatsächlich konnte Krumme den auf einer hohen Warft stehenden Haubarg des Jessen-Hofs sehen, daneben die gewaltigen Hallen mit den in der Sonne glänzenden Kollektoren auf dem Dach.

»Von hier bis zum Hof und dann noch mal die gleiche Entfernung Richtung Osten, das gehört alles unserer Familie. Seit Generationen.«

»Die Biogasanlage da auch?« Krumme zeigte zu den beiden riesigen Gummiblasen, die sich am Horizont vom Himmel abhoben.

Tores Miene verfinsterte sich. »Nein, die gehören Jonas Kattelsen, meinem Nachbarn. Eine Schande, wie diese Gummidinger die Landschaft verschandeln. Wir arbeiten lieber mit Sonnenenergie.«

»Sehr gut«, fand auch Krumme.

»Aber bis dahin, bis zu der Birkenreihe, das ist alles mein Land«, stellte Tore noch einmal fest.

»Beeindruckend.«

»Ich habe den Hof von meinem Vater geerbt. Und irgendwann, wenn es dem lieben Gott gefällt, werden meine Kinder ihn von mir erben.«

Krumme schwieg. Hier oben auf dem Deich war es zum Glück nicht ganz so drückend schwül, trotzdem klebte sein Hemd nach der kurzen Fahrt wie eine zweite Haut am Körper. Seltsamerweise schien Tore die Hitze überhaupt nichts auszumachen. Trotz langer Jeans und Gummistiefeln konnte Krumme nicht einen Schweißtropfen in seinem faltigen Gesicht entdecken.

Tore sah, wie er litt, griff in eine Kiste unter seinem Sitz und reichte ihm eine überraschend kühle Wasserflasche. Krumme schenkte ihm ein dankbares Lächeln und trank einen großen Schluck.

»Haben Sie auch eine Familie?«

Krumme hatte zu schnell getrunken. Er musste aufstoßen. Er dachte an Hannah, seine Tochter, die jetzt in Australien wohnte. An seine Exfrau Maria, die mit ihrem neuen Mann nach Freiburg gezogen war.

Er schüttelte den Kopf. »Nein, habe ich nicht.«

Tore nickte. »Dachte ich mir's doch.«

Er starrte den alten Mann erstaunt an. »Was haben Sie sich gedacht?«

Der Alte rückte seine Brille gerade und blickte über die Marschwiesen. »Sie kommen aus der Stadt. Da hat man es nich' so mit der Familie.«

»Ach nein?« Langsam gingen ihm die Einschätzungen des alten Bauern auf die Nerven.

Aber Tore schien sich ganz sicher zu sein. Er schüttelte den Kopf. »Ich weiß nich', ob Sie das verstehen. Aber wir leben hier viel enger zusammen, als Sie es sich jemals vorstellen könnten. Keine Stadt, noch nich' mal ein Dorf. In so einem Haubarg leben wir ganz für uns. Hier bin ich aufgewachsen. Meine Kinder ebenso und jetzt meine Enkelkinder. 'türlich kennen wir auch andere Menschen. Aber die Familie kommt für uns immer zuerst.«

Krumme atmete tief durch. »Ich kapier schon, was Sie meinen«, begann er vorsichtig.

Tore unterbrach ihn mitten im Satz. »Wirklich? Und warum wollten Sie meine Kinder dann ins Kreuzverhör nehmen?«

Krumme sah ihn entrüstet an. »Ich wollte und will einfach nur mit ihnen reden. Um herauszufinden, was mit Ihrem Sohn Hinnerk passiert ist.«

»Wie schon gesagt, alle sagen, es war ein Unfall. Im Bericht der Spurensicherung stand nichts von fremden Spuren.«

Krumme horchte auf. »Den haben Sie gelesen?«

Tore kratzte sich am Kopf, wich seinem Blick aus und schaute hinaus aufs Meer. »Hab davon gehört.«

Krumme presste die Lippen aufeinander. Wie hieß dieser Kerl von der Spurensicherung noch mal? Köhler? *Na warte, der kann sich auf was gefasst machen!*

»Nur mal angenommen, es war kein Unfall – Sie glauben doch nich' etwa, jemand aus meiner Familie hätte was mit Hinnerks Tod zu tun?«

»Ich glaube gar nichts.«

»Er war mein ältester Sohn. Er vor allem sollte später den Hof übernehmen.«

»Und was ist mit Finn?«

»Finn ist ein guter Junge. Er wird immer auf dem Hof bleiben und seinem Bruder helfen.«

»Jetzt wird er irgendwann der alleinige Erbe sein.«

»Was wollen Sie damit sagen?« Tore starrte ihn wütend an. Auch Wolf hob den Kopf. Er war eingenickt, schien jetzt aber zu spüren, dass sein Herrchen aufgebracht war.

»Ist doch wahr, oder nicht? Oder soll Ihre Tochter den Hof übernehmen?«

»Nein.«

»Na bitte.«

Tores Augen sprühten Funken. »Genau deshalb will ich, dass Sie sich von meinen Kindern fernhalten. Mit Ihren Vermutungen wollen Sie nur einen Keil in meine Familie treiben.«

Krumme schüttelte entnervt den Kopf.

»Schlimm genug, und es bricht mir das Herz, aber es war ein Unfall, verdammt noch mal! Sie sind der Einzige, der anderer Meinung ist.«

»Ihr Enkel denkt genauso.«

Tore stöhnte auf. »Halten Sie bloß den Kleinen da raus.«

»Gar nicht so leicht. Er ist von sich aus zu mir nach Husum gefahren. Bloß um mir von seinem Traum zu erzählen.«

Tore hob den Kopf und sah ihn misstrauisch an.

»Hat er Ihnen nichts von dem dunklen Schatten gesagt?«, fragte Krumme.

Tore schwieg kurz, dann nickte er. »Mir nicht. Aber seiner Mutter.«

»Und? Was denken Sie?«

»Was denken *Sie* denn?«, erwiderte Tore misstrauisch.

»Jan ist ein kleines Kind«, meinte Krumme. »Ein kleiner Junge mit viel Fantasie. Er hat seinen Onkel geliebt. Vielleicht hilft es ihm ja, mit dieser schrecklichen Geschichte klarzukommen, wenn er an so einen ›Schatten‹ glaubt.«

Tore sah ihn nachdenklich an. »Sie halten das alles für Spökenkram?«

»Eher für eine Art Hilferuf.«

Tore schwieg, musterte ihn mit ernster, abschätziger Miene.

Ein leises Klingeln. Es dauerte einen Moment, bis er auf die Idee kam, dass es sein Handy war. Der Alte kramte hektisch in den riesigen Taschen seiner Jeans und nahm ab.

»Niklas, was gibt's denn?«, fauchte er schlechtgelaunt in den Apparat. Dafür, dass er behauptete, seine Familie so zu lieben, führte der Alte ein ganz schön strenges Regiment, dachte Krumme.

Doch dann bemerkte er, wie der Mann plötzlich erstarrte und aschfahl wurde. Auch Wolf richtete verstört die Ohren auf.

»Oh mein Gott!«, stammelte der Alte. »Wo …? Bitte nicht … Natürlich, ich komme sofort.« Tore schaltete mit zitternden Fingern das Handy aus. Sein Blick ging ins Leere. Von einem Moment zum anderen sah er aus wie ein gebrechlicher Greis.

»Was ist passiert?«, fragte Krumme besorgt.

Tore brauchte ein bisschen, bis er die Kraft zum Reden hatte. Als er ihn ansah, war jeder Glanz in seinen Augen erloschen.

»Ingrid«, ächzte er. »Sie hatte einen schweren Unfall.«

20

Martha Martins liebte die Dinge, die sie verkaufte. Kostbare Ölbilder, Grafiken, alte Land- und Seekarten, Römergläser, Jugendstilspiegel, Filmplakate aus frühen Hollywoodzeiten, edler Schmuck – zum Teil noch aus dem 19. Jahrhundert –, Bücher in schweren Ledereinbänden. Möbel hatte Martha auch im Angebot, allerdings nur ein paar Anrichten und Stühle aus der Gründerzeit. Mehr passte nicht in ihren kleinen, aber feinen Laden in einem alten Bürgerhaus in der Husumer Altstadt.

Ja, Martha liebte das Antiquariat, das schon seit mehreren Generationen im Besitz ihrer Familie war. Sie mochte den Geruch nach Leder, nach Farben und Terpentin, nach Geschichte und längst vergangenen Zeiten. Es gab größere Antiquitätengeschäfte, auch in Husum. Aber »Fischers Schatzkammer« war ihr Leben, ihre Berufung und ihr Zuhause. Tatsächlich hatte sie oben unter dem Dach eine Wohnung, in der sie seit dem Tod ihres Mannes Dietrich vor acht Jahren allein lebte.

Nur eine Sache gab es, die Martha überhaupt nicht leiden konnte: Buchhaltung. Zahlen, Rechnungen, Belege, Steuerkram – das alles waren die letzten Dinge, für die sich Martha auf dieser Welt interessierte. Aber natürlich gehörte auch das zu den Aufgaben einer selbstständigen Unternehmerin.

Martha zog sich dafür in ihr kleines Büro neben dem Lagerraum zurück, immer am Mittwochnachmittag, wenn ihr Laden geschlossen und Michelle, ihre einzige Angestellte, nach Hause gegangen war.

Ihr Arbeitszimmer war winzig. Mehr als ein Schreibtisch, ein alter Bürostuhl und ein Schrank passten in die Kammer nicht hinein.

Statt eines Fensters gab es nur Glasbausteine in der Wand, die so trübe waren, dass sie lediglich dunkle Schatten in der Gasse auf der anderen Seite erkennen konnte. Umso leichter fiel es Martha, sich auf ihre unangenehme Arbeit zu konzentrieren. Auch heute wollte sie so schnell wie möglich Feierabend machen und dann noch eine Runde durch die Altstadt drehen. Vielleicht hatte ihre Freundin Nathalie, die in der Stadtbibliothek arbeitete, ja Zeit für ein Alsterwasser am Hafen?

Aber vorher musste sie die Unterlagen für die vierteljährliche Umsatzsteuervoranmeldung zusammensuchen. Besonders viel hatte sie im letzten Quartal nicht eingenommen. Zum Glück hatte die Hauptsaison gerade erst begonnen. Es hatte sich herausgestellt, dass die Touristen ganz verrückt nach hochwertigen Neudrucken alter See- und Landkarten waren, die Nordfriesland in der Zeit vor der »Grote Mandränke« zeigten. Die Sturmflut hatte 1362 die komplette nordfriesische Küste auseinandergerissen und die Halligen und Inseln des Wattenmeeres erschaffen.

Am heutigen Nachmittag erwartete Martha noch eine größere Einnahme. Der Besitzer einer Hamburger Werbeagentur wollte vorbeischauen, er hatte sich in ein Marinebild von Hans Bohrdt verliebt. Ein schrecklicher

Schinken, aber Martha hoffte, dass der Mann mindestens 3000 Euro für das Ölbild zahlen würde.

Wenn es in dem kleinen Raum nur nicht so heiß gewesen wäre wie im Inneren eines Kohleofens. Martha hatte extra für ihren Termin ein leichtes Sommerkleid angezogen, in der schwülen Hitze klebte der Stoff auf ihrer Haut. Wie dumm, dass sich die Glasbausteine nicht aufklappen ließen.

Während ihr Schweiß auf die Steuerunterlagen tropfte, schwor sich Martha, am nächsten Tag einen Glaser anzurufen, damit er ihr ein Fenster in die Wand einbaute.

Diese elenden Steuerformulare. Sie hatte die blöden Unterlagen schon so oft ausgefüllt. Trotzdem fühlte es sich immer wieder wie das erste Mal an. Sie stellte fest, dass sie beim Addieren einen Fehler gemacht hatte. Leise fluchend begann sie von neuem.

Ein lautes Knallen ließ sie heftig zusammenfahren. Erschrocken drehte sie sich um und sah, dass die Tür zum Flur zugefallen war. Dabei hatte sie extra einen leeren Topf dazwischengestellt, damit ein wenig frische Luft in ihre enge Gruft kam.

Sie beschloss, die Tür zu ignorieren und ihre Arbeit so schnell wie möglich hinter sich zu bringen. Sie schloss für einen Moment die Augen und dachte an das Alsterwasser mit ihrer Freundin Nathalie. Vielleicht doch lieber ein eisgekühlter Hugo? Martha entschied, später einfach beides zu bestellen.

Sie wollte gerade eine weitere Zahl in das Steuerpapier einfügen, als sie stutzte.

Irgendetwas stimmte nicht.

Sie brauchte einen Moment, bis sie merkte, was es war.

Martha kräuselte die Nase. Sie roch den Muff alter Akten, ihren mittlerweile kalten Kaffee, ihren Schweiß. Aber da war noch etwas. Und mit jedem Augenblick wurde es stärker, intensiver. Ein seltsam süßlicher Geruch, nach Schwefel oder faulen Eiern …

Gas.

Trotz der Hitze hatte sie plötzlich den Eindruck, eine eiskalte Hand würde sich auf ihren verschwitzten Rücken legen. Vorsichtig, als könnte selbst die kleinste Bewegung eine Katastrophe auslösen, stand sie auf und ging zur Tür. Tatsächlich wurde der Geruch sofort stärker. Nervös fasste sie an die Klinke, um die Tür zu öffnen.

Es funktionierte nicht.

Erschrocken rüttelte sie heftiger an dem Griff. Aber die Tür blieb zu, als wäre sie verschlossen.

Unmöglich!

Die Tür hatte die ganze Zeit offen gestanden und war dann nur zugefallen. Schnell sprang sie zurück zum Tisch und suchte in der Tasche nach ihrem Schlüsselbund.

Aber was war auf einmal nur los? Als sie den Schlüssel in das Schloss steckte, konnte sie ihn nicht drehen. Er verkantete sich, rührte sich kein Stück. Immer hektischer drückte sie gegen die Tür, versuchte, den Schlüssel mit aller Macht zu bewegen – ohne Erfolg.

Sie war eingeschlossen. Gefangen in diesem klitzekleinen Raum. Wie konnte das nur sein? Wieso um Himmels willen ließ sich die verdammte Tür nicht mehr öffnen?

Martha atmete tief durch, zwang sich, den ersten Anfall von echter Panik zu vertreiben.

Denk nach. Das ist dein Laden. Es muss eine Lösung geben!

Auf dem Tisch lag ihr Handy. Mit vor Aufregung und Angst fast tauben Fingern wählte sie die Nummer des Notrufs. Sofort meldete sich eine Frau mit mechanisch klingender Stimme und wollte wissen, was sie für sie tun könne.

Martha sagte ihren Namen und ihre Adresse. »In meinem Haus tritt Gas aus!«, rief sie dann in den Apparat. »Und ich bin im Büro eingeschlossen!«

»Gas?« Auf einmal klang die Stimme sehr alarmiert. »Hören Sie sofort auf zu telefonieren. Ich schicke Hilfe. Rühren Sie sich nicht vom Fleck. Fassen Sie nichts an, keinen Schalter, nichts. Wir sind gleich bei Ihnen.«

Damit beendete die Frau vom Notruf das Gespräch. Martha sah erschrocken auf ihr Handy, legte es ängstlich zurück auf den Tisch, ganz vorsichtig, als würde es sich um eine Bombe handeln.

Der Schweiß lief ihr in Strömen den Körper hinunter, brannte heftig in den Augen. Martha griff nach dem Saum ihres Kleides und wischte damit über ihr Gesicht. Wie lange es wohl dauern würde, bis Hilfe kam?

Mittlerweile konnte sie den unheimlichen Gestank des Gases immer deutlicher erkennen. Es roch nach Schwefel wie die Ausdünstungen der Hölle. Auf Zehenspitzen ging sie zurück zur Tür, versuchte noch einmal, sie zu öffnen, wieder ohne Erfolg. Ängstlich drückte sie das Ohr an das Holz. Und hörte auf der anderen Seite das leise Zischen.

Das Gas. Wie das gleichmäßige Pfeifen einer kochenden Teekanne. Wo kam es nur her, wo war das Leck? Sie hatte keine Ahnung, wo sich im Lagerraum die Gasleitung befand. Was funktionierte da auf einmal nicht? Eigentlich war ihre Gasheizung auf dem letzten Stand, geprüft und abgenommen – Pflicht bei all den Bildern und wertvollen Kunstgegenständen in ihrem Geschäft.

Was passierte hier nur?

Plötzlich flammte ein entsetzlicher Gedanke in Martha auf: der Mann, der das Gemälde von Hans Bohrdt kaufen wollte. Sie schaute auf die Uhr, und ihr Herz blieb stehen. Er hätte schon vor zehn Minuten da sein müssen.

Er wusste, dass sie am Nachmittag in ihrem Büro arbeitete. Aber er hatte trotzdem unbedingt heute kommen wollen.

»Kann sein, dass der Laden abgeschlossen ist«, hatte sie ihm gesagt. »Dann müssen Sie klingeln.«

Ihre Türklingel stammt noch aus den 50er Jahren. Ein wackeliges, altes Ding, das sie bisher nur aus sentimentalen Gründen nicht ausgetauscht hatte.

Das Rauschen im Hintergrund wurde immer lauter. Der Gestank unerträglicher.

Was, wenn der Mann vor der Feuerwehr kam? Und er vor dem verschlossenen Laden …

In dem Augenblick hörte sie es. Ein Klappern. Das Herz schlug ihr bis zum Hals. Sie legte den Kopf an die Tür. Ein Klopfen an der Fensterscheibe.

Oh lieber Gott!

Ein schnarrendes Geräusch.

»Nicht klingeln! Finger weg von der Klingel!«, schrie

Martha, so laut sie konnte. Schlug mit aller Macht gegen die geschlossene Tür.

Plötzlich explodierte die Welt mit einem gewaltigen Donnern. Martha spürte, wie sie emporgehoben wurde. Eine unsichtbare Hand stieß sie in eine glühende Sonne, und ihr Bewusstsein verschwand in einem Wirbel aus grellem Licht.

21

Krumme blickte nach oben in den glühenden Feuerball. Auch jetzt am späten Nachmittag hatte die Sonne kaum etwas von ihrer Kraft verloren. Immerhin war mittlerweile von Westen her eine leichte, erfrischende Brise aufgezogen, die die Temperaturen ein bisschen erträglicher machte.

»Der Kollege meint, die Reifenspuren zeigen, dass er nicht versucht hat, ihr auszuweichen«, sagte Pat. Sie zeigte zu einem Beamten der Schutzpolizei, mit dem sie gerade gesprochen hatte. Mit einem weiteren Polizisten war er dabei, die Unfallspuren auf der Straße zu markieren und genau zu vermessen.

Krumme nickte ihr zu. Als er sie nach dem Unfall angerufen hatte, war sie sofort zusammen mit den anderen Kollegen aus Husum gekommen.

Er sah zu den verbogenen Resten von Ingrids Fahrrad. Wie ein zerschlagenes Skelett lag es im Straßengraben.

»Ob es das Wetter ist?«, fragte Pat. Krumme sah sie an. Seine junge Partnerin hob die Schultern. »Das ist doch nicht normal. Da kommt der Kerl …«

»Wir wissen nicht, ob es ein Mann war«, erinnerte er sie.

»Da kommt dieser Mensch und fährt eine harmlose

Radfahrerin einfach über den Haufen und verpisst sich, ohne auch nur einmal zu schauen, was er angestellt hat.« Pat schüttelte den Kopf. »Ist es die schwüle Hitze? Vielleicht drehen die Leute deshalb alle durch.«

Krumme ging zurück zu der Stelle, an der der unbekannte Wagen Ingrid auf ihrem Fahrrad getroffen hatte. In Gedanken ging er aufgrund der Markierungen die Fahrwege durch.

Eine schmale Straße, die die grünen Felder wie ein graues Band schnurgerade durchschnitt. Der Fahrer kam von hinten, musste Ingrid bereits lange vorher gesehen haben. Trotzdem hatte er nicht abgebremst. Das bewies die Wucht, mit der er das Fahrrad getroffen und zur Seite geschleudert hatte.

Zum Zeitpunkt des Zusammenstoßes fuhr Ingrid nicht am Rand, sondern mitten auf der Straße. War sie plötzlich ausgeschert? Oder radelte sie bereits länger auf der Straßenmitte und hatte eventuelle Warnungen des Fahrers missachtet?

Krumme seufzte. Schon der zweite Schicksalsschlag, der die Familie Jessen in so kurzer Zeit traf. Er mochte sich gar nicht vorstellen, was sich für ein Drama im Krankenhaus abspielte, in das sie die schwerverletzte Ingrid gebracht hatten.

»Ich will, dass die Feldwege in der näheren Umgebung nach Wagenspuren abgesucht werden.«

»Meinen Sie, er hat irgendwo auf sie gewartet?«

Er hob die Schultern. »Vielleicht hat der Fahrer dort auch nur ein Schläfchen gemacht. Schnaps getrunken. Was weiß ich. Unter Umständen hat er auch etwas aus dem Fenster geworfen, wodurch wir ihn finden können.«

»Ich sag den Kollegen Bescheid.« Pat tippte eine Notiz in ihr Smartphone. Offensichtlich benutzte sie das Ding nicht nur zum Chatten.

Krumme schaute sich um. In den umliegenden Feldern sah er nur einige Schafe.

»Zeugen?«, fragte er Pat, die schon wieder auf ihr Handy blickte. Trotzdem war sie ganz bei der Sache und konnte sofort antworten.

Sie schüttelte den Kopf. »Noch hat sich keiner gemeldet.«

»Die Kollegen sollen alle Höfe auf dieser Straße abklappern. Irgendeinem muss doch ein Wagen aufgefallen sein, der mit überhöhter Geschwindigkeit hier langgerast ist.« Er zeigte auf Glassplitter auf dem Asphalt. »Und kaputte Scheinwerfer hat er auch.«

»Eine Suchmeldung im Radio?«

»Gute Idee. Und eine Nachricht an alle Werkstätten in Nordfriesland. Irgendwo muss der Kerl ja hin, wenn er sein Auto reparieren lassen will.«

»Oder die Frau.«

Krumme sah überrascht zu Pat, die sich auf ihre Notizen konzentrierte, dabei aber ein schüchternes Lächeln nicht unterdrücken konnte.

Er nickte. »Komm, lass uns in die Klinik fahren.«

Eine halbe Stunde später fuhren sie mit dem Dienst-Passat auf den Parkplatz des Nordfrieslandklinikums in Husum. Wieder hatte Pat darauf bestanden zu fahren, obwohl das für sie totalen Stress bedeutete. Bei jedem entgegenkommenden Auto zuckte sie zusammen. Trotz der Klimaanlage des Wagens hing ihr durchgeschwitztes schwarzes T-Shirt wie ein nasser Lappen an ihrem Körper. Hatte sie wirklich solche Angst? Zum Glück waren sie fast ausschließlich über einsame Landstraßen ohne viel Gegenverkehr gefahren.

Das Krankenhaus befand sich nördlich des Husumer Schlosses, ganz in der Nähe von Krummes Wohnung. Die Notaufnahme war gut gefüllt. Pat hatte recht, das schwülheiße Wetter zerrte an den Nerven der Menschen, viele kämpften mit Kreislaufproblemen oder ließen sich auf unnütze Streitereien ein. Gerade wurden zwei junge Männer eingeliefert, die mit Messern aufeinander losgegangen waren. Und dann gab es da noch einen schlimmen Gasunfall. Auf ihrer Fahrt hatten sie die Rauchwolke über der Altstadt und viele Feuerwehrwagen gesehen. Im Radio hatten sie von zwei Toten und mehreren Verletzten gesprochen. Einige von ihnen lagen bereits auf der Intensivstation.

Krumme fragte nach Ingrid Jessen und erfuhr, dass die Familie gerade bei ihr war. Er beschloss, zusammen mit Pat im Wartebereich zu bleiben.

Der Raum war fast bis auf den letzten Platz gefüllt, die Stimmung bedrückt – normal für eine Intensivstation, auf der die Patienten um ihr Leben kämpften. Immer wieder sah Krumme, wie draußen auf dem Flur Ärzte und Krankenschwestern hektisch hin und her liefen.

Er hasste Krankenhäuser. Wie oft hatte er als Berliner Kommissar in solchen Räumen gesessen, um mit Angehörigen über ihre schwerverletzten Männer, Frauen und oft auch Kinder zu sprechen. Aber am schlimmsten war es gewesen, als seine eigene Tochter Hannah von einem Triebtäter brutal niedergeschlagen und lebensgefährlich verletzt worden war. Allein der Gedanke an die vielen Stunden, Tage und Nächte, die er mit seiner Exfrau Maria im Krankenhaus auf eine gute Nachricht gehofft hatte, versetzte seinem Herzen einen Stich.

Er beobachtete die anderen Menschen. Ein älteres Ehepaar, der Mann flüsterte und versuchte, seine schluchzende Frau zu trösten. Ein junger Mann mit Basecap, der mit abwesender Miene aus dem Fenster starrte. Eine junge Mutter, die mit rot geweinten Augen und einem Baby im Arm bei jedem vorbeigehenden Arzt hoffnungsvoll nach oben blickte. Ein Vater, der mit von Trauer gebrochener Stimme seinem kleinen Sohn aus einem Bilderbuch vorlas.

So viel Leid. Und mittendrin er und Pat. Sie saß mit nach vorn gebeugtem Rücken zwischen den anderen, schaute gedankenverloren auf ihr Handy und verschickte ununterbrochen Nachrichten. Er seufzte, schüttelte den Kopf. War das die neue Generation? Ständig am Handy, ohne die geringste Empathie?

»Schrecklich hier, oder?«, unterbrach Pat auf einmal seine Gedanken.

»Ja«, brummte Krumme überrascht.

»Mein Bruder ist hier letztes Jahr gestorben«, bekannte sie, ohne aufzuschauen. »Motorradunfall.«

»Oh, tut mir leid.«

Pat zuckte mit den Schultern. »Ich kannte ihn eigentlich kaum. Er ist bei meinem Vater aufgewachsen, ich bei meiner Mutter.«

Krumme musterte Pat neugierig. Zum ersten Mal erzählte sie Privates. »Ich dachte, du bist auch aus Husum?«, fragte er.

Pat nickte. »Aber aufgewachsen bin ich in Schleswig.

Erst vor drei Jahren, nach Erics Tod, hat meine Mutter beschlossen, zurück nach Nordfriesland zu ziehen. Und dann war ich kaum hier, wegen der Polizeischule.« Ihr Handy summte leise. Mit geübten Fingern griff sie danach, las die Nachricht und steckte es wieder weg. Dabei sprach sie einfach weiter. »Husum ist mir fast genauso fremd wie Ihnen.«

»Die Stadt ist mir nicht fremd. Ich lebe gerne hier.«

»Aber Sie sind nicht von hier. Sosehr Sie sich auch bemühen, das werden die Nordfriesen nie vergessen. Für die bleiben Sie immer der Berliner.«

»Du bist auch eine Friesin.«

Pat schüttelte den Kopf. »Schon. Aber meine besten Freunde wohnen immer noch in Schleswig.«

»Was ja auch nicht weit weg ist.«

»Schleswig liegt an der Ostsee. Für einen echten Nordfriesen ist das eine völlig andere Welt.«

Pat stand auf und ging zu einem Automaten mit Getränken und Süßigkeiten. »Auch was?«, fragte sie Krumme.

»Ein Wasser vielleicht.«

Pat kramte in ihrer Tasche nach Geld und kaufte eine kleine Mineralwasserflasche und für sich einen Schokoriegel. Dann kehrte sie zurück auf ihren Platz und schaute gedankenverloren auf den Boden, während sie ihre Süßigkeit aß.

Krumme betrachtete sie von der Seite. Was ging nur in ihrem Kopf vor? Zeit, endlich über ihr Verhältnis zu Finn Jessen zu reden. Er räusperte sich. »Sag mal, Pat«, fing er vorsichtig an, »was ich dich fragen wollte. Was läuft da eigentlich zwischen …«

»Da kommen sie«, unterbrach sie ihn und stopfte den Rest des Schokoriegels hastig in ihre Hosentasche.

Die Tür zum medizinischen Bereich hatte sich geöffnet. Tore Jessen war der Erste, der herauskam. Erschrocken bemerkte Krumme, wie schlecht der alte Mann aussah. Kein Vergleich zu dem stolzen Familienpatriarchen, der ihm vor wenigen Stunden noch seinen Besitz gezeigt hatte. Tores eigentlich von der Sonne gebräuntes Gesicht war aschfahl und eingefallen, die Schultern hingen nach vorn. Ein gebrochener Mann. Dahinter kam Niklas, sein Schwiegersohn. Die Haare zerzaust, schwarze Ringe unter den Augen. Die dritte Person kannte Krumme noch nicht: eine sehr hübsche Blondine, kaum älter als fünfundzwanzig. Die Haare waren streng nach hinten gebunden und bildeten einen aufreizenden Gegensatz zu ihrer sportlich-schlanken Figur, die von ihrer engen Jeans und ihrer leichten Sommerbluse noch betont wurde. Zu Krummes Überraschung hielt sie Niklas an der Hand und ließ ihn auch nicht los, als er mit Pat zu ihnen trat.

»Hallo«, begann er unsicher, nickte den drei mitfühlend zu.

Die Reaktion hätte nicht unfreundlicher sein können. Tore verzog das Gesicht, genau wie Niklas, der Krumme voller Verachtung musterte. Nur die Blondine wirkte vor allem überrascht.

»Was wollen Sie denn hier?«, blaffte Tore.

»Wie geht es Ihrer Tochter?«, erwiderte Krumme.

»Wie schon?«, antwortete Niklas für seinen Schwiegervater. »Ein Auto hat sie von der Straße gerammt. Kaum ein Knochen, der nicht gebrochen ist.«

»Haben Sie das Schwein schon geschnappt, der das Ingrid angetan hat?«

»Wir arbeiten dran, Herr Jessen.«

Tore schien daran große Zweifel zu haben. Kopfschüttelnd wandte er sich ab.

Krumme wandte sich wieder an Niklas. »Das tut mir alles sehr leid, Herr Jacobs«, sagte er. »Das Wichtigste ist, dass Ihre Frau überlebt hat. Können wir mit ihr reden? Natürlich nur, wenn ihre Ärzte nichts dagegen haben.«

»Mit ihr reden?«, echote Tore. Tränen liefen ihm über die faltigen Wangen. »Ingrid hat schwere Kopfverletzungen. Der Arzt weiß nicht einmal, ob sie je wieder aufwachen wird.«

Niklas stöhnte schmerzerfüllt auf. Die unbekannte Blondine drückte seinen Kopf an ihre Seite, strich beruhigend mit der Hand über seine Haare.

Krumme betrachtete die beiden leicht irritiert. »Sie dürfen die Hoffnung nicht verlieren. Glauben Sie mir, ich weiß genau …«

»Halten Sie den Mund!«, schimpfte Niklas auf einmal, die Augen rot vor Zorn und Tränen, die Stimme so laut, dass sich alle im Wartebereich umdrehten. »Verschonen Sie mich mit Ihrem Geschwafel! Sie sind doch an allem schuld.«

»Ich? Wieso?«

»Ingrid wollte nur zum Käsehändler. Eigentlich hätte sie das Auto genommen. Aber nach der Sache mit Ihnen und Jan war sie so aufgedreht, dass sie lieber das Rad nehmen wollte. Um frische Luft zu schnappen.«

Krumme sah ihn mit versteinerter Miene an. »Hören Sie, es tut mir wirklich leid, aber …«

»Halten Sie endlich die Klappe!«, unterbrach ihn Ingrids Mann, dem inzwischen die Tränen über das Gesicht liefen.

»Vielleicht ist es besser, wenn Sie Niklas erst einmal in Ruhe lassen«, ergänzte die Blondine, um Entspannung bemüht.

Krumme presste die Lippen aufeinander. Er nickte. »Sie sind Frau …?«

Tore schob sich aufgebracht dazwischen. »Das ist Paula, Hinnerks Frau.«

Krumme nickte. »Ah, schön, Sie kennenzulernen, Frau Jessen. Wir beide wollten uns ja auch noch mal unterhalten …«

»Es ist doch nicht zu fassen.« Tore war nun völlig außer sich. »Haben Sie sich deshalb hier reingeschlichen? Um uns weiter zu belästigen? Mann, wir haben im Moment ganz andere Probleme! Meine Tochter liegt dahinten im Sterben!«

Krumme hob beide Hände. »Und das tut mir auch sehr leid. Trotzdem muss ich darauf bestehen, dass …«

»Sie müssen gar nichts! Halten Sie sich gefälligst von meiner Familie fern. Bringen Sie mir den Kerl, der Ingrid das angetan hat. Vorher will ich Sie nicht sehen, ist das klar?«

Tore wartete nicht auf eine Antwort. Stattdessen schob er Schwiegersohn und Schwiegertochter aus dem Warteraum. »Was für eine Unverschämtheit!«, war das Letzte, das Krumme und Pat hörten, bevor sich die Tür hinter den dreien schloss.

22

»Na, das hat ja toll geklappt«, bemerkte Pat, als sie ebenfalls das Krankenhaus verließen und hinaus in den warmen Abend traten.

»Oh vielen Dank«, fauchte Krumme. »Muss ich mir jetzt auch noch deinen Spott anhören?«

Pat hob erschrocken beide Hände. »Nein, 'tschuldigung. So habe ich das nicht gemeint.«

»Wie dann? Das werde ich wohl nie erfahren. Weil du leider mal wieder gar nichts gesagt hast.« Krumme stopfte seine Hände trotzig in die Taschen.

Pat sah ihn mit großen Augen an. »Was soll ich denn sagen?«

»Verrat mir zum Beispiel, warum Finn nicht mit im Krankenhaus war.«

»Woher soll ich das wissen?«

»Weil ihr beide euch so super versteht.«

Pat blieb mitten auf dem Bürgersteig stehen. »Wie kommen Sie denn darauf?«

Krumme stöhnte. Er wollte eigentlich nicht auf diese Weise über das Thema reden. Aber jetzt gab es kein Zurück mehr.

»Ich weiß, dass du dich mit ihm triffst.«

Pat erstarrte. Er konnte sehen, wie es in ihr arbeitete. »Spionieren Sie mir nach?«

»Blödsinn, ich bin gestern nur zufällig an der Blockhütte vorbeigegangen. Da habt ihr beide in der Ecke gesessen. Konnte euch wirklich nicht übersehen.«

Pat blickte ihn entgeistert an. Schweigend standen sie einen Moment an der Straße, sahen zu, wie Menschen in das Krankenhaus gingen.

»Ja, ich gebe zu, Finn und ich haben uns getroffen«, sagte sie endlich. »Ist das etwa verboten?«

»Du hättest mir das sagen müssen.«

Pat war auf einmal knallrot. Ausgerechnet mit ihm über dieses Thema zu reden gefiel ihr gar nicht. »Wir kennen uns von früher. Nicht besonders gut. Von Partys eben. Aber als ich ihn auf dem Hof gesehen habe, habe ich mich sofort an ihn erinnert.«

»Und dich gleich mit ihm verabredet?«, fragte Krumme vorwurfsvoll.

»Er hat mir geschrieben.«

»Wie bitte? Das ist ja noch schlimmer. Ein Tatverdächtiger in einem Mordfall möchte sich mit dir treffen, und du sagst ja? Was ist los mit dir? Ich denke, du warst auf einer Polizeischule?«

Pat sah ihn irritiert an. »Glauben Sie etwa, dass Finn etwas mit Hinnerks Tod zu tun hat?«

»Sag du es mir«

»Er hat die ganze Nacht im Bett gelegen und geschlafen.« Ihre Stimme zitterte.

»Das hat er dir erzählt?«

»Ja, und das ist die Wahrheit, da bin ich ganz sicher.«

»Warum? Weil er so lieb gucken kann? Oder hat er gestern die Getränke bezahlt?«

Pat starrte ihn fassungslos an. Öffnete den Mund, wollte etwas sagen, schwieg dann aber doch.

Krumme räusperte sich. »Also, damit das klar ist. Egal, was dieser alte Jessen sagt, ich will und werde auf jeden Fall noch mal mit Hinnerks Frau und Ingrids Mann reden. Auch Finn soll gefälligst auf dem Präsidium erscheinen. Kannst du ihm das bitte ausrichten?«

Pat sah ihn stumm an. Vor dem Abendhimmel und mit der untergehenden Sonne im Rücken sah sie fast ein bisschen unheimlich aus. War sie wütend? Verzweifelt? Blitzten in den Augenwinkeln etwa kleine Tränen? Sie senkte den Blick. »Ich rufe ihn an. Sonst noch was?«

»Nein.«

Pat nickte ihm noch einmal zu. Dann stapfte sie davon, den Rücken nach vorn gebeugt, als wenn keiner sehen sollte, wie groß sie war.

Krumme blieb allein zurück, schloss für einen Augenblick die Augen. *Na sauber, jetzt habe ich es mir auch mit meiner Partnerin verdorben.*

Er wusste, dass er etwas zu hart zu Pat gewesen war. Aber wieso musste sie auch ausgerechnet mit einem Verdächtigen flirten? Wieso hatte Finn sich bei ihr gemeldet? Doch bestimmt nur, um mehr von ihr zu erfahren. Vielleicht auch, um herauszufinden, ob sie gegen ihn ermittelten. Wenigstens hatte Pat ihm nichts Vertrauliches verraten können – denn mit ihren Ermittlungen waren sie noch kein Stück vorangekommen. Dafür hatte eine Angehörige des Opfers Krumme geschlagen, und er war in aller Öffentlichkeit beschimpft worden. Mit Grauen dachte er daran, wie die Kollegen morgen im Präsidium über ihn spotten würden.

Er beschloss, noch einen Spaziergang durch die Altstadt zu machen, um die vielen Gedanken, die ihm durch den Kopf schossen, zu sortieren. Statt also den Treibweg geradeaus nach Hause zu gehen, wandte er sich nach links am Schloss vorbei Richtung Altstadt.

Beim letzten Mal hatte er noch den Sommer und die würzige, nach Nordsee duftende Luft geschnuppert. Jetzt spürte er eine seltsame Stimmung, die sich wie ein Stromfeld über die Stadt gelegt hatte. Hatte Pat vorhin recht gehabt? War die schwüle Hitze zu anstrengend für die Menschen? Vor einer Kneipe beobachtete er ein junges Pärchen, das sich so laut stritt, dass er bereits überlegte, ob er einschreiten sollte. An einer Hausecke sprang ein Hund plötzlich laut kläffend auf ihn zu. Erst im letzten Moment hielt ihn eine Leine zurück. Statt sich zu entschuldigen, warf sein Herrchen Krumme einen bösen Blick zu, als wenn er schuld daran sei, dass der Hund durchdrehte.

Wieder kam er an der Blockhütte vorbei, aus der heute nur lautes, aggressives Grölen zu hören war. Während er am Abend zuvor überlegt hatte, auf ein Bier hineinzuschauen, eilte er jetzt mit gesenktem Blick vorbei.

Ein paar Schritte weiter erreichte er die Gasse, in der es heute den Gasunfall gegeben hatte. Die Feuerwehr hatte sie abgesperrt und untersuchte die Trümmer. Krumme beobachtete einige Beamte aus dem Präsidium, die noch am Unfallort arbeiteten. Er fragte, was genau geschehen war. Zuerst wollten sie kaum etwas sagen, weil sie ihn nicht als neuen Kollegen erkannten. Dann berichteten sie ihm in dürren Worten, dass sich ein Gasleck durch einen ungünstigen Zufall entzündet und zwei Menschen sofort getötet hatte. In den Überresten der Nachbargebäude hatten sie vier Verletzte gefunden, und noch waren Rettungsteams auf der Suche nach weiteren Opfern.

Was für eine Tragödie, dachte Krumme. Ob so etwas auch in Frau Schröters Haus passieren konnte?

Fast obszön empfand es Krumme, dass die Leute nur eine Straße weiter ausgelassen in Kneipen und Bars zusammensaßen, als wenn nichts geschehen wäre. Und wieder beobachtete er, wie alle irgendwie zu laut, zu wild und zu heftig miteinander feierten, als wenn es keinen Morgen mehr gäbe.

Unwillkürlich musste er an den Mann denken, von dem Friedrichs erzählt hatte, der ohne einen ersichtlichen Grund in seinen Leuchtturm geklettert war und sich erhängt hatte. Und an Hinnerk Jessen, der so einen schrecklichen Tod gestorben war. Ingrid Jacobs, die von einem Irren über den Haufen gefahren worden war. Und er dachte an die Visionen des kleinen Jan. Von einem dunklen Schatten hatte er gesprochen. Etwas Bösem, das seinen Onkel in den Abgrund gestoßen hatte.

Krumme sah zum immer noch leuchtenden Abendrot, vor dem ein Schwarm Möwen Richtung Nordsee flog, ohne einen Laut von sich zu geben. Ein überwältigender Anblick. Aber zum ersten Mal, seit er hier lebte, hatte der Himmel etwas Bedrohliches. Wie eine düstere Prophezeiung, die Ankündigung von etwas sehr Schlimmem, das bald passieren würde. Oder bereits geschah. Trotz der Wärme, die sich immer noch klebrig durch die Gassen schob, spürte er einen kalten Schauer in seinem Nacken.

Ja, etwas stimmte ganz und gar nicht. Es trieb die Menschen in den Wahnsinn und nahm ihnen den Verstand. Er schämte sich, dass auch er schwach gewesen war und gegenüber Pat so gereizt reagiert hatte. Morgen würde er sich bei ihr entschuldigen.

23

Er hatte ihren Schmerz deutlich gespürt. Den brutalen Stoß, dieses unangenehme Gefühl, für einen Moment jeden Halt zu verlieren. Dann der Aufschlag auf den harten Asphalt.

All das hatte er gespürt, als wäre er selbst dabei gewesen. Aber was genau mit seiner Mutter passiert war, das wusste er nicht. Was es für ihn nur noch schlimmer machte.

»Ein Unfall«, hatte sein Vater gesagt, »aber keine Sorge, es wird ein bisschen dauern, dann wird Mama wieder gesund.« Doch warum hatten er, Opa Tore und Tante Paula dabei so traurig dreingeschaut? Jan war sicher, dass sein Vater geflunkert hatte. Vielleicht wollte er Grete auch nur keine Angst einjagen. Die Arme hatte bereits so schon die ganze Zeit geweint. Erst vor einer halben Stunde war sie völlig erschöpft in ihrem Bett eingeschlafen.

Ein Unfall war es bestimmt nicht gewesen. Olga hatte die Nachricht von dem Unglück schwer getroffen. Beim gemeinsamen Abendbrot hatte sie kaum etwas gegessen und nur mit leerem Blick auf ihren Tee gestarrt. Später, als die Erwachsenen noch zusammensaßen und mit gedämpften Stimmen über die Ereignisse des Tages sprachen, war sie noch einmal zu ihm und Grete ins Kinderzimmer gekommen.

»Hast du was gespürt?«, hatte sie wissen wollen. Dabei hatte ihre Stimme gezittert. Schweiß war ihr die Stirn heruntergelaufen. Die Sache mit Hinnerk hatte sie schon schwer getroffen. Aber was jetzt Jans Mama passiert war, hatte sie noch einmal weiter Richtung Abgrund getrieben.

Für Hinnerk, Finn und Ingrid hatte sie nach dem Tod von Tores Frau Helga vor zwanzig Jahren fast den Platz einer Mutter eingenommen. Unzählige Male hatte sie die drei in den Schlaf gesungen, Essen für sie gekocht, sie in den Arm genommen, wenn sie geweint hatten. Sie liebte die Geschwister wie ihre eigenen Kinder. Und Ingrid war als einziges Mädchen ihr größter Schatz. Doch nun lag sie in Husum im Krankenhaus.

»Das Böse ist da. Und nur wenn wir seinen Preis bezahlen, wird es wieder im Dunkeln verschwinden«, hatte sie Jan zugeflüstert. Jan hatte keine Ahnung, was sie damit meinte. Aber es hatte ihm mindestens so viel Angst eingejagt wie die Nachricht vom Unfall seiner Mutter.

Jans Vater hatte ihn früher ins Bett geschickt. Aber im Gegensatz zu Grete konnte er nicht schlafen. Eine Weile lang starrte er an die Decke. Dann warf er das Betttuch zur Seite, sprang aus dem Bett und kletterte auf das alte rote Sofa, das bei ihnen im Kinderzimmer unter dem Fenster stand. Sein Lieblingsplatz. Stundenlang konnte er hier auf dem Polster stehen und hinausgucken.

Die Sonne war fast untergegangen, aber noch reichte ihre Kraft, um den Himmel in gelbrote Flammen zu tauchen. Die schwarzen Konturen der Birken sahen wie Soldaten aus. Still und stumm standen sie in einer langen

Reihe neben dem Weg, der vom Hof zur Straße führte, und hielten Wacht.

Jan hatte aus diesem Fenster schon oft den Sonnenuntergang gesehen. Doch heute fühlte es sich anders an. Denn da draußen war etwas, das spürte er. Ein erster Reflex wollte, dass er sofort den Kopf einzog, zurück zum Bett ging und sich unter die Decke verkroch. Trotzdem blieb er in seinem Spiderman-Pyjama auf dem Sofa stehen. Eine unbekannte, für ihn neue Kraft trieb ihn an, dem Rätsel auf den Grund zu gehen. Er kniff die Augen zusammen, versuchte, etwas in der leuchtenden Dämmerung zu erkennen.

Hinter den Büschen bewegte sich etwas. Wie hypnotisiert starrte er in die Richtung. Versteckte sich dort das Böse, von dem Olga erzählt hatte? Nahm der Schatten, den er jetzt immer wieder spürte, endlich eine feste Gestalt an?

Nein. Mit einem fernen Blöken löste sich ein einsames Schaf aus dem Gebüsch und hoppelte über das Feld zurück zur Herde. Jan atmete durch – und drückte sein eigenes Plüschschaf, das er die ganze Zeit in der Hand hielt, fest an seine Brust.

Ein leises Klopfen an der Tür ließ ihn zusammenfahren. Mit einem Knarren öffnete sie sich, ein heller Streifen fiel in das Zimmer. Jan sah zur Tür und hatte den Eindruck, im hellen Licht würde ein Engel zu ihm kommen.

Ein ziemlich großer Engel mit schwarzen lockigen Haaren.

»He, kleiner Mann, kannst du nicht schlafen?«, flüsterte Onkel Finn. Er schlich sich leise herein und setzte sich neben ihn aufs Sofa. Jan rutschte herunter und hockte sich auf ein Kissen neben ihn.

Jan liebte seine beiden Onkel. Natürlich auch seine Eltern. Schön, sein Vater konnte manchmal schon ziemlich streng sein. Aber er musste eben immer viel arbeiten und überhaupt: Er war es, der Regeln vorgab und bestimmte, was zu tun war und was nicht. Onkel Finn und Onkel Hinnerk waren ganz anders. Er liebte sie wie große Brüder, wie beste Freunde. Mit ihnen an seiner Seite musste er keine Angst haben. Jetzt war Onkel Hinnerk nicht mehr da. Er würde nie zurückkommen. Umso mehr freute es Jan, jetzt Onkel Finn neben sich zu haben. Den Jüngeren der beiden Brüder, der Stillere. Onkel Hinnerk hatte ständig tolle Sachen für ihn gebastelt, Puppen und alle möglichen Schiffe. Onkel Finn war derjenige, der sich mit Jan auf den Boden setzte, um damit zu spielen.

»Ich bin überhaupt nicht müde«, gab Jan zu.

»Ich auch nicht.« Onkel Finn legte den Arm um seine Schultern und starrte bekümmert ins Zimmer.

»Wird Mama wieder gesund?«

»Ganz bestimmt, Kleiner. Ingrid ist ein starkes Mädchen. Die lässt sich so schnell nicht unterkriegen.«

Jan sah nach oben. In den Augen seines Onkels glänzte eine Träne.

»Ich habe Angst.«

»Musst du nicht.«

»Bleibst du heute Nacht hier?«

Finn blickte überrascht zu ihm herunter. Er nickte und strubbelte ihm dabei durch die Haare. »Aber klar.«

Ein leises Rascheln, dann ein Tapsen über den Holzboden. Grete war ebenfalls aus ihrem Bett geklettert und kuschelte sich jetzt auf Finns anderer Seite unter den Arm.

Jan schaute zu seiner kleinen Schwester hinüber. Die Augen geschlossen, ihre Brust hob und senkte sich gleichmäßig. Sie war sofort wieder eingeschlafen.

Finn blickte gerührt auf ihn und Grete hinab, drückte beide zärtlich an sich. »He, keine Sorge. Ich passe heute Nacht auf euch auf.«

Jan lächelte zufrieden, drückte den Kopf dicht an Finns breite Brust. Er roch das Leder seiner schweren Arbeitsschuhe, den Duft des Stalls, in dem er den ganzen Tag gearbeitet hatte. Er bemerkte, wie das Abendlicht auch das Innere des Kinderzimmers rot färbte. *Ich passe auf euch auf*, hatte Finn geflüstert. Doch eines wusste Jan sehr genau. Nicht Finn beschützte sie – heute Nacht beschützte er seinen Onkel.

24

Krumme wachte am nächsten Morgen in einem völlig durchgeschwitzten Bett auf. War es nur die Hitze oder die Erinnerung an den unerfreulichen letzten Tag? Erst in den Morgenstunden hatte er in den Schlaf gefunden.

Entsprechend zerschlagen fühlte er sich, daran konnten auch eine kalte Dusche und Frau Schröters dampfender Kaffee wenig ändern.

»Sie sehen schrecklich aus«, stellte seine Vermieterin besorgt fest. »Probleme bei der Arbeit?«

»Na ja, ein paar Dinge könnten besser laufen«, gab Krumme zu.

Frau Schröter setzte sich zu ihm an den Tisch. »Was ist denn los?«

»Ach«, machte er und wollte eigentlich nicht in die Details gehen. »Es gibt da ein paar Kommunikationsprobleme.«

»Kann Holger da nicht was machen?«, erkundigte sie sich. Krumme lächelte. Sollte er ihr verraten, dass die Einflussmöglichkeiten ihres gemeinsamen Freundes von der Schutzpolizei Bredstedt bei der Kripo Husum begrenzt waren? Obwohl, immerhin hatte Holger ihm bei seinem Wechsel von Berlin nach Nordfriesland geholfen, indem er ihm die richtigen Ansprechpartner vermittelt und verraten hatte, dass ein Kollege in den Vorruhestand ging. Ohne Mannsen würde Krumme immer noch in Neukölln wohnen und arbeiten.

Als er das Haus verließ und die am Morgen noch frische Luft atmete, sah die Welt wieder besser aus. Auf dem Weg zum Präsidium beschloss er, die Dinge heute aktiver in die eigene Hand zu nehmen. Er war geborener Berliner. Er konnte mindestens so stur sein wie der alte Tore. Und mit Pat würde er direkt ein klärendes Gespräch führen. Mochte ja sein, dass sie schüchtern war. Aber er war ein erwachsener Mann und ein erfahrener Kommissar. Er schämte sich, dass er sich bisher so ungeschickt verhalten hatte.

Als er die vierte Etage im Polizeipräsidium erreichte, herrschte dort trotz der frühen Stunde ungewöhnliche Betriebsamkeit. Im Flur kam ihm Friedrichs entgegen.

»Ach schau an, unser Kollege aus der Hauptstadt ist auch schon da«, spottete er. Dabei zwinkerte er mit einem Auge, um zu zeigen, dass er es nicht so ernst meinte. Aber Krumme wusste genau, was er damit meinte. Er schaute auf die Uhr. »Acht Uhr? So spät ist das nun auch nicht.«

Friedrichs klopfte ihm freundlich auf die Schulter. »Mach ja nur Spaß. Aber haben Sie schon von Ihrem speziellen Freund gehört?«, fragte er mit nun zutiefst betroffener Miene.

Krumme schüttelte verständnislos den Kopf.

»Tore Jessen. Hat sich beim Chef über Sie beschwert. Behauptet, Sie würden seine Familie auf unangemessene Weise belästigen, ohne Rücksicht auf ihre Gefühle und ihre Trauer.«

Krumme versuchte, Haltung zu zeigen, obwohl er einen kleinen Stich in der Brustgegend spürte. »Tatsächlich?«, fragte er.

Friedrichs nickte. »Hat gestern Abend noch angerufen. Aber nehmen Sie sich das nicht so zu Herzen. Der Alte ist ein Kotzbrocken, das weiß jeder hier in Nordfriesland«, sagte er betont mitfühlend, als sei er in dieser Angelegenheit komplett auf Krummes Seite. Aber seine Augen strahlten vor Genugtuung und Schadenfreude.

»Was ist mit dem Toten im Leuchtturm?«

Friedrichs verdrehte dramatisch die Augen. »Verrückte Geschichte. Eigentlich genau wie bei Ihnen, nur umgekehrt.«

Krumme verstand nicht.

»Na ja, aufgrund der aktuellen Beweislage sind die Jessens überzeugt, dass der Tod Hinnerks ein tragischer Unfall war«, begann der lange Beamte seine Erklärung mit einer kleinen Spitze. Krumme runzelte die Stirn, hielt aber den Mund. »Bei dem Leuchtturm ist die Sache auch ganz klar. Selbstmord, ohne Zweifel. Trotzdem wollen die von der Wattenmeerstation nicht wahrhaben, dass kein Verbrechen dahintersteckt. Behaupten, der Mann hätte in den letzten Tagen nicht das geringste Anzeichen für schlechte Laune oder gar Depressionen gehabt. Jetzt verlangen die, dass wir ständig rausfahren und alles immer wieder untersuchen. So ein Blödsinn.«

Krumme nagte an seiner Unterlippe und überlegte. »Bin gespannt, wie das ausgeht. Halten Sie mich auf dem Laufenden.«

»Logo.« Friedrichs hielt seinen vom vielen Rauchen ganz gelben Daumen hoch und klopfte Krumme erneut auf den Rücken. »Viel Spaß noch mit dem alten Tore.«

Wieder das Zwinkern, dann verschwand Friedrichs in dem Büro, das er sich mit dem dicken Ludwig teilte. Bis auf den Flur hinaus konnte Krumme den Gestank von abgestandenem Rauch und Schweiß riechen.

Naserümpfend marschierte er zum Ende des Gangs in sein Büro, in dem Pat bereits hinter ihrem Computer auf ihn wartete – natürlich mit ihrem Handy in der Hand. Er runzelte die Stirn, sagte sonst aber nichts dazu. Nicht gleich den Tag mit Streit beginnen.

»Moin«, sagte er stattdessen.

Pat nickte ihm zu und konzentrierte sich dann wieder auf ihre Nachrichten. Offensichtlich nahm sie ihm das Gespräch vom letzten Abend noch übel. Ihr Problem, dachte er und stellte seine kleine Ledertasche ab.

»Der Chef war gerade hier und …«, begann Pat, ohne hochzugucken.

»… und hat erzählt, dass der alte Jessen sich über mich beschwert hat«, führte er den Satz zu Ende. »Hab schon gehört.«

»Er hat sich über *uns* beschwert«, korrigierte Pat mit einem schüchternen Lächeln.

Krumme nickte ihr dankbar zu. »Ich werde ihm trotzdem sagen, dass es meine Idee war, ins Krankenhaus zu fahren.« Er hängte das Jackett über den Stuhl. Eigentlich völlig überflüssig bei der Hitze, aber ohne eine Jacke fühlte er sich nicht angezogen. Schlips musste nicht sein, eine ordentliche Jacke schon. In seinem Alter brauchte man ein paar feste Gewohnheiten, um Struktur in den Tag zu bekommen. Auf dem Schreibtisch lagen zwei braune Umschläge.

»Was ist das?«

»Die endgültigen Berichte der Spurensicherung und der Pathologie.«

»Ah, da bin ich mal gespannt.« Krumme setzte sich und sah sich zuerst die Erläuterungen seines aktuellen Lieblingskollegen Köhler von der Spurensicherung an. Wieder hatte er sehr sorgfältig gearbeitet, kein Grund für eine Beschwerde. Tatsächlich hatte er nicht nur den Boden nach Spuren abgesucht, sondern auch die Treppe und die komplette Grundfläche der Scheune. Nirgends gab es andere Fingerabdrücke als die von Hinnerk – oder eben gar keine, auch an der Hintertür zum Hof nicht.

Tatsächlich wies alles darauf hin, dass sich keine Person außer Hinnerk in der Scheune aufgehalten hatte.

Und genau das störte Krumme. Irgendjemand musste doch eine Spur hinterlassen haben. Wenn schon nicht der eventuelle Mörder, dann einer aus der Familie. Die Scheune war ein öffentlicher Raum, in dem Werkzeug und landwirtschaftliche Maschinen abgestellt wurden. Er war sicher, dass auch die Kinder dort spielten. Aber nach Köhlers These hatte Hinnerk kurz vor seinem Tod alles gereinigt und gefegt. Nicht nur den Dachboden, sondern sogar den staubigen Boden der Scheune.

Sehr ungewöhnlich, fand Krumme. Bewies aber vielleicht nur, wie ordentlich und sauber Hinnerk gewesen war.

Oder wie clever sein Mörder alle getäuscht hatte.

»In den Bericht der Pathologie habe ich schon mal reingeschaut«, erklärte Pat.

»Und?«

»Nichts Neues. Die Todesursache ist ja klar. Aber sie

habe keine Drogen in seinem Blut gefunden. Ansonsten hatte er wirklich nur zwei Bier getrunken.«

Krumme kratzte sich am Kopf. Sprach das nun für die Theorie eines Unfalls? Oder dagegen? Reichte so ein bisschen Alkohol aus, dass ein großer Mann wie Hinnerk das Gleichgewicht verlor und in den Abgrund stürzte?

Und was war mit Ingrid? Es konnte unmöglich ein Zufall sein, dass sie so kurz nach Hinnerks Tod von der Straße gestoßen wurde. Obwohl, er hatte in seiner kurzen Zeit in Nordfriesland oft beobachtet, dass junge Burschen sehr forsch mit ihren getunten Wagen unterwegs waren.

»Übrigens«, Pat räusperte sich verlegen, »Sie hatten recht, ich hätte Ihnen von meinem Treffen mit Finn erzählen müssen.«

Krumme hob den Kopf, sah sie überrascht an und schwieg.

Sie blickte unsicher auf ihre schwarz lackierten Fingernägel. Offensichtlich kostete es sie viel Kraft, mit ihm über dieses Thema zu reden. »Es hatte sich eben so ergeben. Aber wir haben wirklich über nichts Besonderes gesprochen.«

»Tatsächlich? Immerhin war gerade sein Bruder auf schreckliche Weise gestorben.«

»Deshalb ja. Er war noch immer total traurig. Wir haben ein bisschen was getrunken, Finn natürlich ohne Alkohol«, sagte sie hastig, »dann ist er wieder nach Hause gefahren.«

»Aber warum ist er überhaupt weggefahren? Nichts gegen dich, aber wieso ist er an dem Abend nicht bei seiner Familie geblieben?«

»Sein Vater hatte ihn nach Husum geschickt. Er sollte irgendwelche Unterlagen einwerfen.«

»Was für Unterlagen?«

»Hat er nicht gesagt.« Pat zuckte mit den Schultern. »Ich hätte vielleicht fragen sollen. Aber es war ja nun mal kein Verhör. Sondern nur ein … privates Treffen.«

Krumme dachte nach. »Und gestern? Wo steckte er da?«

»Einer musste sich doch um das Vieh kümmern. Aber dafür ist er später in der Nacht noch zu seiner Schwester gefahren.«

Er musterte Pat nachdenklich. Mit nach vorn gebeugtem Nacken saß sie hinter ihrem Computer, ihr übergroßes T-Shirt hing wie ein Sack über ihren Körper. Und ihre zerzausten Haare, die sie mit einem Gummiband nach hinten gebunden hatte, bewiesen, dass auch sie eine unangenehme Nacht hinter sich hatte. Vielleicht hätte er doch netter zu ihr sein sollen. Aber Geduld war nicht seine größte Stärke. Darüber hatte sich auch Maria, seine Exfrau, manchmal beschwert, wenn er mit ihrer Tochter wegen der Hausaufgaben geschimpft hatte. Wahrscheinlich hatte der alte Tore ja recht, er war wohl wirklich kein Familienmensch.

»Und Finn hat wirklich nichts über Hinnerk gesagt?«, hakte er noch einmal nach, als das Klingeln ihres Handys ihn unterbrach. Krumme verdrehte die Augen. Hörte das denn nie auf? Endlich führten sie ein richtiges Gespräch, und schon funkte ihnen das Scheißding dazwischen. Aber dieses Mal wollte Pat seltsamerweise nicht rangehen. Stattdessen sah sie ihn herausfordernd an. »Was ist los?«, fragte sie.

Erst jetzt kapierte Krumme, dass es sein eigenes Handy war, das in seinem Jackett bimmelte. Mit rotem Kopf zog er es heraus und nahm das Gespräch an. Es waren Kollegen aus St. Peter-Ording. Aufmerksam lauschte er, was sie zu sagen hatten. Dann legte er wieder auf.

»Die haben das Auto gefunden«, sagte er. »In St. Peter. Ein Golf. Der rechte vordere Scheinwerfer ist kaputt, daneben ist eine Beule, und die Farbe ist ab. Sie haben sie überprüft. Die gleiche wie beim Fahrrad.«

»Und wem gehört der Wagen?«

»Einem Lehrer aus Heide. Ist seit zwei Wochen in Urlaub. Thailand. Unser unbekannter Freund hat den Wagen direkt vor seinem Haus gestohlen.«

»Um eine Frau über den Haufen zu fahren?«

Er dachte nach. »Vielleicht, ja.« Er stand auf. »Wir müssen unbedingt herausfinden, wer den Golf geklaut hat.«

»Wir fahren nach St. Peter?«

»Erst mal ja.« Er lächelte, als er ihre unsichere Miene sah. »Ich fahre. Und du erzählst mir dabei alles, was du über Finn weißt. Was er dir über diese seltsame Familie erzählt hat, insbesondere seine hübsche Schwägerin und Ingrids Mann.«

Pat nickte. Sie stand auf, als es schon wieder klingelte. Dieses Mal war es Krummes Festnetztelefon.

»Ganz schön was los heute so früh am Morgen.« Er nahm ab und meldete sich mit seinem Namen. Was er hörte, ließ ihn völlig überrascht erstarren. Mit der Versicherung, dass er sich sofort auf den Weg machen würde, legte er wieder auf. Nachdenklich starrte er hinaus auf den Bahnhof, wo gerade der Zug aus Hamburg am Gleis gehalten hatte.

»Was ist? Fahren wir?«, erkundigte sich Pat.

Krumme schüttelte den Kopf. »Das war Tore Jessen. Er will mich unbedingt sprechen. Jetzt, sofort. Allein.«

25

Tore hatte Krumme gebeten, ihn nicht im Haubarg zu treffen, sondern in einem Café in Tetenbüll, einem kleinen Dorf, ganz in der Nähe des Jessen-Hofs. Er hatte kein Problem, den richtigen Weg zu finden. Über die Finkhauschaussee verließ er Husum, vorbei an den äußeren Hafenanlagen. Schon war er mitten in der Natur und musste nur geradeaus fahren.

Die Sonne stand hoch am Himmel. Auch heute ächzte Nordfriesland wieder unter der ungewöhnlich schwülen Hitze. Zum Glück hatte Krummes Wagen eine Klimaanlage. Er fuhr mitten durch die saftig grüne Marsch. Egal, wie heiß es hier war, ausgetrocknete Felder würde er bei den vielen Entwässerungskanälen hier bestimmt nie sehen.

Aber ausnahmsweise hatte Krumme kein Auge für die wunderbare Landschaft. In Gedanken war er bei Tore Jessen. Was wollte der Alte jetzt wohl von ihm? Erst beschwerte er sich bei seinem Vorgesetzten, und dann bettelte er um ein Treffen? Am Telefon hatte der alte Mann nicht so herrisch wie sonst geklungen. Sondern fahrig, verstört, ja ängstlich. Er hatte Krumme nur gesagt, dass etwas Seltsames passiert sei.

Krumme konnte kaum erwarten, mit Tore zu reden, und raste viel zu schnell über die einsame Straße. Zum Glück kamen ihm trotz Hochsaison nur einige wenige

Wagen und Wohnmobile entgegen. Nur einmal musste er anhalten, weil eine Kuh sich auf die Straße verirrt hatte. Sie schaute ihn mit ihren großen dunklen weisen Augen einen Augenblick lang an und trabte dann gemächlich zurück auf ihr Feld.

Kurz darauf hatte er Tetenbüll erreicht, ein malerisches Dörfchen, das eigentlich nur aus einer alten Kirche und ein paar schiefen Häusern und Bauernhöfen bestand. Das *Café im Theatrium* lag am Ortsausgang, direkt neben einem Theater. Als Krumme aus dem klimatisierten Wagen stieg, hatte er das Gefühl, als würde eine große Hand ihm einen heißen Schwamm ins Gesicht pressen. Dabei stand der Wagen im Schatten eines riesigen Ahornbaums. Er brauchte einen Augenblick, um seinen Kreislauf zu stabilisieren.

Dann schaute er sich um und ließ einmal mehr die Aussicht auf die Marsch auf sich wirken.

Am schönsten war die Stille. Nur das leise Rauschen des Winds in den Bäumen, eher ein Summen, war zu hören. Das Blöken eines einsamen Schafes. Er lächelte selig, als ihn ein frischer, vom Meer kommender Luftstrom erfasste.

Café und Theater befanden sich in einem liebevoll umgebauten Bauernhof. Es gab eine Gartenterrasse mit einem blau-weißen Strandkorb. Im Hintergrund scharrten träge einige Hühner im Sand ihres Geheges. Eine friesische Idylle.

Tore saß drinnen an einem Tisch mit Plüschsofa und blätterte in einer Zeitung. Er war der einzige Gast. Krumme konnte riechen, wie hinten in der Küche leckerer Kuchen für den Nachmittag gebacken wurde.

Wolf war bei Tore, natürlich. Der große Hund schlief neben dem Sofa. Als er näher kam, hob er wachsam den Kopf und knurrte. Doch auf ein leises Kommando von Tore legte er den Kopf wieder auf den Dielenboden und döste weiter.

»Moin«, begrüßte Krumme den Bauern und setzte sich auf einen alten gepolsterten Stuhl Tore gegenüber, der auf dem Sofa wie ein König auf einem Thron wirkte.

Der alte Mann nahm den Blick von den *Husumer Nachrichten* und nickte ihm mit regloser Miene kurz zu.

»Haben Sie das Wrack auch schon gesehen?«, fragte er Krumme und hielt ihm die Titelseite der Zeitung hin, auf der ein entsprechendes Bild aus dem Wattenmeer zu sehen war.

»Nicht in echt. Aber sehr beeindruckend.«

»Allerdings.«

Krumme warf einen Blick auf das Foto.

»Bei Flut sieht man natürlich nicht so viel«, klärte Tore ihn auf. »Sowieso, noch ein paar Tage, und das Ding ist wieder im Watt verschwunden.«

Eine junge Frau in einem leichten Sommerkleid und niederländischen Holzschuhen trat an ihren Tisch. Krumme bestellte einen Pott Kaffee.

»Weiß man schon, um was für ein Schiff es sich handelt?«, fragte er Tore.

»Ein alter portugiesischer Frachter. Ist vor fast 150 Jahren untergegangen. Eigentlich irgendwo in der Meldorfer Bucht, dachte man. Jetzt ist er hier zum ersten Mal wieder aufgetaucht.«

»Unglaublich.«

»Ja, die Welt ist voller Wunder«, erwiderte er dramatisch. Krumme hatte den Eindruck, dass er damit nicht nur das Schiff meinte. Er gab ihm die Zeitung zurück. Gemeinsam schauten sie schweigend hinaus in den Garten, der einen sehr gepflegten Eindruck machte. Der Rasen war gerade gemäht worden. Eine dicke Hummel brummte am offenen Fenster vorbei und setzte sich auf eine Wildblume.

»Schön ist's hier.«

Tore nickte.

Krumme sah zu dem alten Mann. Was war nur los mit ihm? Was hatte sich seit ihrem letzten Treffen im Krankenhaus verändert?

»Wie geht es Ihrer Tochter?«, fragte er ihn.

»Schlecht. Schädel-Hirn-Trauma. Aktuell liegt sie im künstlichen Koma. Der Arzt sagt, es ist nich' sicher, ob Ingrid jemals wieder aufwacht.«

Tores Stimme zitterte. Noch mehr als am letzten Abend wirkte er schwer angeschlagen. Unrasiert, die braune Haut papierdünn, die Haare verklebt.

»Wir haben den Wagen gefunden, mit dem sie angefahren wurde. Er war gestohlen. Der Besitzer ist in Urlaub. Wir schauen jetzt, ob wir den Dieb finden.«

Tore blickte ihm einen langen Moment in die Augen. Dann nickte er müde, fuhr sich mit dem Handrücken über die Augen. Wieder sagten die beiden eine Weile nichts.

»Ich war schon ein wenig überrascht über Ihren Anruf«, erklärte Krumme schließlich. »Immerhin hatte man mich gerade über Ihre Beschwerde informiert. Dass ich mich unverschämt verhalten habe und mich gefälligst von Ihrer Familie fernhalten soll.«

Tore zuckte nur mit den Schultern und blickte mit regloser Miene in den Garten.

»Also jetzt raus mit der Sprache: Was wollen Sie mir erzählen?«

Tore zögerte, bevor er antwortete. »Ich glaube, ich weiß, was hinter dem Ganzen steckt. Hinter Hinnerks Tod. Ingrids Unfall. Ich weiß aber nicht, ob Sie es verstehen werden«, ergänzte er und warf dabei einen hochmütigen Blick auf Krumme.

»Sie haben mich aus dem Präsidium hierherbestellt, jetzt müssen Sie schon alles verraten.«

Tore verzog den Mund, mochte es offensichtlich nicht, wenn er unter Druck gesetzt wurde.

»Es geht um meine verstorbene Frau Helga, die Mutter meiner Kinder«, begann er endlich und lehnte sich dabei zurück. »Als ich ihr damals vor vielen Jahren den Hof machte, gab es noch einen anderen Bewerber. Hauke Bosse, der Pastor hier aus Tetenbüll, ein richtig sturer Hund.«

Krumme horchte auf, entschied aber, erst einmal den Mund zu halten.

»Er war total verrückt nach Helga, hat alles getan, um mich auszustechen. *Was will dieser Fremde hier?*, hat er seine Gemeinde gefragt. *Wie kann er es wagen, um die begehrteste Frau aus ganz Nordfriesland zu werben?*«

»Sagen Sie bloß, Sie sind nicht von hier?«

»Ich war ein Fremder, genau wie Sie jetzt. Na schön, nich' genau so fremd wie Sie. Ich komme aus Heide, auf der anderen Seite der Eider, falls Sie wissen, wo das ist«, ergänzte er leicht abschätzig.

Krumme nickte nur. Tore kratzte sich an seinem kahlen Kopf, bevor er weiterredete. »Helga hatte gerade den Jessen-Hof geerbt. Junggesellen aus dem ganzen Norden standen Schlange bei ihr, nich' nur Hauke und ich. Umso größer war meine Freude, als es mir trotzdem gelang, ihr Herz zu gewinnen.«

Tore atmete tief durch, wischte sich eine Träne aus dem Augenwinkel. Krumme beobachtete ihn nachdenklich. Worauf zum Teufel wollte der Alte hinaus?

»Hauke hat mir nie verziehen, dass Helga sich für mich entschied. Ein Jahr später heirateten wir. Nich' hier in Tetenbüll, das wollte Hauke auf keinen Fall. Noch Jahre danach hat er kein Wort mit uns gesprochen, auch nich', als die Kinder kamen und getauft werden mussten.«

Tore schwieg einen Moment, gefangen von seinen Erinnerungen. Dann trank er einen Schluck und aß ein Stück von seinem Kuchen. »Sollten Sie auch bestellen«, sagte er. »Eiderstedter Kugel. Sehr lecker.«

»Was ist aus ihm geworden?«, fragte Krumme ungeduldig.

»Aus wem?«

»Na, aus Hauke!«

»Ein paar Jahre später starb er, allein und völlig verbittert. Ich bin zu ihm nach Hause gefahren, wollte mich mit ihm versöhnen. Er lag im Bett, konnte kaum noch atmen. Aber wissen Sie, was er mir gesagt hat?«

Krumme schüttelte den Kopf.

»Ich verfluche dich und deine Familie.«

Damit schien für Tore das Entscheidende gesprochen. Entsprechend bedeutungsvoll sah er seinen Gast an.

Krumme räusperte sich, überlegte, wie er darauf reagieren sollte.

»Wie viele Jahre ist das jetzt her?«

»Unsere Hochzeit war vor fast vierzig Jahren. Gestorben ist Hauke vor rund dreißig.«

Krumme nippte an seinem Kaffeebecher. »Soll das heißen, Sie glauben, Pastor Bosse hat Sie und Ihre Familie verflucht?«

Tore schwieg, aber seine ernste Miene verriet, dass er genau das dachte.

»Hinnerks … tragischer Tod. Der schlimme Unfall Ihrer Tochter. Sie meinen, auf diese Weise will der tote Pastor eigentlich Sie bestrafen?«

Tore spürte seine Ungläubigkeit. »Ich hätte mir denken können, dass Sie das nich' verstehen.«

»Ich will es ja verstehen. Ihren Kindern geschehen so schlimme Dinge. Aber Sie meinen, es geht nur um Sie?«

Die Augen des Alten blitzten feindselig. »Es geht *auch* um mich. Denn das ist nich' alles, was passiert ist.«

»Was denn noch?«, wollte Krumme wissen.

Tore überlegte einen langen Moment, bis er sein Geheimnis verriet. »Ich bin todkrank. In drei, spätestens sechs Monaten werd ich sterben.«

26

Auf einmal war Krumme hellwach und ganz bei Tore.

»Ist das Ihr Ernst?«, fragte er entgeistert.

Der alte Mann tippte sich an den Kopf. »Ein Tumor. Inoperabel. In einem halben Jahr ist Feierabend.« Er blickte wieder hinaus in den grünen Garten, kratzte sich am kahlen Schädel.

»Wie schrecklich. Weiß Ihre Familie Bescheid?«

»Natürlich. Wie könnte ich so was vor meinen Kindern verschweigen?«

Krumme schwieg. Tausend Gedanken schossen ihm durch den Kopf.

»Und nun kommt das Verrückte, Herr Kümmel.«

»Krumme.«

Tore machte eine wegwerfende Bewegung. Jetzt war keine Zeit für Details. »Wissen Sie, wann ich die Diagnose von meinem Arzt bekommen habe? Genau an Haukes sechzigstem Geburtstag.«

Er schwieg, um dieser aus seiner Sicht ungeheuerlichen Übereinstimmung noch mehr Gewicht zu geben.

Krumme fehlten die Worte, fassungslos starrte er den alten Mann an. »Das tut mir … leid«, stammelte er. »Seit wann wissen Sie, dass …?«

»Schon seit zwei Monaten.«

»Und es gibt wirklich keine Hoffnung mehr? Haben

Sie schon mit anderen Experten gesprochen? In dem Bereich ist mittlerweile ja viel möglich.«

Tore hob die Schultern. »Nein, ich habe mich damit abgefunden. Wir werden geboren. Wir leben. Und irgendwann sterben wir. Das Rad des Lebens.« Er sah Krumme mit seinen jetzt wieder ganz klaren Augen an. »Aber was Hinnerk und Ingrid passiert ist, das ist nich' normal. Das gehört sich nich'. Kein Vater sollte seinen Sohn beerdigen. Und meine Ingrid so zerstört im Krankenhaus zu sehen, das war mit das Schlimmste, was …« Er schnaufte, konnte den Satz nicht beenden.

Krumme dachte an Hannah. Als er seine Tochter nach der Attacke eines Psychopathen in Pankow das erste Mal in der Klinik besucht hatte. Er nickte.

»Und Sie glauben allen Ernstes, hinter alldem steht der lange Schatten eines verstorbenen Pastors?«

Der Bauer betrachtete ihn verärgert. »Ich hätte Ihnen das nie erzählen dürfen«, schimpfte er. Wolf spürte sofort die schlechte Laune seines Herrchens und begann leise zu knurren.

Krumme hob beide Hände. »Entschuldigung, Herr Jessen, aber Sie müssen zugeben, dass das eine ziemlich verrückte Geschichte ist.«

»Für jemanden aus Berlin vielleicht.«

»Was soll das heißen?«

»Ich war oft in einer großen Stadt. In Hamburg, fünf- oder sechsmal. Und einmal sogar in Berlin. Alles sehr beeindruckend, die Häuser, die breiten Straßen, die vielen Menschen. Alle reden ständig, glauben, genau zu wissen, was die Welt antreibt. Aber in Wirklichkeit wissen sie einen Scheiß.«

»Da könnten Sie recht haben. Vielleicht ist das auch einer der Gründe, weshalb ich hierhergezogen bin. Trotzdem heißt das nicht, dass es Geister und Gespenster gibt.«

Tore musterte ihn finster, schwieg.

»Ich meine, wenn ein kleiner Junge mit solchen Geschichten kommt und sagt, er habe einen schwarzen Mann gesehen, dann …«

»Ich habe ihn auch gesehen«, unterbrach ihn der Alte.

»Wie bitte?«

Ein bitteres Lächeln huschte über sein faltiges, von der friesischen Sonne gegerbtes Gesicht. »Ich habe ihn letzte Nacht wirklich gesehen. Als ich aus dem Fenster geschaut habe, stand er draußen allein im Schatten des Knicks. Sein Gesicht konnte ich nicht erkennen. Aber er hat die Hand gehoben und mir zugewunken.«

Krumme seufzte. »Sie haben den toten Pastor gesehen? Letzte Nacht?«

»Keine Ahnung, ob es wirklich Hauke war.« Er hustete mit schmerzverzerrter Miene. »Aber er war genauso groß.«

Krumme sah Tore nachdenklich an, beobachtete, wie er mit starrer Miene einen Punkt jenseits des lauschigen Gartens fixierte.

»Würden Sie mir die genaue Stelle zeigen? Ich könnte die Kollegen von der Spurensicherung noch mal rufen und …«

»Sie werden nichts finden«, raunte Tore. »Ich war heute Morgen selbst dort. Keine Fußspuren. Nichts.«

»Vielleicht haben Sie das Ganze nur geträumt?«

Wieder sah ihn der Alte abschätzig an. Dann schob

er seine Kaffeetasse zur Seite und schüttelte den Kopf. »Ich glaube, ich habe Ihnen nichts mehr zu sagen.«

»Was erwarten Sie von mir? Ich bin Polizist. Was Sie suchen, ist ein Geisterjäger.«

Tore stand auf. »Wo steht Ihr Auto?«

Krumme erhob sich ebenfalls von seinem Stuhl. »Vielleicht kann ich ja doch mal mit Ihrer Familie sprechen. Mich würde interessieren, ob sie etwas ähnlich Verrücktes gesehen hat.«

»Ich glaube nicht, dass ich das will.«

»Herr Jessen, jetzt mal im Ernst. Hier sind schlimme Dinge passiert, da sind wir uns doch einig, oder? Und wer oder was auch immer dahintersteckt – ohne die Hilfe Ihrer Familie werde ich nie die Wahrheit herausfinden.«

Tore betrachtete ihn, schob seine Brille nach oben. »Sie haben recht«, sagte er dann.

Er atmete durch. »Endlich werden Sie vernünftig. Wo finde ich denn den Rest Ihrer Familie?«

»Nein, die sind alle nich' da. Aber Sie hatten recht, als Sie sagten, dass Sie nich' der Richtige für den Fall sind. Ich werde Ihren Chef anrufen, damit er einen anderen Polizisten schickt.«

27

Tina liebte den Friedhof der evangelisch-lutherischen Kirche in Bredstedt, einem Örtchen nördlich von Husum. Es war ein wunderschöner kleiner Park mit gepflegten Hecken, Blumenbeeten, alten Bäumen. Und mittendrin eine zauberhafte Friedhofskapelle mit rot geklinkerten Wänden.

Was Tina hier am meisten mochte, waren die Ruhe, der Duft der Rosen und der Kiefern, das Zwitschern der Meisen und Spatzen, die sich hier ein Zuhause gesucht hatten.

Früher hatte sie sich überhaupt nicht für die grüne Oase an der Süderstraße interessiert. Doch vor ungefähr sechs Monaten hatte sich das mit der Geburt ihres Babys geändert. Die kleine Nele hatte ihr Leben komplett auf den Kopf gestellt. Länger als vier Stunden am Stück ließ die kleine Prinzessin ihre Eltern nicht schlafen. Entsprechend gerädert stolperte Tina durch die Tage. Schlafentzug – in einigen Ländern war das Folter.

Aus Gründen, die Tina nicht verstand, gab es nur einen Ort, an dem Baby Nele sofort einschlief und mindestens eine halbe Stunde die Augen nicht aufmachte: auf dem Friedhof. Kaum schob Tina den Kinderwagen durch den Eingang, begann die Kleine zu gähnen. Und wenn sie ihren Lieblingsplatz, eine Bank unter einer alten Eiche erreichten, war Nele bereits friedlich weggeschlummert.

So auch an diesem Tag. Tina warf noch einen Blick auf ihr schlafendes Baby und stellte den Kinderwagen direkt rechts neben die Bank. Dann setzte sie sich mit einem erschöpften Seufzer und streckte die Beine aus. Sie trug ihr leichtes Sommerkleid, das sie sich während ihrer letzten, noch babylosen Reise auf Mallorca gekauft hatte. Angesichts der schwülen Hitze, die sich seit einer Woche über das Land gelegt hatte, genau das Richtige. Als echte Friesin war ihre Garderobe für so ein ungewöhnliches Wetter eher überschaubar. Sommerkleider besaß sie nur zwei, Pullover und Regenjacken füllten dagegen den halben Schrank aus.

Entspannt schloss sie die Augen und genoss für einen langen Moment die herrliche Ruhe und den kühlen Schatten der Eiche. Zusammen mit ihrem Mann besaß sie die linke Hälfte eines Zweifamilienhauses am Bredstedter Koog, einer Straße, die Richtung Nordsee und Nordstrand führt. Da hatten sie auch einen kleinen Garten, aber so alte Bäume gab es da nicht. Und schon gar nicht so einen spannenden Ausblick.

Um sie herum standen überall Grabsteine in allen Größen und Formen. Die meisten der Namen auf den Inschriften kannte sie als geborene Bredstedterin sogar. Boyens, Mannsen, Borcherts, Rickmers, Petersen.

Aber ihr Lieblingsgrab war eine Madonnastatue aus Granit, die ihr gegenüber auf einem hohen Steinpodest in den Himmel ragte. Die lebensgroße, leicht verwitterte Madonna schmiegte sich an ein großes Kreuz, das wiederum in einem Steinhaufen steckte. So wie Tina es beurteilen konnte, war das gesamte Kunstwerk aus einem einzigen Stein herausgearbeitet worden. Er stand auf einem Marmorsockel, der an den Ecken und Kanten Moos angesetzt hatte. Kein Wunder, das Grab war über hundert Jahre alt. Es gehörte einem Spanier mit Namen Santos, was erklärte, wie eine Madonnenstatue auf einen evangelischen Friedhof gelangt war.

Sooft Tina herkam und sich die Statue anschaute, entdeckte sie jedes Mal neue faszinierende Details. Am meisten beeindruckte sie, wie luftig und geschmeidig der Umhang von dem ihr unbekannten Künstler gearbeitet war. Er schmiegte sich eng an den schlanken Körper der Frau, betonte ihre Hüften und Brüste, ohne in irgendeiner Weise ordinär zu wirken. Und das war alles nur aus Stein? Tina konnte es kaum glauben. Bei jedem ihrer Besuche hatte sie den Eindruck, vor einer echten Person zu sitzen. Das lag vor allem am Gesicht der Madonna. Voller Wehmut und Trauer starrte sie an dem gewaltigen Kreuz vorbei in eine ungewisse Ferne. Die großen traurigen Augen, der schmale Mund, die freche Stupsnase, all das wirkte so lebendig.

Na, wie war die letzte Woche für dich, meine Schöne?, fragte Tina die Statue in Gedanken, während sie in der Tasche des Kinderwagens nach einem Buch zu kramen begann. *Sei froh, dass du hier im Schatten bleiben darfst. Die Hitze da draußen ist unerträglich.*

Tina trank einen großen Schluck aus einer Mineralwasserflasche und riskierte einen Blick in den Kinderwagen. Nele schlief friedlich auf der Decke. Sie streichelte mit dem Zeigefinger über ein Ärmchen, lächelte verliebt.

Dann lehnte sie sich wieder zurück, schlug die Beine übereinander und betrachtete den Buchtitel. *Eine Liebesgeschichte*, teilte sie der Madonna stumm mit und hielt das Buch dabei in die Höhe.

Tina klappte das Buch auf, legte die rechte Hand wie immer an den Kinderwagen und begann zu lesen.

Doch so interessant, wie sie gehofft hatte, war die Geschichte leider nicht. Vielleicht lag es auch daran, dass Nele sie in der letzten Nacht drei Mal aus dem Bett getrieben hatte. Tina fühlte sich wie zerschlagen.

Nicht einschlafen, rief eine leise Stimme. Aber sie konnte einfach nicht widerstehen. Völlig kaputt schloss sie die Augen. Nur für einen klitzekleinen Moment …

Mit einem leisen Stöhnen schreckte sie auf, sah sich verstört um, versuchte, sich zu orientieren.

Nele!

Noch hatte sie die Finger am Kinderwagen. Schnell schaute sie hinein. Erleichtert atmete sie durch. Ihr Baby lag im Wagen, schlief friedlich, mit dem Daumen im Mund.

Benommen strich sie sich mit der Hand über das Gesicht. Sie hätte niemals einschlafen dürfen. Was, wenn jemand gekommen wäre? Sie sah sich um. Kein Mensch zu sehen.

Wie lange war sie weggenickt? Tina blickte auf ihre Uhr. Nur ein paar Minuten, ein Glück. Trotzdem hatte sie das Gefühl, eine halbe Ewigkeit weg gewesen zu sein. Sie blinzelte zur Sonne. Sie stand genauso hoch wie vor ihrem kurzen Schläfchen. Die Spatzen stritten sich um Brotkrumen, die neben einem Mülleimer auf dem Boden lagen. Und die Eiche rauschte immer noch friedlich über ihrem Kopf.

Nichts hatte sich verändert.

Aber das war ein Irrtum. Etwas war anders. Tina brauchte einen Augenblick, bis sie es verstand.

Die Madonna auf dem Marmorblock.

Jemand hatte ihr brutal das Gesicht herausgeschlagen. Dort, wo vorher noch traurige Augen, eine Nase und zarte Lippen im Stein gewesen waren, starrte Tina jetzt in ein dunkles schwarzes Loch.

28

»Der ist verrückt! Der Alte ist völlig durchgeknallt!« Krumme schlug mit beiden Händen so laut auf den Tisch, dass Pat erschrocken zusammenzuckte. »Und deswegen bin ich da extra rausgefahren«, schimpfte er. »Nur um mir seine Schauergeschichten anzuhören.«

»Immerhin. Ich denke, den alten Herrn hat es viel Überwindung gekostet, ausgerechnet Ihnen zu verraten, dass er bald sterben wird. Und er hat zugegeben, dass er glaubt, einen Geist gesehen zu haben. Das ist für einen alten Friesen eine ganz schöne Leistung.«

Er musterte sie argwöhnisch. »Was soll das heißen? Ausgerechnet mir?«

Pat senkte den Blick. »Sie sind nicht von hier. Sondern aus Berlin. Für Leute wie Tore Jessen könnten Sie ebenso gut vom Mond kommen.«

Krumme nippte an seinem Wasser. »Was für ein abergläubischer Haufen«, brummte er. »Erst der kleine Junge, dann sein Großvater. Und die Magd schien mir auch nicht ganz bei Trost zu sein.«

Krumme tippte sich mit dem Finger an die Stirn, um zu zeigen, was er von Tores Geschichte hielt.

Pat schwieg, schaute nachdenklich aus dem Fenster.

»Was ist mit Finn? Glaubt der auch an diesen Spukkram?«

Pat wurde rot. Sie schüttelte den Kopf. »Darüber haben wir nie gesprochen.«

»Schon komisch, dass ich ihn seit Hinnerks Tod nicht mehr getroffen habe. Fast könnte man denken, er geht mir aus dem Weg.« Er schaute ihr tief in die Augen. »Oder jemand warnt ihn, wann ich komme.«

Sie sah ihn erschrocken an. »Was? Glauben Sie etwa, ich?«

Krumme zuckte mit den Schultern, trank noch einen Schluck. »Ich glaube gar nichts. Ich will endlich Fakten.«

»Ich habe ihm nie etwas Wichtiges gesagt. Eigentlich«, sie seufzte und sah auf ihre Hände, »haben wir gar nicht so viel geredet.«

»Du weißt nicht, wo er sich herumtreibt?«

»Er arbeitet viel auf dem Hof. Jetzt, wo Hinnerk nicht mehr da ist, wohl noch mehr. Aber was er sonst so macht, weiß ich auch nicht.«

»Sieht man sich hier nicht ständig in irgendwelchen Bars? Kneipen?«

»Keine Ahnung. Vielleicht. Aber da kenne ich mich nicht so aus …«

Ihr Handy vibrierte. Pat prüfte kurz, wer ihr eine Nachricht geschrieben hatte. Krumme versuchte, einen Blick auf das Display zu riskieren.

»He, was soll das?« Verärgert schob sie ihr Telefon zur Seite. »Das ist privat!«

»Ist er das?«

»Nein, nur eine Freundin. Und das geht Sie überhaupt nichts an.«

»Während der Dienstzeit schon.«

Pat schwieg. Sie stopfte das Handy in ihre Tasche und schaute mit trotziger Miene aus dem Fenster.

Er atmete aus. War sie jetzt etwa beleidigt? Was für ein Kindergarten. Er dachte an die Kollegen im Neuköllner Polizeipräsidium. In seinem alten Büro mit Blick auf die Sonnenallee hatte ein anderer Wind geweht. Rau, aber herzlich, manchmal mit Tiefschlägen garniert. Berlin eben. Zumindest das vermisste er manchmal sehr.

Pat wich seinen Blicken aus, fast hatte er den Eindruck, sie würde gleich weinen. Egal, da musste sie jetzt durch. Und diesen Finn würde er sich auf jeden Fall noch mal vorknöpfen. Wie kam der darauf, sich an seine Kollegin ranzuwanzen?

»Was ist mit dem Wagen?«, wechselte er das Thema. »Irgendwas Neues?«

Pat wirkte immer noch tief gekränkt. Sie schüttelte den Kopf. »Wir haben keine Zeugen gefunden. Oder irgendwelche Spuren. Auch auf den Fotos der Verkehrsüberwachung gibt es nichts.«

»Haben wir jetzt etwa auch ein Geisterauto? Gibt es schon Bilder aus Heide? Da, wo er gestohlen wurde?«

»Nein. Aber viel wird da auch nicht kommen, fürchte ich. Heide ist nicht …«

»… Berlin«, unterbrach er sie ungeduldig. »Ich weiß, und ich kann es nicht mehr hören. Mag sein, dass die Polizei hier in der Provinz nicht so ausgestattet ist wie in einer Großstadt. Aber für Blitzeranlagen, um Schnellfahrer zu schnappen, reicht das Geld der Gemeinden doch eigentlich immer.«

»Sie müssen es ja wissen.«

Krumme presste die Lippen zusammen und nickte mit säuerlicher Miene.

Pat tippte nervös mit den Fingern auf die Tischplatte. »Ich versuche weiter, etwas herauszufinden.«

»Sehr gut.«

Er öffnete das Diagramm, das Pat von der Jessen-Familie angelegt hatte, schaute es sich einen langen Moment an. »Gute Arbeit«, sagte er schließlich.

»Was?«

»Dein Familiendiagramm. Ich sehe, du hast noch ein paar Details hinzugefügt.«

Pat nickte, sein Lob tat ihr gut.

»Hast du die Alibis von Paula Jessen und Niklas Jacobs während Hinnerks Tod genau überprüft?«

»Ja, so weit das von hier aus möglich ist.«

Er schnappte sein Jackett. »Ich bin noch mal weg.«

»Wohin denn?«

»Ich fahr nach Tönning. Ich will diesem Niklas auf den Zahn fühlen.«

Sie sah ihn erstaunt an. »Aber hat der alte Tore nicht gesagt, Sie sollen sich der Familie fernhalten?«

»Interessiert mich nicht.«

»Und dass ein anderer Kollege sich um den Fall kümmern soll?«

Krumme griff nach den Autoschlüsseln. »So weit kommt es noch. Das hat der alte Bock bestimmt nicht zu entscheiden.«

An der Tür drehte er sich noch mal um. Pat sah ihn ungläubig an. Ob sie enttäuscht war, weil er sie wieder im Präsidium zurückließ? Oder war sie überrascht über seinen flotten Abgang? Er überlegte einen kurzen Moment, zeigte dann auf ihren Computer. »Du kannst in der Zwischenzeit ja weiter an deinem Diagramm arbeiten. Und vergiss nicht die Fotos aus Heide.«

Sie nickte stumm.

Sollte er noch irgendwas Nettes sagen? »Bis später dann«, brummte er schließlich und war durch die Tür. Das Letzte, was er von ihr sah, war ihr breites, von der Türscheibe verzerrtes Gesicht.

29

Krumme war schon einmal in Tönning gewesen. Das idyllische Hafenstädtchen lag nördlich der Eidermündung, mit dem Auto ungefähr eine halbe Stunde südlich von Husum. Besonders gut hatte ihm damals die Promenade am malerischen kleinen Hafen und die Altstadt mit ihren liebevoll renovierten Stadthäusern gefallen, die zum Teil noch aus dem 18. Jahrhundert stammten.

Aber Tönnings verträumtes Zentrum war an diesem Nachmittag nicht sein Ziel. Sein Navi führte ihn in ein kleines Industriegebiet am nördlichen Rand des nur fünftausend Einwohner großen Städtchens.

Niklas Jacobs' Druckerei befand sich in einem länglichen flachen Gebäude. Krumme hatte sich angewöhnt, in solchen Fällen immer in einigem Abstand zu parken und sich in aller Ruhe umzuschauen. Oft verrieten Haus und Umgebung viel mehr darüber, was die Menschen, die dort lebten und arbeiteten, taten und dachten, als das, was sie ihm später erzählten.

In diesem Fall gab es nicht viel zu entdecken. Alles machte einen sehr gepflegten Eindruck. Der Rasen war kurz geschnitten, vor dem Eingang war sogar ein Blumenbeet, und um das ganze Gelände gab es keinen Zaun, sondern nach nordfriesischer Sitte einen kleinen Steinwall. Das schmucklose Gebäude von *Nordic Druck*

Jacobs verriet nichts von seiner Bestimmung. Hinten auf dem Hof standen neben einigen Lieferwagen die Privatwagen der Angestellten. Vorn neben den Gästeparkplätzen nur ein Mercedes-Geländewagen, der sicherlich Niklas gehörte.

Krumme schritt zum Eingang. Zeit, sich ein bisschen mit dem Herrn des Hauses zu unterhalten.

Im Gebäude herrschte entspannte Ruhe. Er hatte keine Ahnung, wie laut und schmutzig Druckereien sonst waren, aber diese machte einen sehr aufgeräumten Eindruck. Während die etwas verhuscht wirkende Empfangsdame nach Niklas schaute, begutachtete er die Produkte von *Nordic Druck*, die an der Wand hingen: nicht nur Flyer und Broschüren, sondern auch T-Shirts und andere Modeartikel. Aber wenn man genauer hinschaute, fiel auf, dass die Exponate alle schon älter waren. Gab es nichts Neueres mehr? Er fragte sich, wie gut die Geschäfte der Druckerei liefen.

»Was wollen Sie denn hier?«, hörte er auf einmal eine müde Stimme hinter sich.

Niklas Jacobs sah grauenvoll aus, noch schlechter als bei ihrem letzten Treffen im Krankenhaus. Zwar sauber rasiert und in einem schicken grauen Anzug, aber die Wangen waren eingefallen, und unter den fast erloschenen Augen schimmerten dunkle Schatten. Ob er nach Ingrids Unfall überhaupt geschlafen hatte?

Krumme war bei Niklas' Anblick erschrocken, begrüßte ihn aber freundlich und zeigte dann an die Wand. »Beeindruckend, Ihr Programm. Wir haben eine Polizeifußballmannschaft in Husum. Vielleicht sollten wir die Trikots bei Ihnen bestellen.«

Niklas verzog den Mund zu einem abschätzigen Grinsen. »Das haben Ihre Kollegen bereits getan.«

»Oh, umso besser.« Er wurde rot.

»Was wollen Sie von mir?«, spuckte Niklas ihm entgegen.

»Ich war gerade in der Nähe. Ich dachte mir, ich schau mal vorbei, um Sie persönlich über den aktuellen Stand der Ermittlungen nach dem Fahrer zu informieren, der das Ihrer Frau angetan hat.«

»Und?«

Krumme räusperte sich. »Soll ich wirklich hier …?« Er zeigte diskret zur Empfangsdame, die aufmerksam zuhörte.

Niklas musterte ihn wie eine Kakerlake. Dann nickte er und führte ihn in sein Büro, ein großes Zimmer mit einem Glastisch und einem Schreibtischstuhl aus Leder. Krumme setzte sich auf ein Sofa, musste zuvor aber Berge von Mustern und Prospekten zur Seite schieben. Überhaupt machte das Büro trotz der edlen Ausstattung einen verwahrlosten Eindruck. Im Hintergrund arbeitete eine Klimaanlage, trotzdem lief Niklas der Schweiß die Schläfen herunter.

»Haben Sie vielleicht was zu trinken?«, erkundigte sich Krumme. Aber Niklas nahm seine Frage überhaupt nicht wahr.

»Also, raus damit! Was haben Sie mir zu erzählen?« Er wippte unruhig auf seinem Stuhl, tippte mit dem Finger auf der Tischplatte und vermied es, ihn direkt anzuschauen.

War da wirklich nur Verachtung, die aus Niklas' Blick sprach? Oder auch Angst? Auf jeden Fall schien er unglaublich unter Druck zu stehen. Natürlich, dachte Krumme, seine Frau kämpft im Krankenhaus um ihr Leben. Endlich erzählte er ihm, was sie über das Auto herausgefunden hatten.

»So viel ist das ja nicht«, stellte Niklas misstrauisch fest. »Dafür hätten Sie nun wirklich nicht extra hier rausfahren müssen.«

»Mag sein. Aber ich wollte Sie einfach mal persönlich sprechen, nachdem wir nicht den besten Start hatten.«

Niklas sah ihn für einen kurzen Moment feindselig schweigend an. »Na schön, jetzt haben wir ja geredet. Noch was?«, fragte er. Dabei spielte er so mit einem spitzen Bleistift, dass Krumme befürchtete, er würde ihn ihm gleich ins Herz stoßen. Aber so schnell gab er nicht auf.

»Das müssen schlimme Tage für Sie sein«, tastete er sich langsam an den eigentlichen Grund seines Besuchs heran.

»Es gab schon bessere«, gab Niklas zu.

»Ihr Schwiegervater hat mir erzählt, wie eng Sie als Familie zusammenleben.«

»Ja, hat er das?«

»Was haben Sie denn gedacht, als Sie von Ihrer Geschäftsreise nach München zurück nach Hause gekommen sind?«

»Was wohl? Ich war entsetzt!«

»Glauben Sie auch, dass es ein Unfall war?«

Niklas beugte sich nach vorn, sah ihm zum ersten Mal voller Verachtung direkt in die Augen. »Was soll das hier werden?«

»Ich möchte nur ein bisschen plaudern.«

»Von wegen. Das ist ein Verhör.«

»Aber nein.«

»Aber doch. Sie kommen hierher, belästigen mich, behaupten, Sie hätten interessante Informationen. Dabei wollen Sie mich nur über meinen Schwager ausfragen. Und das, obwohl Ihnen meine Familie gesagt hat, Sie sollen sich von uns fernhalten.«

»Ich will nur die Wahrheit herausfinden«, entgegnete Krumme. »Das ist nun mal mein Job. Die Bösen schnappen und die Wahrheit herausfinden.«

»Meinen Sie, ich bin ein Böser?« Niklas' Stimme bebte.

»Ich meine gar nichts.«

»Dann will ich Ihnen mal was sagen: Hinnerk war wie ein Bruder für mich. Er ist der Onkel meiner Kinder. Er war ein toller Mann, und für mich ist das alles ein unglaubliches Unglück. Das Einzige, was noch schlimmer ist als Hinnerks Tod, ist, dass Ingrid, die Mutter meiner Kinder, von irgendeinem Irren über den Haufen gefahren wurde.«

Krumme schwieg betroffen.

»Was im Übrigen nie passiert wäre, wenn Sie sie an dem Tag nicht so aufgeregt hätten.«

Er seufzte. »Herr Jacobs, ich bin ja an vielem schuld. Aber das können Sie mir wirklich nicht in die Schuhe schieben.«

»Vielleicht nicht«, unterbrach Niklas ihn. »Aber so oder so, ich habe keine Lust, mit Ihnen zu reden.« Er goss sich ein Glas Wasser ein und trank es vor Krummes Augen in einem Zug leer.

Krumme holte tief Luft. »Tut mir sehr leid, dass Sie

das so sehen. Ob Sie es glauben oder nicht, eigentlich möchte ich Ihnen und Ihrer Familie nur helfen.«

»Auf diese Hilfe können wir gerne verzichten, vielen Dank. Ich wünsche Ihnen noch einen schönen Tag.« Damit verschränkte Niklas die Arme und starrte aus dem Fenster.

Krumme überlegte. Dann stand er langsam von dem tiefen Sofa auf. Sein Rücken tat ihm vom falschen Sitzen weh. Er stöhnte leise. »Na schön«, sagte er um Haltung bemüht. »Aber ich befürchte, wir werden uns noch öfter sehen müssen, ob es Ihnen passt oder nicht.«

»Sie finden den Weg nach draußen, oder?«, fragte Niklas, ohne ihn anzuschauen.

Kurz darauf saß Krumme wieder in seinem Wagen. Wütend schlug er auf die Konsole. »So ein Mist!«, fluchte er und wusste nur zu gut, dass er die Sache verbockt hatte. Was hatte er herausgefunden? Nichts! Da erreichte Pat mit ihrer Internetrecherche ja mehr.

Was war das nur für ein Arschloch?

Hatte er irgendwas zu verbergen? Bestimmt, nur so ließ sich erklären, warum er partout nicht mit ihm reden wollte.

Krumme zog eine Plastikflasche mit Wasser heraus, die er in Husum unter den Sitz geschoben hatte, und trank einen großen Schluck. Er verzog das Gesicht, das Wasser war nur eine warme Brühe. Der Wagen hatte sich in der Sonne unerträglich aufgeheizt. Er kam sich vor wie in einem Backofen, trotz der geöffneten Fenster.

Was jetzt? Aufgeben? Den Bericht der Spurensicherung als die entscheidende Meinung akzeptieren?

Nein, irgendetwas stimmte mit der Familie nicht. Und er war sicher, Niklas spielte dabei eine wichtige Rolle. Er würde herausfinden, was diese abergläubischen Eierköpfe vor ihm verbargen – und wenn sich alle noch so auf den Kopf stellten.

Er wollte gerade den Motor starten, als vor *Nordic Druck* ein nagelneuer Fiat 500 auf den Gästeparkplatz fuhr und Paula Jessen ausstieg. Sie trug ein dunkles Kostüm, das ihrer Figur schmeichelte. Er versuchte, sich vorzustellen, was passieren würde, wenn sie so angezogen durch Husum lief. Alle Leute würden sich nach ihr umdrehen.

Auf hochhackigen Pumps ging sie anmutig in die Druckerei hinein. Krumme überlegte noch, ob er ihr folgen und sie ebenfalls zu einem Gespräch stellen sollte, da kam sie schon wieder heraus – zusammen mit Niklas. Mit untergehaktem Arm ließ sie sich von Niklas zu dem schwarzen Geländewagen führen. Kurz darauf verließen sie den Parkplatz Richtung Bundesstraße.

Krumme startete den Passat. Vielleicht würde er heute ja doch noch etwas Neues herausfinden.

Paula Jessen und Niklas Jacobs – er erinnerte sich, wie vertraut er die beiden am letzten Abend erlebt hatte. Hand in Hand waren sie aus Ingrids Zimmer auf der Intensivstation gekommen. War er wirklich der Einzige, dem das unangemessen und verdächtig vorkam? Und jetzt trafen sie sich erneut, weit weg von ihrem Zuhause auf dem Jessen-Hof. Zu einem romantischen Ausflug? Krumme hatte genau beobachtet, wie aufmerksam Niklas gewesen war, wie galant er der schönen Paula die Wagentür aufgehalten hatte.

Die beiden nahmen gar nicht wie vermutet die B5, sondern bogen gleich rechts auf die B 202 Richtung St. Peter-Ording. Wollten sie doch gemeinsam nach Hause zum Haubarg? Nein, an der entsprechenden Straße in Katharinenheerd fuhren sie nicht Richtung Tetenbüll ab, sondern immer weiter geradeaus. Krumme bemühte sich, so dicht wie möglich an den beiden dran- und dabei unentdeckt zu bleiben. Was gar nicht so einfach war, da nicht viel Verkehr war und die oft schnurgerade Straße über mehrere Kilometer einzusehen war. Außerdem war er in solchen Dingen nicht geübt. Er hatte in Berlin nur einmal ein Auto verfolgen müssen, aber da saß er auf dem Beifahrersitz und hatte sich nach der wilden Jagd durch Kreuzberg fast übergeben müssen.

Niklas war ein recht flotter Fahrer. Ob er immer so schnell fuhr? Oder gab es einen Grund dafür? Krumme musste das Gaspedal ordentlich durchtreten, um an dem Geländewagen dranzubleiben.

Fast hätte er sie in einem kleinen Ort namens Garding doch verloren. Auf einmal waren sie von der Straße verschwunden. Zum Glück entdeckte er den Wagen kurz darauf auf dem Parkplatz eines Supermarkts. Vorsichtig suchte er sich eine Stelle, wo er ihn im Auge behalten konnte, ohne selbst aufzufallen.

Niklas schien in den Supermarkt gegangen zu sein. Paula Jessen stand außerhalb des Wagens und rauchte gedankenverloren eine Zigarette.

Hausfrauen mit Kindern und Babys schoben ihre vollgepackten Einkaufswagen zu ihren Wagen, Touristen versorgten sich mit Schaufeln und Frisbees für ihren Strandausflug. Schwitzende Bauarbeiter trugen palettenweise Wasserflaschen – und auch ein paar Bierflaschen – zu ihrem Lieferwagen.

Und mittendrin die schöne Paula in ihrem schwarzen Kleid, mit einer Zigarette in der Hand. Vor kurzem war ihr Mann auf schreckliche Weise ums Leben gekommen. Was jetzt wohl in ihrem Kopf vorging? Wie eine trauernde, verzweifelte Witwe sah sie jedenfalls nicht aus.

Wie sie da so auf dem Parkplatz stand, wirkte sie wie ein Fremdkörper. Als gehöre sie gar nicht hierher ins beschauliche Nordfriesland. Was hatte Pat herausgefunden? Paula Jessen kam aus Hamburg. Krumme konnte sie sich gut in einem mondänen Club in der reichen Hansestadt vorstellen.

Niklas kam aus dem Supermarkt heraus. Er trug seinen Einkauf in einer Plastiktüte, so dass Krumme nicht sehen konnte, was so wichtig war, dass sie hier noch eine Pause machen mussten.

Die Fahrt ging weiter Richtung St. Peter-Ording. Doch schon kurz hinter Garding wurden sie von einem Trecker aufgehalten. Auf einmal fuhr Krumme direkt hinter den beiden. Leise fluchend schob er sich in dem Sitz nach unten, versuchte, sein Gesicht so gut wie möglich zu verbergen.

Überholen konnten sie nicht, der Gegenverkehr war zu stark und der Trecker zu breit. Krumme überlegte schon, in eine kleine Seitenstraße abzubiegen, aus Angst, Niklas könnte ihn im Rückspiegel erkennen.

In dem Moment beschleunigte der Mercedes, brauste an dem Treckergespann vorbei und fuhr erst im letzten Moment wieder nach rechts, kurz vor einem hupenden LKW, der mit aufgeblendeten Scheinwerfern entgegenraste.

Krumme fluchte. Er konnte ihm unmöglich folgen. Und schlimmer noch, der Blick auf die Straße war ihm durch die Heuballen auf dem Anhänger versperrt. Aber verdammt, von solch lächerlichen Hindernissen durfte er sich nicht aufhalten lassen.

Also gab er Vollgas, schob sich neben den Anhänger und überholte den Trecker. Obwohl das Manöver nur einige Augenblicke gedauert hatte, war der Mercedes bereits verschwunden. Wie konnte das sein? Die Straße war auf dem flachen Land über Kilometer einzusehen. Hatte sich der Wagen in Luft aufgelöst?

Also weiter. Wie ein Irrer trieb er den Passat über die friesische Landstraße, ließ Wagen um Wagen hinter sich, aber der Mercedes wollte einfach nicht mehr auftauchen. Er wusste, dass er sie vor St. Peter-Ording einholen musste, sonst hatte er keine Chance, sie wiederzufinden.

Wieder überholte er einen Lastwagen, einen Milchwagen, fuhr mit Höchstgeschwindigkeit neben den Hänger – und sah plötzlich einen anderen LKW vor sich.

Auf einmal ging alles ganz schnell. Beide Lastwagen sahen die Katastrophe kommen, hupten wie verrückt. Krumme krallte die Hände in den Lenker, schrie. Der Milchwagen blendete auf, bremste, kam ins Schlingern. Krumme wusste, dass er keine Chance hatte. Im allerletzten Moment riss er das Steuer herum.

Er spürte, wie der Passat die Straße verließ, wie er über den Straßengraben sprang und schließlich mit einem lauten Krachen auf dem Feld landete.

30

»Meine Güte, was für ein Abenteuer!« Mannsen nahm sich ein frisches Bier.

»Eine Katastrophe«, jammerte Krumme. »Eine Stunde hat es gebraucht, bis mich einer aus diesem Scheißpriel herausgezogen hat.«

»Und der Passat?«

»Nur ein paar kleinere Beulen. War zum Glück nicht so tief und auch kaum Wasser drin. Aber die Kollegen in Husum ... Diese Idioten hättest du mal sehen sollen.« Er versuchte, Friedrichs' Singsangstimme zu imitieren: »Sie Armer, sind die Berliner Straßen so anders? Müssen Sie sich noch an den nordfriesischen Verkehr gewöhnen?«

»Hast du denn nicht erklärt, dass du einen Wagen verfolgt hast?«

Er schüttelte den Kopf. »Nein. Muss ja keiner wissen, dass ich so doof war, die beiden Jessens auf einer geraden Strecke zu verlieren.«

Mannsen betrachtete ihn mit einem mitleidigen Lächeln.

»Dann läuft noch nicht alles rund im Präsidium?« Er reichte ihm ein neues Bier.

Krumme stieß mit seinem Freund an. »Wird schon. Ist eben eine Welt für sich. Da braucht es seine Zeit, bis sich ein neuer Kollege eingelebt hat.«

»Also, bei mir auf dem Revier in Bredstedt gehen wir immer gemeinsam essen, wenn ein Neuer kommt. Und der – oder die, wir haben auch zwei Frauen – muss sich dann auf einen Stuhl stellen und ein plattdeutsches Lied vorsingen. Gedicht geht auch.«

»Noch ein bisschen Salat?«, fragte Petra Mannsen. Krumme nahm sehr gerne an und lehnte sich im Gartenstuhl entspannt zurück.

»Ich kann noch nicht mal ein plattdeutsches Wort. Oder zählt ›moin‹ auch dazu?«

Mannsen schnappte sich noch ein Würstchen vom Teller. »Bei unseren Feiern gibt's immer ordentlich Aquavit.« Er grinste. »Wenn du fünf oder sechs davon intus hast, kommt das mit dem Plattdeutsch von ganz allein. Wir probieren das nachher mal.«

Krumme lächelte und kostete etwas von Petra Mannsens Kartoffelsalat. Lecker! Grillen bei den Mannsens in Kleebüll – konnte es eine schönere Abendbeschäftigung geben?

Er erinnerte sich an die dunklen Abende in Berlin-Neukölln. Nachdem seine Tochter Hannah ausgezogen war und Maria ihn verlassen hatte, war er viel zu oft allein in seiner alten Wohnung gewesen. Die Stadt zu verlassen und hier im Norden einen Neuanfang zu wagen war die beste Entscheidung seines Lebens gewesen. Jetzt hatte er mit Frau Schröter, den Mannsens und Harke praktisch eine neue Familie. Ein neues Zuhause.

Und dann war da noch diese wunderbare Natur.

Er ließ seinen Blick über den gepflegten Garten schweifen, über das Feld, auf dem entspannt eine Schafherde graste. Er hörte, wie der Abendwind sich über die grüne Marsch tastete, und bewunderte den wie immer endlosen Himmel.

»Harke, wie sieht's aus? Hast du noch ein Kotelett für mich?«, rief Mannsen zu dem Knecht hinüber, der sich mit großem Ernst um den Grill kümmerte. Er trug jetzt die neue blaue Latzhose. Obwohl gerade zwei Tage alt, war sie schon genauso schmutzig wie die alte.

Harke schüttelte den Kopf, die Augen immer konzentriert auf den Rost. Krumme lächelte. Dass Mannsen sich so rührend um den manchmal doch sehr seltsamen Harke kümmerte, ihn praktisch in seine Familie aufgenommen hatte, war ein sehr anständiger Zug seines Bredstedter Kollegen.

»Holger hat mir erzählt, dass du gestern von einer Frau geschlagen wurdest. Mitten im Husumer Hafen, stimmt das?«, erkundigte sich Petra Mannsen, während sie ihre Bratwurst in klitzekleine Stückchen zerschnitt.

»Oh ja, das stimmt, ich war dabei.« Mannsen lehnte sich gemütlich zurück und nippte an seiner Flasche. »Du hättest sie sehen sollen. Nur weil Harke mit ihrem Jungen geplaudert hat. Was für ein Drachen!«

»Sie hatte eben Angst um ihr Kind«, erwiderte Krumme, der nur ungern über dieses Thema reden wollte. »Und seien wir mal ehrlich, Harke kann manchmal schon etwas bedrohlich wirken.«

»Vielleicht war es auch das Wetter«, erwiderte Mannsen. »Diese seltsame Hitze macht die Leute ganz verrückt.«

»Stimmt«, meinte Krumme. »Wenn man in Husum durch die Straßen geht, hat man den Eindruck, die Sonne brennt den Menschen das Hirn weg.«

Mannsen richtete sich auf. »Und nicht nur in Husum. Auch hier müssen wir ständig Schlägereien schlichten. Aber weißt du, was bisher das Merkwürdigste war?«

Krumme und seine Frau sahen ihn erwartungsvoll an.

»Auf dem Friedhof, da haben irgendwelche Halbstarken sogar ein Grab geschändet.«

Petra Mannsen hielt sich erschrocken die Hand vor den Mund.

Auch Krumme war schockiert. »Ein Grab? Wirklich?«

»Na ja, eigentlich nur die Statue, die darüberstand. Sie haben ihr das komplette Gesicht herausgeschlagen.«

»Herr im Himmel«, ächzte seine Frau.

»Habt ihr die Kerle geschnappt?«

Mannsen seufzte, ließ sich wieder in den Gartenstuhl fallen. »Nein, wir haben keine Spur, nicht die geringste.«

»Aber ihr wisst, dass es Jugendliche waren?«

»Wer soll denn sonst so'n Schiet machen? Was Persönliches kann es nicht sein. Das Grab ist fast hundert Jahre alt. Auch die Nachfahren des Toten leben schon lange nicht mehr.«

Für einen Moment schwiegen alle nachdenklich. Harke schob ihnen die fertigen Koteletts auf einen Teller. Dann legte er eine Lage Würstchen auf den Grill.

»Nimm dir auch was, Harke«, rief ihm Mannsen zu. »Nicht dass du mir verhungerst.«

»Holger hat mir gesagt, dass du eine ganz junge Kollegin hast?«, fragte Petra.

Krumme nickte müde. »Frisch von der Polizeischule.« Er seufzte.

»Wie schön«, erwiderte Petra. »Bei dir kann das Mädchen bestimmt was lernen.«

Krumme wiegte den Kopf langsam hin und her. Mannsen betrachtete ihn. »Läuft auch nicht so gut?«

»Doch, doch, alles super. Sie gibt sich viel Mühe.« *Nicht besonders nett*, dachte Krumme, hatte aber keine Lust, ausgerechnet an diesem schönen Abend über seine Probleme im Büro zu reden. Mannsen und seine Frau waren diskret genug, um nicht weiter nachzufragen.

»Ich hole noch ein bisschen Brot«, erklärte sie und stand auf.

Auch ihr Mann stemmte seinen mächtigen Körper nach oben. »Und ich hole uns noch ein bisschen Bier.« Er zwinkerte ihm zu. »Und die Flasche mit dem Aquavit.«

Krumme hob die Hand, wollte protestieren, aber sein Freund war schon Richtung Keller verschwunden, wo der Kühlschrank mit den Getränken stand.

Krumme seufzte, so wie es aussah, musste er ein Taxi nach Husum nehmen.

Harke trat an den Tisch und verdeckte die letzten Strahlen der Abendsonne. »Ein Würstchen?«, fragte er, legte ihm aber, ohne auf die Antwort zu warten, eins auf den Teller. Dann setzte er sich direkt neben ihn an den Tisch. Krumme wollte gerade ein Stück der Bratwurst probieren, als er bemerkte, dass ihn der Knecht mit seinen strahlend blauen Augen musterte.

»Schmeckt gut«, erklärte Krumme unsicher. *Stimmte etwas nicht?*

»Wie geht es Jan?«, fragte Harke unvermittelt.

»Dem kleinen Jessen-Jungen?«, fragte Krumme, der natürlich genau wusste, wen er meinte.

Harke blickte ihm weiter tief in die Augen, was wohl ja bedeutete.

»Ich habe ihn nicht mehr gesehen, seit der Sache im Hafen.«

»Nis glaubt, er ist in Gefahr.«

Krumme stutzte. »Nis?« Harkes Hausgeist?

Der riesenhafte Knecht nickte.

»Was genau hat denn dein … kleiner Freund gesagt?«, fragte Krumme. Er kam sich ein bisschen blöd vor zu fragen, musste aber zugeben, dass Harke und sein Pumuckel in der Vergangenheit mit ihren Ahnungen erstaunlich richtiggelegen hatten.

»Nichts.«

»Du hast doch gesagt, dass …« Krumme schwieg. Harke irritierenderweise auch. Trotzdem sah er ihn weiter an. Krumme beschloss, endlich seine Wurst zu essen. Von Mannsen hatte er gelernt, dass man Harkes Marotten einfach ignorieren musste, wenn sie zu verrückt wurden.

»Wollen wir ihn besuchen?«, fragte Harke auf einmal. Krumme verschluckte sich fast an seinem Essen.

»Du und ich? Auf dem Jessen-Hof?«

Harke nickte stumm.

»Tut mir leid. Ich glaube kaum, dass das geht.«

»Warum?«

»Du warst doch dabei. Hast du nicht gehört, was seine Mutter gesagt hat? Sie will dich nie wieder in der Nähe ihres Sohnes sehen.«

Diese Nachricht schien Harke nicht im Mindesten zu beeindrucken. Er verzog keine Miene, blickte ihm weiter tief in die Augen. Krumme mochte ihn. Aber in diesem Moment konnte er Frau Jacobs' Angst um ihr Kind gut verstehen.

Er schnitt sich noch ein Stück von der Wurst ab. Salzlammbratwurst – köstlich! Er musste Mannsen unbedingt fragen, bei welchem Fleischer er einkaufte.

»Nis weiß nicht, was passiert«, führte Harke den früheren Gedanken zu Ende, so gleichmütig, als würde er über das Wetter des nächsten Tages sprechen. »Aber irgendwas *wird* passieren, morgen schon.«

Endlich wandte er die Augen ab und probierte selber eine Bratwurst. Dabei schaute er gedankenverloren hinaus zu den Windrädern, die dunkel wie eine Reihe Riesen vor dem abendlichen Himmel standen.

Krumme betrachtete ihn mit vollem Mund. Und spürte trotz des warmen Abends eine Gänsehaut auf seinen Armen.

31

Wasser klatschte an das Fenster. In langen Schlieren lief es die Scheibe hinunter. Der Sturm wurde immer stärker. Alles war in Bewegung, die ganze Welt wackelte. Er konnte sich nicht mehr auf den Beinen halten, rutschte auf dem glatten Holzboden aus, fiel auf den Boden. Auf allen vieren krabbelnd suchte er Halt, fasste nach einem Tischbein, konnte es aber nicht greifen. Wieder kippte alles, dieses Mal in die andere Richtung. Er rutschte auf die gegenüberliegende Wand zu. Er wusste, gleich würde es wehtun. Verzweifelt klammerte er sich an Kuschel, sah mit entsetztem Blick auf die Nieten der Metallwand, dann …

Mit einem erschrockenen Stöhnen schreckte er hoch. Wo war er?

Im Kinderzimmer, natürlich.

»Jan, mein Schatz, alles in Ordnung?«

Das war Olga, er konnte ihren Schatten auf der Liege sehen, die Finn direkt neben Gretes Bett aufgestellt hatte. Er erinnerte sich daran, dass seine kleine Schwester sie gebeten hatte, bei ihnen zu schlafen, solange ihre Mutter im Krankenhaus war.

»Ja«, flüsterte er, »mir geht es gut. Hab nur geträumt.«

»Du Armer. Komm, trink ein bisschen was, dann kannst du bestimmt wieder schlafen.«

Jan stellte sich aufrecht in sein Bett. Nur so kam er an die Wasserflasche auf dem Fensterbrett. Er trank einen Schluck und schaute traurig hinaus in die dunkle Nacht. Leises Schnarchen von der Liege, Olga war schon wieder eingenickt. Seine Augen hatten sich an die Dunkelheit gewöhnt. Er konnte sehen, wie Grete durch die Gitterstäbe ihres Betts Olgas Hand festhielt.

Er seufzte. Er hatte gelogen, aber er wollte doch tapfer sein. Ihm ging es gar nicht gut. Er wischte sich mit dem Handrücken über die Stirn. Er war völlig durchgeschwitzt, und das lag nicht nur an der warmen Sommerluft, die auch in der Nacht ins Zimmer strömte.

Diese Albträume. In den letzten Tagen waren sie immer schlimmer geworden, intensiver, bedrohlicher. Er versuchte, die Bilder, die noch in seinem Kopf nachhallten, in eine logische Verbindung zu bringen. Doch sosehr er sich auch bemühte, es wollte ihm nicht gelingen.

Die Gefühle aber waren immer noch deutlich zu spüren. Wut und Hass – Emotionen, die er nicht verstand. Er wusste nur instinktiv, dass er sie nicht an sich heranlassen durfte.

Aber da war auch noch Angst. Mit leiser Stimme suchte sie Zugang zu ihm, rief nach Hilfe, verzweifelt und drängend. Er schüttelte den Kopf, versuchte, die Geister, die ihn quälten, zu vertreiben.

Er trank noch ein bisschen Wasser, dann legte er sich wieder hin. Auf eine Decke verzichtete er, ihm war auch so heiß genug. Stattdessen griff er nach seinem kleinen Plüschschaf und drückte es eng an sich.

Sofort fühlte er sich besser. Dass Kuschel ihn auch in die schlimmsten Träume begleitete, machte das Schäfchen zu etwas ganz Besonderem. Zu seinem besten Freund. Egal, was passierte, Jan war sicher, dass Kuschel ihn immer verstand.

Er versuchte zu schlafen, aber noch war er viel zu aufgewühlt, um Ruhe zu finden. Er dachte an seine Mutter, die sie heute zusammen mit Finn und Olga im Krankenhaus besucht hatten. Zum ersten Mal war Grete dabei gewesen.

»Was ist mit Mama?«, hatte sie besorgt gefragt.

»Sie ruht sich nur ein bisschen aus«, hatte Olga behauptet. Aber Jan wusste, dass das gelogen war. Er hatte die Tränen der alten Frau gesehen, ihre Verzweiflung deutlich gespürt.

Seine Mutter schlief nicht. Er hatte die vielen Instrumente betrachtet, die um ihr Bett herum blinkten. Die Kabel und Schläuche, die zu ihrem Körper führten. Und er hatte ihre Hand genommen und vorsichtig gedrückt. Sie hatte sich fremd angefühlt, aufgequollen.

Nein, Mama ruht sich nicht nur aus. Sie ist krank, sehr, sehr krank.

Im Krankenhaus hatte er versucht, tapfer zu sein und nicht zu weinen. Doch jetzt trieb ihm die Erinnerung an den schrecklichen Besuch Tränen in die Augen.

Was passierte hier nur? Erst Onkel Hinnerk, dann seine Mutter.

»Wir sind alle verflucht«, hatte Olga geraunt. Was bedeutete das? Er starrte an die Decke, versuchte, in der Dunkelheit irgendwelche Strukturen zu erkennen, sah aber nur ein komplettes Schwarz.

Er erinnerte sich erneut an den seltsamen Traum. Alles war ihm fremd, aber gleichzeitig auch auf schmerzhafte Weise vertraut gewesen. Als ob sich jemand in seinen Kopf eingeschlichen und sich seiner eigenen Erinnerung bedient hatte, um daraus ein neues Bild zusammenzusetzen. Manche Dinge tauchten aus einem trüben Nebel auf, andere glänzten so hell, dass er den Blick abgewandt hatte, bevor er klare Konturen ausmachen konnte.

Aber eine Sache hatte er sofort wiedererkannt, selbst wenn er sie nur als kleines Foto auf ihrer Tageszeitung gesehen hatte: das Schiffswrack, das draußen im Schlick vor Nordstrand lag. Er ahnte, dass es irgendetwas bedeutete, etwas Wichtiges. Aber auch, wie gefährlich es war.

Auf einmal war da wieder dieses Gefühl, dass er, dass sie alle beobachtet wurden. Jan hatte keine Ahnung, von wem. Aber er spürte die Bedrohung, das Böse, das von dem einsamen Beobachter ausging.

32

Peer Falk fluchte.

Einen Platten. Ausgerechnet hier, im Nirgendwo zwischen Dagebüll und Bredstedt, mitten in der Marsch. Weit weg vom nächsten Ort oder irgendeinem Haus.

Er schaute nach oben in den Nachthimmel, sah das funkelnde Band der Milchstraße und hatte das Gefühl, dass er der einzige Mensch auf der Welt war.

Dabei hatte der Abend so wunderbar angefangen. Peer war Tierarzt. Bei einer trächtigen Kuh in Deezbüll hatte es Probleme gegeben. Ihr Kalb hatte sich gedreht und drohte zu ersticken. In einer schweißtreibenden Prozedur war es ihm gelungen, das Kalb in die richtige Position zu bringen und es mit dem Bauern und dem Betriebshelfer auf die Welt zu bringen. Anschließend hatten sie noch gemeinsam mit einem Köm auf das Neugeborene angestoßen. Nur einer, denn Peer hatte noch ein ganzes Stück bis zu seinem Haus in der Nähe von Ockholm zu fahren.

Wie hatte er sich auf das Bett gefreut!

Nun stand er hier und musste mitten auf der einsamen Straße einen Reifen wechseln. Keine große Sache, aber das letzte Mal, als er das gemacht hatte, hing ihm das dunkle Haar bis auf die Schultern, und er hatte gerade sein Veterinärstudium in Kiel begonnen. Jetzt war er ein Mann Mitte fünfzig, seine Haare waren komplett ergraut, und seit einem Fahrradunfall vor drei Jahren hatte er Probleme, das Knie krumm zu machen.

Egal, je eher er anfing, desto schneller war er bei seiner Frau Marta, die bestimmt schon vor drei Stunden ins Bett gegangen war. Er hatte versucht, ihr eine SMS zu schicken, aber in dieser Einöde keinen Empfang gehabt. Lag es vielleicht an den vielen Windrädern, deren riesige Masten in den Himmel ragten? Oder hingen irgendwo Stromleitungen? Erkennen konnte Peer nichts, aber in der Luft spürte er eine seltsame Spannung. Seine Haut juckte wie nach einem Sonnenbrand.

Das Handy fiel also aus. Damit war es auch unmöglich, sich Hilfe von einem Pannendienst zu holen. Er musste allein klarkommen. Er betrachtete noch einmal den rechten vorderen Reifen seines Volvos. Völlig platt. Wie hatte das nur passieren können? War er heute irgendwo durch Glasscherben oder über einen Nagel gefahren? Ihm wollte nichts einfallen. Als er bei dem alten Christensen in Deezbüll losgefahren war, war jedenfalls alles in Ordnung gewesen.

Er ging nach hinten, öffnete die Heckklappe, schob die schwere Arzttasche zur Seite und klappte den Boden auf, um an den Reservereifen zu gelangen. Der sah auch nicht viel besser aus als der kaputte. Seit fünfzehn Jahren hatte er diesen Wagen nun schon, und nicht einmal hatte er geprüft, ob das Reserverad noch ausreichend Luft hatte.

Was soll's, irgendwie wird's gehen, dachte er, hob das Rad ächzend heraus und ließ es auf den Asphalt fallen.

Der Wagenheber. Wo hatte er nur seinen Kopf? Den

brauchte er zuerst. Nach kurzer Suche hat er auch ihn gefunden. Im Licht der Scheinwerfer schaute er sich an, wie das Ding funktionierte. Dann tastete er unter dem Fahrzeugboden nach der entsprechenden Stelle, um den Wagenheber zu befestigen und begann zu pumpen.

Genau wie der Reifen war auch er nie benutzt worden. Wie der Schrei eines gequälten Vogels hallte das Quietschen über die Marsch.

Schon nach ein paar Augenblicken war Peer völlig aus der Puste und brauchte eine Pause. War das Scheißding etwa kaputt? Der Kombi hatte sich nicht einen Millimeter nach oben gehoben. Schnaufend setzte er sich auf den warmen Asphalt und lehnte sich an den Wagen.

Wie still es war. Nicht ein Tier war zu hören, keine Ente oder Möwe. Auch kein blökendes Schaf, obwohl er sie auf den Wiesen trotz der Dunkelheit überall erkennen konnte. Auch sonst kein Laut. Der Wind war völlig verstummt. Sein ganzes Leben wohnte er jetzt schon hier in Nordfriesland. Noch nie hatte er eine so stille Nacht erlebt. Schon ein bisschen unheimlich.

Er stand auf und schaute sich um. Obwohl er fast bis zum Meer blicken konnte, war nirgends der Lichtkegel eines anderen Fahrzeugs zu erkennen.

Er überlegte, ob er das Radio anschalten sollte, um wenigstens irgendwelche menschlichen Laute zu haben, entschied sich aber dagegen. Nicht dass am Ende auch noch die Batterie streikte.

Wie wäre es, wenn er den Wagen einfach stehen ließ und sich zu Fuß auf die Suche nach einem Haus machte? Als guter Tierarzt hatte er schließlich immer eine starke Taschenlampe dabei. Er überlegte. Er war sicher, dass er eine Ewigkeit bis zum nächsten Dorf marschieren musste, nur um dort irgendeine arme Seele mitten in der Nacht aus dem Bett zu klingeln.

Nein, verdammt. Ein kaputter Reifen, das konnte doch nicht so schwer sein!

Mit einem Seufzer wollte er sich wieder an die Arbeit machen, als er auf einmal ein Geräusch hörte. Ein Rascheln, nur ganz leise und noch weit entfernt. Eine leichte Brise, die durch die Blätter der Birken an der Straße strich? Ein Schaf, das Lust auf einen nächtlichen Spaziergang bekommen hatte? Eine Maus?

Nein, es waren Schritte. Langsam und gleichmäßig kamen sie näher. Doch aus welcher Richtung?

Peer schaute sich um, konnte aber weder hinter dem Wagen, noch vorn im langen Lichtstrahl der Scheinwerfer irgendetwas erkennen.

Was war hier nur los?

Wieder dieses seltsame Geräusch. Keine Schritte, mehr ein Schlurfen. Langsam, regelmäßig. Und es kam näher.

Peer war kein schreckhafter Mensch. Aber nun bekam er es doch mit der Angst zu tun. »Hallo? Ist da wer?«, rief er in die Nacht hinein, war selbst erschrocken über den lauten Klang seiner Stimme. Und die Furcht, die er deutlich heraushören konnte.

Für einen Augenblick verstummte das Geräusch.

Dann war das Schlurfen wieder da. So gleichmäßig wie ein Metronom. Träge und schon bedrohlich nahe. Es kam von vorn, aus der Richtung, in die die Scheinwerfer des Autos strahlten. Er kniff die Augen zusammen. Es war dunkle Nacht, aber durch das Licht der

Sterne und des Mondes konnte er fast bis zum Deich schauen.

Aber auf der Straße, die sich wie ein graues Band bis zum Horizont zog, war nicht das Geringste zu erkennen. Da war keiner. Kein Mensch, kein Tier, nichts.

Oder doch?

»Hallo?«, rief er noch einmal. Wieder keine Antwort.

Da spürte er, wie eine Hand nach seinem Herz griff, fühlte einen tauben Schmerz, der schnell seine komplette Brust umfing.

Was …?

Stöhnend ging Peer in die Knie, stützte sich mit beiden Händen auf der Straße ab, das Gesicht auf den Asphalt gerichtet. Er wollte weinen, schreien, doch nur ein Grunzen kam aus seiner Kehle. Tränen tropften auf den Boden. Er zitterte, wissend, dass das Ende nah war. Und tatsächlich. Die Hand, die sein Herz gepackt hatte, wurde zur Faust, und Peer versank von einem Moment zum anderen in einem schwarzen Nichts.

33

»Herr Kollege, haben Sie kurz Zeit für mich?«

Krumme schloss die Augen. Sein Plan war gewesen, sich so diskret wie möglich zu Pat zu schleichen. Doch nun stand Kriminaldirektor Krüger vor ihm im Flur. Trotz Tores Beschwerden hatten sie bisher nicht miteinander geredet. Krumme hatte eigentlich gehofft, die Sache auszusitzen und weiterzumachen, als wäre nichts geschehen.

Krüger zeigte zu seinem Büro. »Keine Sorge. Dauert nur ein paar Minuten.«

Krumme ging vor, streckte den Rücken, um Haltung zu zeigen. Was nun? Würde Krüger ihm den Fall abnehmen? Er fühlte sich wie ein ungehorsamer Schüler, der sich eine Strafe beim Lehrer abholen soll.

Er kannte Krüger nicht besonders gut, hatte ihn bis jetzt aber als fairen und seriösen Vorgesetzten kennengelernt, der die Abteilung mit ruhiger Hand im Griff hatte. Nur unwesentlich älter als Krumme hatte er immer noch volles, inzwischen aber komplett ergrautes Haar. Krüger war schlank, gutaussehend und hätte mit seiner gepflegten Erscheinung auch in die Chefetage einer Bank gepasst. Krumme kam sich neben ihm mit der zerknitterten Hose und den ausgetretenen Schuhen schäbig vor. Krüger trug ein langärmeliges weißes

Hemd, eine graue Anzughose und sogar einen Schlips. Wie hielt er das bei der Hitze nur aus?

Die Antwort bekam er, als er sein aufgeräumtes und helles Büro betrat. Eine Klimaanlage blies ihm so frische Luft ins Gesicht, dass Krumme fast augenblicklich fröstelte.

»Setzen Sie sich, mein Lieber«, lud ihn sein Chef ein, auf einem Lederstuhl Platz zu nehmen.

Krumme schaute sich um. Er wusste, dass Krüger keine Arbeit scheute. Trotzdem konnte man in dem blitzsauberen Büro nirgends Aktenordner oder herumliegende Kugelschreiber sehen. Auch vertrocknete Pflanzen gab es hier nicht. Stattdessen standen auf dem Glastisch nur ein aufgeklappter Laptop, eine Lampe und ein Foto mit Krügers hübscher Familie.

»Was macht der Fall Jessen?«, erkundigte sich sein Vorgesetzter und musterte Krumme dabei mit wachen dunklen Augen.

Er zögerte. »Die Befragung der Familienangehörigen läuft noch.«

Krüger nickte. »Schlimme Sache. Erst der tragische Tod des jungen Jessen. Und dann diese hässliche Attacke auf die Schwester.«

Krumme informierte ihn, dass sie den Wagen gefunden hatten, nach dem Fahrer aber noch suchen würden.

»Hoffentlich kriegen Sie den Kerl. Die arme Frau.« Krüger räusperte sich. »Sie wissen, dass die Kollegen meinen, dass Sie bei der Beurteilung des Todes des jungen Jessen völlig falschliegen?«

Krumme hob nur die Schultern und presste die Lippen aufeinander.

»Was lässt Sie denn vermuten, dass es doch ein Verbrechen war?«

Sollte er dem Kriminaldirektor von diesem Schattenmanngerede erzählen? Lieber nicht.

»Ein Mensch ist gestorben. Ich will erst mit allen Angehörigen sprechen, bevor ich mir ein abschließendes Urteil erlaube.«

Krüger nickte zustimmend, sah dann für einen Moment schweigend auf sein Wasser.

»Sie wissen, dass Tore Jessen sich über Sie beschwert hat?«

»Jawohl«, bestätigte Krumme.

Jetzt wird es schmutzig, dachte er.

»Er will Sie nicht mehr auf dem Jessen-Hof sehen. Wir sollen einen anderen schicken.«

Krumme räusperte sich. »Ja, es gab da ein paar … Situationen.«

»Ich habe davon gehört. Können Sie mir vielleicht Ihre Version erzählen?«

Er berichtete von dem Treffen mit Ingrid und Harke am Hafen und der eher unglücklichen Zusammenkunft mit Tore im Krankenhaus.

»Tore Jessen und ich funken wohl nicht auf derselben Wellenlänge«, gab Krumme zu. Sollte er seinem Chef auch von der Geschichte um den Pastor aus Tetenbüll berichten? Lieber nicht.

Krüger hatte aufmerksam zugehört und dabei den Kopf immer wieder zustimmend nach vorn federn lassen. »Ja, der alte Tore ist in ganz Friesland als schwierig bekannt. Vielleicht hätten wir Ihnen für den Anfang einen anderen Fall geben sollen.«

»Nein, nein. Keine Extrawürste. Ich komme schon klar.« Tatsächlich hatten sie bei seinem ersten Termin vereinbart, dass Krumme keine Sonderbehandlung wollte, nur weil er ein erfahrener Kriminalist aus Berlin war.

»Das will ich hoffen. Ich habe Tore nämlich gesagt, dass das so nicht funktioniert. Wir sind hier kein Supermarkt, wo man sich den nettesten Polizisten aussucht. Sie sind der Kollege meines Vertrauens. Sie bleiben weiter für diesen Fall zuständig. Tun Sie, was Sie tun müssen.«

Krumme sah Krüger überrascht an. »Danke. Vielen Dank«, stammelte er.

»Schon gut.« Krüger winkte lässig ab, trank einen Schluck Wasser und beugte sich dann lächelnd nach vorn. »Erzählen Sie mir mal lieber, wie es mit Patrizia läuft?«

»Ganz gut«, erwiderte Krumme verwirrt.

»Das freut mich. Das freut mich sehr.«

»Sie muss natürlich noch eine Menge lernen«, erklärte er vorsichtig, um die Euphorie seines Vorgesetzten ein bisschen zu bremsen.

»Aber klar, das weiß ich doch. Aber wo könnte die Kleine das besser als bei einem so erfahrenen Kollegen wie Ihnen?«

Krumme musste lächeln. Die »Kleine« war fast einen Kopf größer als Krüger.

»Falls Sie sich wundern, warum ich mich so für Patrizia interessiere – sie ist die Tochter eines guten Freundes von mir. Er ist Kriminalrat in Kiel.«

»Ah«, machte Krumme nur.

»Außerdem«, Krüger lächelte verlegen, »ist Patrizia meine Patentochter.«

»Tatsächlich?«

»Aber das bleibt unter uns, verstanden? Ich will nicht, dass sie hier von den Kollegen in irgendeiner Weise bevorzugt wird.«

Krumme sah ihn mit großen Augen an. »Keine Sorge. Ich bin ganz sicher, dass das nicht passieren wird.«

Kurz darauf kam er endlich in sein Büro. Pat saß bereits hinter ihrem Computer.

»Moin«, sagte Krumme um einen freundlichen Beginn bemüht. Pat senkte nur kurz den Kopf. Offensichtlich war sie ihm immer noch böse, dass er sie am Tag zuvor allein im Büro gelassen hatte. Von den genauen Umständen des kleinen Unfalls hatte sie keine Ahnung. Außer Mannsen hatte er keinem von der jämmerlichen Verfolgungsjagd erzählt. Falls es sie wunderte, dass er den Passat der Kriminalpolizei mitten auf Eiderstedt in einen Graben gefahren hatte, ließ sie sich nichts anmerken.

Er setzte sich an den Schreibtisch und stutzte. Konnte es sein, dass sie den Hibiskus gegossen hatte? Die arme Pflanze. Zum Glück war sie nicht nur von seinem Wohlwollen abhängig, sonst wäre sie schon längst eingegangen.

»War was?«, fragte er.

Pat schüttelte den Kopf.

Für einen langen Moment herrschte Schweigen. Krumme trank seinen Kaffee und warf einen Blick in die Zeitung.

»Doch, etwas Neues gibt es.«

Krumme sah über den Rand der Zeitung. »Was?«

»Die Fotos aus Heide sind da.«

»Und?«

»Bei den Bildern der Blitzer war leider nichts.«

»Aber …?

»Ich habe auch noch mal bei den örtlichen Tankstellen nachgefragt.«

Krumme hielt die Luft an und sah Pat erwartungsvoll an.

»Treffer«, sagte sie.

»Was?« Krumme ließ vor Aufregung fast die Zeitung fallen. »Wo …?«

Pat sagte ihm den Dateinamen. Nach ein paar Klicks war er an der richtigen Stelle und sah die entsprechenden Fotos von der Zapfanlage einer Tankstelle. Und auf einem war der weiße Golf zu sehen, daneben sein unbekannter Fahrer.

»Da ist er ja, unser Schattenmann.« Krumme rückte die Brille gerade und betrachtete das Bild sehr aufmerksam.

»Viel erkennen kann man aber nicht«, sagte Pat.

Tatsächlich war auf dem Foto ein kräftiger Mann mit Basecap, Sonnenbrille und Schal zu sehen. Das Gesicht blieb verborgen. Die restliche Kleidung bestand aus einer Jeans und einem weißen T-Shirt.

»Nein, man sieht fast gar nichts, schade«, fand auch Krumme. »Aber immerhin, schau mal hier, über der Hand.«

»Ein Tattoo. Habe ich auch schon gesehen.«

»Aber was genau? Ein kleines Kreuz?« Er versuchte, das Bild noch weiter zu vergrößern. Ohne Erfolg.

»Vielleicht ist er gläubig. Oder er gehört zu irgendeiner Gang.«

Krumme überlegte. »Sollten wir auf jeden Fall überprüfen. Mal schauen, was uns das Foto noch verrät.«

Pat blickte interessiert über den Computerbildschirm zu ihm.

»Siehst du die anderen Kunden? Alle tragen kurze Hosen und T-Shirt. Nur unser Mann hat den Kopf komplett bedeckt. Er ist also davon ausgegangen, dass er eventuell fotografiert wird, und wollte unbedingt das Gesicht verbergen.«

»Würde ich auch, wenn ich gerade ein Auto geklaut hätte«, warf Pat ein.

»Ja, aber damit war der Dieb kein Heißsporn, der einfach nur mal durch die Marsch rasen wollte. Er hat den Wagen fast eine Woche vor dem Anschlag auf Ingrid Jacobs gestohlen.« Er zeigte auf das Datum, das klein in der Ecke zu sehen war. »Für mich sieht dieses Vorgehen nicht nach einem Gelegenheitsdieb aus. Das ist ein Profi, der hat sich informiert, wann der Besitzer auf Reisen ist, und dann den Golf extra für diese Aktion in Tetenbüll organisiert.«

»Und dort auf den richtigen Moment gewartet?«

»Ganz genau«, sagte Krumme. »Damit können wir davon ausgehen, dass es eine geplante Attacke auf die Frau war.«

»Aber warum?«

»Das sollten wir am besten den Schattenmann selbst fragen. Gib das Bild sofort zur Fahndung an die Kollegen. Vielleicht haben wir ja doch Glück, und einer erkennt den wieder.«

Pat nickte.

»Das war gute Arbeit.«

Sie blickte betont konzentriert auf ihr Handy.

Krumme betrachtete sie. »Hast du noch was für mich?«

»Ich habe ein paar zusätzlich Details zur Familie herausgefunden, die Sie vielleicht interessieren könnten«, sagte Pat, ohne von ihrem Handy aufzuschauen.

»So, was denn?«

»Ich habe es ins Diagramm eingetragen. Wusste ja nicht, wann Sie mal wieder vorbeischauen.«

»Alles klar, danke«, erwiderte Krumme verlegen. Er öffnete das entsprechende Dokument.

»Wo denn genau?«

»Bei Paula Jessen.«

Krumme nippte an seinem Kaffee, während er die paar Zeilen las – und erstarrte.

Stimmte das wirklich? Er blickte zu Pat, die kaum verbergen konnte, wie sehr sie seine Verblüffung freute.

»Wann hast du das herausgefunden?«

»Heute Morgen hat mich eine Freundin zurückgerufen. Sie war auch auf der Polizeischule. Und lebt jetzt in Hamburg.«

Krumme sah seine junge Kollegin an, lächelte endlich voller Anerkennung.

»Dann pack mal deine Sachen«, sagte er. »Wir müssen zum Jessen-Hof, sofort.«

34

Nur eine halbe Stunde später fuhren sie auf den Hof vor den Haubarg der Jessens. Pat hatte darauf bestanden zu fahren. Wie immer war sie hinter dem Steuer sehr nervös gewesen. Aber er musste anerkennen, dass sie sich trotz ihrer Angst der Herausforderung stellte. Das und ihre gute Recherche – Krumme begann sich zu fragen, ob er seine junge Kollegin nicht falsch eingeschätzt hatte.

Der Haubarg machte auf den ersten Blick einen ausgestorbenen Eindruck. Kein Mensch war zu sehen oder zu hören. Niemand kam, um sie zu begrüßen. Dabei hatten sie den Wagen mit dem neuen Schwung von Krügers Ansage direkt vor die Tür gestellt.

»Keiner da?«, fragte Pat.

Krumme kratzte sich am Kopf und sah sich um.

»Doch.« Er zeigte auf die Kinder, die sich im Garten ein Kricketspiel aufgebaut hatten, die Kugel aber gerade nach ihren eigenen Regeln über den Rasen schlugen.

»Moin, ihr beiden! Was spielt ihr denn da?«, erkundigte sich Krumme.

Jan und Grete drehten sich überrascht um. Grete sah sie kurz erschrocken an. »Tennis«, erklärte sie dann feierlich und guckte dabei voller Ehrfurcht zu der großen Pat, die hinter Krumme im Hintergrund blieb.

»Wow, vielleicht spielen wir nachher auch mal eine

Partie.« Er nickte auch Jan zu, der ihn mit einem forschenden Blick betrachtete.

»Hallo, Jan, wie geht es dir?«

»Gut.«

Dann Schweigen. Ihre Blicke trafen sich, keiner sagte etwas. Krumme hätte schon ein paar Fragen gehabt. *Ist dir wieder was aufgefallen? Hast du den schwarzen Schatten noch einmal gesehen oder wenigstens gespürt? Wo?* Aber von sich aus würde er den Kleinen bestimmt nicht mit diesem Thema belästigen.

Außerdem waren sie nicht seinetwegen hier.

»Sagt mal, wir wollen zu eurer Tante Paula …«

»Warum?«, unterbrach ihn eine heisere Stimme. Olga stand vor der Terrassentür mit einem Krug Limonade für die Kinder.

»Guten Tag, Frau …« Er stockte verlegen.

»Polanski«, flüsterte ihm Pat von hinten zu.

»… Frau Polanski«, sagte Krumme schnell. »Wir hätten ein paar Fragen an sie.«

»Was für Fragen?«

»Darüber darf ich mit Ihnen leider nicht reden.« Er lächelte höflich.

»Tore hat Ihnen verboten, hier noch mal herzukommen.« Olgas Augen funkelten vor Verachtung.

Krumme ließ sich nicht provozieren. »Ich weiß. Aber solange die Umstände von Hinnerks Tod nicht restlos geklärt sind, muss ich darauf bestehen, mit den Mitgliedern der Familie zu sprechen. Später auch noch mit Ihnen.«

Olga verzog keine Miene. »Wollen Sie etwa behaupten, Paula hätte …«

»Nein, nein«, unterbrach Krumme sie. »Wir behaupten gar nichts. Ich möchte ihr nur ein paar Routinefragen stellen. Schließlich ist sie seine Frau.«

In der alten Dame arbeitete es. Nicht nur er und Pat warteten auf ihre Antwort, auch die Kinder schauten erwartungsvoll zu ihr.

Olga gab ihren Widerstand seufzend auf. »Sie ist hinten, beim Badehaus.«

Das Badehaus befand sich auf der Rückseite des Haubargs, am Rande des Gartens neben einem kleinen See.

Als sie um den Hof kamen, spiegelte sich die Sonne auf der Wasseroberfläche so hell, dass Krumme und Pat die Hand vor die Augen halten mussten.

Machte schon der gepflegte Garten einen friedlichen Eindruck, wirkte die Holzhütte mit Terrasse und Steg wie nicht von dieser Welt. Auf der anderen Seite des Weihers befand sich eine riesige Marschwiese. Saftig grün und erst am Horizont begrenzt von einer Reihe Pappeln lag sie im warmen Mittagslicht. Überall liefen Schafe herum, in einer fernen Ecke konnte er zwei Pferde entdecken.

Geblendet von so viel Idylle fiel Krumme erst mit Verzögerung auf, dass sich das Wasser kräuselte. Im Weiher schwamm Paula Jessen.

Er betrat den kleinen wackeligen Steg. Als Pat ihm folgen wollte, knirschte das alte Holz. Sofort trat sie einen Schritt zurück und beschloss, das Ganze von der Terrasse neben dem Haus aus zu beobachten.

Krumme beobachtete derweil, wie Paula mit langen, gleichmäßigen Zügen zum Steg schwamm. Sie schien kein bisschen überrascht zu sein, die beiden zu sehen. Im Gegenteil, sie lächelte, als sie ihn erkannte.

»Guten Tag, Frau Jessen«, begrüßte Krumme sie, als sie in ihrem Bikini über eine kleine Leiter aus dem Wasser stieg. Ihre nasse Haut glitzerte im Licht der Mittagssonne. Er reichte ihr einen Bademantel, der neben dem Ausstieg auf den Holzplanken lag.

Während Paula ihn sich umlegte, nickte sie ihm und Pat zu. »Guten Tag«, sagte sie mit ruhiger Stimme, »ich habe mich schon gefragt, wann Sie endlich bei mir auftauchen.«

35

Paula bat die beiden, vor dem kleinen Tisch auf Gartenstühlen Platz zu nehmen.

»Limonade?«, fragte sie höflich und goss ihnen zwei Gläser ein.

Krumme musterte sie nachdenklich. Was für eine schöne Frau. Das dachte wohl auch Pat, die sich unter der Hitze leidend etwas im Schatten niedergelassen hatte. Fast erfürchtig beobachtete sie, wie Paula sich die Haare abtrocknete und schließlich einfach nach hinten zurückstrich.

»Weiß mein Schwiegervater, dass Sie hier sind?«, erkundigte sie sich.

»Ich habe ihn nicht um Erlaubnis gefragt, falls Sie das meinen.«

Sie überlegte einen Moment und zuckte dann gleichgültig mit den Schultern. »Na schön, fragen Sie schon, was Sie zu fragen haben.«

»Ich denke, Sie wissen, warum wir hier sind?«, fing er an.

»Na ja, ich kann's mir denken.« Sie trank etwas und sah Krumme dabei mit einer Mischung aus Melancholie und Verbitterung an.

»Was können Sie sich denken?«

»Schluss mit den Spielchen, Herr Kommissar. Sagen Sie's ruhig. Sie glauben, ich hätte Hinnerk umgebracht.«

»So weit sind wir noch lange nicht. Zuerst wollte ich«, er nickte Pat freundlich zu, »wollten *wir* mit Ihnen über Ihre Vergangenheit in Hamburg plaudern.«

Paula verdrehte die Augen. »Ja, Hamburg, natürlich.«

»Wollen Sie beginnen oder …?«

»Nein, bitte, ich höre gerne zu.«

Krumme forderte Pat mit einer Geste auf, das Wort zu ergreifen. Die sah ihn überrascht an und kramte dann in ihrer Hosentasche nach ihrem Handy, auf dem sie ihre Notizen abgespeichert hatte. »Vor Hinnerk hatten Sie in Hamburg schon eine Beziehung, stimmt das?«, fing sie unsicher an.

»Nicht nur eine. Ich hoffe, das war kein Verbrechen?«, gab Paula spitz zurück.

»Rainer Drücker, ein wohlhabender Immobilienmakler. Er kam unter nicht ganz geklärten Umständen ums Leben.«

»Von wegen. Der Idiot ist betrunken vom Balkon gestürzt. Das haben Ihre Polizeifreunde in Hamburg eindeutig ermittelt.«

»Stimmt. Aber es ist nie geklärt worden, ob er wirklich von der Terrasse seines Penthouses an der Alster gestürzt ist, oder ob er nicht vielleicht doch gestoßen wurde.«

»Falsch.« Paula zeigte verärgert mit dem Finger auf Pat. »Die Polizei hat alles genau untersucht und am Ende das Verfahren mit dem entsprechenden Ergebnis abgeschlossen.«

»Und das war?«, wollte Krumme wissen.

»Erstens: Rainers Tod war ein tragischer Unfall. Und zweitens: Ich hatte nichts damit zu tun. Ich konnte nichts damit zu tun haben, weil ich zur Todeszeit bei einer guten Freundin in Farmsen war.«

»Die gleiche Freundin, bei der Sie auch jetzt waren? In der Nacht, als Ihr Mann gestorben ist?«

Paula sah ihn böse an.

»Ganz genau. Und trotzdem habe ich mit beiden Todesfällen nichts zu tun. Weder mit Hinnerks Tod noch mit dem von Rainer. Selbst wenn mir seine Ex das Unglück in die Schuhe schieben wollte.«

»War das so?«

Paula zeigte zu Pat. »Woher hat sie denn ihre Information?«, schimpfte sie. »Haben Sie diese Hexe angerufen?«

Pat schüttelte verlegen den Kopf. »Nein, da gibt es andere Quellen.«

»Etwa Dateien, die nach Aussage meines damaligen Anwalts niemals hätten abgespeichert werden dürfen?«

»Ich verstehe nicht …«

»Ich bin nicht vorbestraft. Es gab noch nicht einmal eine Untersuchung gegen mich. Und trotzdem hängt dieser elende Verdacht ewig an mir.«

Pat sah unsicher zu ihr und dann hilfesuchend zu ihm.

Jetzt bloß nicht ablenken!

»Was genau hat denn die Exfrau Ihres damaligen Freundes gesagt?«, fragte Krumme.

»Dieses verdammte Weib. Die hat behauptet, ich hätte Rainer gestoßen, nur um an sein Geld zu kommen.« Vor Aufregung bekam Paulas Hals rote Flecken. »Aber es gab nie ein Verfahren, keine Anklage, nichts. Nur ein paar Routinefragen der Polizei. Weil mein Alibi absolut wasserdicht war. Und weil ich unschuldig war! Nach ein paar Tagen war der ganze Albtraum vorbei.« Sie zupfte ihren Bademantel zurecht. »Ich habe überlegt, dieses Miststück anzuzeigen. Hab's dann aber gelassen, ich wollte nur meine Ruhe.«

Pat und Krumme tauschten einen Blick. Paula schüttelte verärgert den Kopf.

»Ja, den Blick kenne ich. Geben Sie's zu, Sie fragen sich, ob man mir wirklich trauen kann. Das blonde Gift, die lügt doch wie gedruckt«, schimpfte sie voller Hohn. »Aber warum hätte ich Rainer etwas antun sollen? Wir waren nicht verheiratet. Ich hatte keine Erbansprüche, und ich wollte auch nicht einen Cent von ihm haben. Am Ende bin ich aus Hamburg weggezogen.«

»Hierher nach Nordfriesland?«, fragte Krumme.

Sie nickte.

»Sie arbeiten jetzt in einem Modeladen in Husum? Stellas Moden?« Pat schaute wieder auf ihr Smartphone.

»Ganz genau. Am Markt.« Paula blickte argwöhnisch in die Runde.

»Und wie haben Sie Ihren Mann kennengelernt?«, fragte Krumme. »Bestimmt nicht in der Boutique, oder?«

»Wieso denn nicht? Weil Hinnerk ein Bauer war?«

Krumme presste die Lippen verlegen aufeinander, tatsächlich war das sein Gedanke gewesen.

»Doch, es war genau dort. Hinnerk stand eines Tages bei mir im Laden und suchte ein Geschenk für Ingrid. Und ob Sie es mir glauben oder nicht: Ich habe mich sofort in ihn verliebt.«

Krumme überlegte. Das Gespräch lief anders, als er erwartet hatte.

»Diese Geschichte aus Hamburg, wusste er davon?«

»Aber ja, ich habe ihm alles erzählt. Genau wie den anderen hier. Wir haben keine Geheimnisse voreinander. Wir sind eine große Familie. Und ich gehöre auch dazu.«

»Keine Geheimnisse? Wie ist es mit Ihrem Schwiegervater?«

»Vor dem erst recht nicht! Ich weiß noch, wie wir uns das erste Mal allein unterhalten haben. Es war klar, dass Hinnerk und ich ein Paar waren. Da hat er mich mit einer Flasche Aquavit zur Seite genommen und gesagt: ›Paula, mien Deern, du gehörst jetzt zu uns Jessens. Wird Zeit, dass wir mal einen zusammen trinken und über meinen Jungen snacken.‹«

»Und?«

»Wir haben drei Stunden zusammengesessen, oben am Deich. Und haben uns alles erzählt. Auch wenn ich nach dem fünften Köm schlappgemacht habe.«

»Wirklich alles?«

»Keine Geheimnisse. Wie ich sagte: Wir leben hier zusammen mitten in den Feldern. Wenn wir nicht zusammenhalten, wer dann?«

Krumme nickte nur.

»Ich weiß, dass Tore todkrank ist«, fügte sie hinzu. »Und ich weiß sogar, dass er es auch Ihnen verraten hat.«

»Ach ja?« Krumme sah zu Pat, die genauso überrascht schaute wie er.

»Hinnerk hätte den Hof übernommen, wenn Ihr

Schwiegervater nicht mehr ist, sehe ich das richtig?«, fragte er.

»Und? Was wollen Sie damit sagen?« Paula kniff die grünen Augen zusammen und sah ihn an.

»Nichts.«

»Meinen Sie, ich hätte Hinnerk umgebracht, um als seine Witwe an den Hof zu kommen?«

»Nein, das wäre ja Quatsch.«

»Allerdings. Hören Sie, Rainer aus Hamburg war ein Blödmann. Es gab Tage, da hätte ich wirklich Lust gehabt, ihn in die Elbe zu stoßen. Aber Hinnerk, der war der wundervollste Mensch, den ich jemals getroffen habe. Er war und ist die Liebe meines Lebens. Deshalb habe ich ihn geheiratet.«

»Schon klar, Frau Jessen …«

Aber Paula ließ ihn kaum zu Wort kommen. »Und auch wenn ich nicht der Typ Frau bin, der ständig weint, glauben Sie mir – nach dieser Nacht fühle ich mich, als ob mir jemand das Herz herausgerissen hätte!«

Sie schwieg, wirkte völlig außer Atem. Tatsächlich schien sie nicht weinen zu können. Im Gegensatz zu Pat, die hinter ihm laut in ein Taschentuch schnäuzte. Krumme fühlte sich wie ein Holzklotz, senkte verlegen den Blick. Dann räusperte er sich.

»Frau Jessen, die Familie scheint Ihnen sehr wichtig zu sein, und das finde ich wunderbar. Aber wie ist Ihr Verhältnis zu Niklas Jacobs?«

Wieder musterte sie ihn argwöhnisch. »Er ist mein Schwager und damit Teil der Familie.«

»Ich hatte im Krankenhaus den Eindruck, dass sie beide sich besonders gut verstehen.«

»Was wollen Sie mir jetzt wieder unterstellen?«

»Nichts. Ich möchte nur kapieren, wie Ihre Familie funktioniert.«

»Ich habe ihn getröstet, er war völlig verzweifelt. Mein Gott, irgendein Dreckskerl hat seine Frau über den Haufen gefahren. Haben Sie eine Ahnung, wie grauenvoll er sich gefühlt hat?«

»Gehört zum Trösten auch, dass Sie gemeinsame Ausflüge nach St. Peter machen?«

Paula sah ihn zuerst verblüfft und dann misstrauisch an. »Wie kommen Sie darauf, dass wir zusammen …?« Dann verstand sie: »Sagen Sie bloß, Sie verfolgen uns?«

»Antworten Sie mir einfach.«

Sie schüttelte den Kopf. »Jetzt verstehe ich, warum mein Schwiegervater Sie hier nicht sehen will.«

Krumme schwieg, sah sie weiter herausfordernd an.

Sie seufzte. »Ja, es stimmt, wir waren zusammen in St. Peter und dann auch noch in Heide.«

»Warum?«

»Ich weiß nicht, ob Sie das was angeht.«

Krumme erwiderte nichts, sah sie nur schweigend an.

Paula gab nach. »Na schön. Niklas war so nett, mir dabei zu helfen, einen Grabstein für Hinnerk auszusuchen. Soll ich Ihnen den Namen des Händlers geben?«

Krumme tauschte einen kurzen Blick mit Pat. Er hob die Schultern. Wie es aussah, lagen sie völlig falsch mit ihrem Verdacht.

»Nicht nötig, Frau Jessen.«

»Noch irgendwelche Fragen?«, erkundigte sich Paula. Sie fuhr sich mit der Hand durch die Haare, damit sie besser trocknen konnten.

Er überlegte. Dann nickte er.

»Ein paar schon. Fangen wir damit an, ob Ihnen in den letzten Tagen etwas aufgefallen ist. Hier, in der Nähe des Haubargs.«

»Was soll mir denn aufgefallen sein?«

»Irgendein heimlicher Beobachter. Vielleicht auch nur ein Schatten.«

Paula Jessen starrte ihn an, als wäre er jetzt völlig verrückt geworden. Krumme holte das Foto des Mannes von der Tankstelle heraus. »Wir haben sogar ein Bild von ihm«, sagte er und zeigte es ihr.

36

»Tut mir leid«, sagte Pat, als sie später vom Badehaus zurück zum Wagen gingen.

»Was?«, erwiderte Krumme.

»Na ja, ich wusste nicht, dass meine Infos so wenig Wert hatten.«

»Du hast alles richtig gemacht. Trotzdem habe ich auch gedacht, wir würden hier mehr erfahren«, brummte er schlechtgelaunt. »Selbst unseren Schattenmann hat sie nicht wiedererkannt.«

»Sie könnte gelogen haben.«

Krumme schüttelte den Kopf. »Ich glaube nicht.«

»Also ist sie unschuldig?«

Er hob die Schultern, ratlos. »Reden wir mal mit den anderen Familienmitgliedern. Mit dieser Betriebsfrau ...«

»-helferin«, korrigierte Pat.

»Mit der Betriebshelferin. Und mit Finn.«

Er zeigte zu dem jungen Jessen, der mit dem Trecker auf einem Acker in der Nähe des Haubargs langsam seine Runden drehte, verfolgt von einem Schwarm Krähen.

»Was wollen wir ihn denn fragen?«

»Na, was wohl? Was wir ihn schon längst hätten fragen sollen. Wo genau er war, als Hinnerk gestorben ist. Ob ihm auch irgendein bescheuerter Schatten aufgefallen ist. Und keine Sorge«, ergänzte er, als er Pats unglückliche Miene bemerkte, »dieses Mal begleite ich dich und rede mit ihm.«

Krumme stutzte, als er eine ihm gut bekannte tiefe Stimme hörte. Sie kam aus der offenen Scheune. Er verzog das Gesicht. Hätte die nicht eigentlich immer noch versiegelt sein müssen? Er machte sich auf den Weg über den Hof. Pat wollte ihm folgen, aber er schüttelte den Kopf. »Das regel ich allein. Geh du schon mal zu Finn. Ich komme gleich nach.«

Pat nickte und blieb stehen. Krumme stapfte weiter zur Scheune.

Alles Mist, dachte er. Dieser Fall ging ihm auf die Nerven. Er hatte überhaupt nichts Konkretes in der Hand. Nur Tores Pastoren-Gebrabbel und die Albträume eines kleinen Jungen. Dabei zeigte doch Ingrids Unfall, dass hier irgendetwas ganz und gar nicht stimmte. Zwei Schicksalsschläge in so kurzer Zeit, das konnte kein Zufall sein.

Er steckte den Kopf in die Scheune und sah Tore zusammen mit Niklas in einer Ecke stehen.

»Nein, nein, du kennst meine Meinung, das mache ich nich'!«, erklärte Tore, während er in einem Schrank nach Werkzeug suchte.

»Bitte, ich würde dich nicht fragen, wenn es nicht wirklich dringend wäre …«

»Moin, die Herren«, unterbrach Krumme die beiden. »Entschuldigen Sie die Störung. Aber sollte diese Scheune nicht geschlossen bleiben?«

Tore und Niklas drehten sich um. Ingrids Mann sah schrecklich aus. Tiefe Schatten unter den Augen, die

Haare verschwitzt, das weiße Bürohemd völlig durchgeschwitzt.

»Sie schon wieder?« Tore betrachtete Krumme voller Verachtung. Auch Niklas schien sein Erscheinen überhaupt nicht zu gefallen.

»Hat Kriminaldirektor Krüger nicht mit Ihnen telefoniert?«

»Ich habe Ihnen gesagt, dass ich Sie hier nicht mehr sehen will.« Tore schob die Nickelbrille nach oben.

»Die Scheune war offiziell bis zum Ende der Ermittlungen versiegelt.«

»Das ist meine Scheune. Ich gehe hier rein und raus, wie es mir passt.«

»Nicht wenn wir die Tür versiegelt haben und Sie auf diese Weise unsere Arbeit behindern«, beharrte Krumme.

Tore schüttelte den Kopf und spuckte auf den Boden, um zu zeigen, was er von Krummes Aussage hielt.

»Was jetzt? Wollen Sie mich verhaften? Auf meinem Grund und Boden?«

»Zunächst würde mich mal interessieren, worüber Sie gerade so leidenschaftlich gesprochen haben.«

»Was kümmert Sie das?«, sprach jetzt zum ersten Mal auch Niklas.

Krumme blickte zu Tore, der wieder zu seinem Schwiegersohn zeigte. »Er hat recht. Es geht sie nichts an, Herr Krümmel.«

»Krumme. Na schön, lassen wir dieses Thema. Wir wollen ja alle vorankommen. Schauen Sie sich doch mal bitte dieses Foto an.« Er kramte in der Innentasche, zog den etwas zerknitterten Abzug von der Tankstelle heraus. »Kennen Sie diesen Mann?«

»Wer soll das sein?«, fragte der Alte.

»Höchstwahrscheinlich der Mann, der Ihre Tochter überfahren hat.«

Tore und Niklas stellten sich nebeneinander und betrachteten das Foto ganz genau.

Krumme beobachtete dagegen nur die beiden. Er war neugierig. Würde sich einer von ihnen verdächtig verhalten? Tore sah aus, als wollte er am liebsten auf das Foto spucken. Auch in Niklas Augen sah er blanken Hass. Aber konnte es sein, dass da noch etwas war? Ein Moment des Erkennens?

Krumme stutzte. Irritiert schaute er sich um. Irgendetwas stimmte nicht.

Wieso roch es auf einmal nach Benzin?

37

»Weißt du was, ich halte die Kugeln fest. Dann rollen sie nicht weg, und du kannst sie besser treffen.«

»Oh ja«, Grete strahlte. »Danke schön.«

Die Kinder waren vor der Mittagshitze ins Wohnzimmer geflohen. Sie spielten mit einem kleinen Billardtisch, den sie zwischen sich auf den Dielenboden gestellt hatten. Ein Geschenk von Hinnerk, der den Tisch selbst in mühevoller Arbeit für seinen Neffen und seine Nichte gebaut hatte. Er sah genauso aus wie ein richtiger Tisch, nur war alles kleiner und zierlicher. Die Platte, die Kugeln, die Queus – ideal für Kinder. Die Regeln hatte Finn ihnen erklärt. Das aktuelle Problem: Die Triangel, mit der die Kugeln für den ersten Stoß fixiert werden mussten, war verloren gegangen. Bevor Grete, für die das Halten des Queus schon schwer genug war, anfangen konnte, rollten die Kugeln immer in alle Richtungen davon.

Aber jetzt nicht mehr. Jan hielt den kompletten Poolballsatz mit seinen Händen zusammen, so lange, wie Grete brauchte, den ersten Stoß zu machen. Tatsächlich rollte die schwarze Acht im zweiten Anlauf gegen Jans Finger. Schnell ließ er los und verteilte dabei die Kugeln über den ganzen Tisch.

»Gut gemacht«, rief er. Grete juchzte vor Glück und

versuchte nun, die Kugeln irgendwie in die kleinen Netze am Rand zu versenken. Manchmal nahm sie die Finger zu Hilfe, aber das war Jan egal. Wenn er dran war, half er genauso mit den Händen nach.

Die beiden liebten ihren Billardtisch und waren sehr stolz, dass sie die Großen, also Hinnerk und Finn, regelmäßig besiegten. Nur mit Opa Tore machte es weniger Spaß. Der hasste es zu verlieren und schimpfte wie ein Rohrspatz, wenn etwas danebenging.

Aber heute hätte Jan jeden gewinnen lassen. Er war überhaupt nicht bei der Sache und musste ständig an den Traum der letzten Nacht denken. Die verstörenden Bilder, die intensiven Gefühle – er bekam sie nicht aus seinem Kopf. Was hatten sie nur zu bedeuten?

Er hatte überlegt, Olga zu fragen. Doch seit der Sache mit Hinnerk und seiner Mutter war sie kaum ansprechbar, lief meistens laut klagend mit der Hand auf der Brust im Haus herum und weinte viel. Nun lag sie erschöpft auf dem Sofa und schnarchte wie ein altes Walross. Jan und Grete versuchten, leise zu spielen, um die alte Frau nicht aufzuwecken.

Jan war klar, dass der Traum der letzten Nacht ein Problem war, das er allein lösen musste. Das Einzige, was er wusste, war, dass diese Bilder von Meer und Sturm, die in Wellen aus den Tiefen seines Bewusstseins auftauchten, wichtig waren.

»Fertig«, rief Grete glücklich, als sie die schwarze Kugel mit dem dicken Ende des Queus in ein Netz schob, »du bist dran.«

»Wollen wir kurz eine Pause machen?«, fragte Jan. Seine Schwester zuckte nur mit den Schultern. Während sie die Kugeln wieder aus den Netzen fummelte, ging Jan zum Tisch, wo Olga ihnen eine Kanne mit Limonade hingestellt hatte, und goss sich ein Glas ein.

Durch die Fenster des Wohnzimmers konnte er die Scheune sehen. Er hatte beobachtet, wie der nette Polizist mit der großen Freundin vom Badehaus zurückgekommen war. Und während die Frau jetzt bei Finn und dem Trecker stand, war der Kommissar in die Scheune zu Opa Tore und seinem Vater gegangen. Was sie dort wohl redeten? Ob der Kommissar schon den bösen Mann gefunden hatte, der seine Mutter mit dem Auto vom Fahrrad gestoßen hatte? Vielleicht war es ja der gleiche, der auch Hinnerk geschubst hatte?

Keiner hatte ihm und seiner Schwester erklärt, was genau passiert war. Natürlich, Olga hatte immer wieder behauptet, auf den Jessens würde ein Fluch liegen, aber zu den Details wollte sie auch nichts sagen. Onkel Hinnerk wäre auf einer längeren Reise, und ihre Mutter würde sich nur mal richtig ausschlafen, hatte sie Grete gesagt. Und die hatte es ihr auch zu gerne geglaubt.

Aber Jan wusste, dass das nicht die Wahrheit war.

Mit stummer Miene starrte er aus dem Fenster und dachte daran, wie schlimm seine Mutter im Krankenhaus ausgesehen hatte. Und wie sehr sein Vater geweint hatte. Jan hatte versucht, ihn zu trösten und in den Arm zu nehmen. Aber wie so oft wollte er nicht gestört werden. Meistens streichelte er Jan nur über den Kopf und verzog sich dann allein ins Arbeitszimmer. Oder er fuhr extra früh zur Druckerei, um den unangenehmen Gesprächen aus dem Weg zu gehen.

Er schaute hinüber zur Scheune. Früher war sie immer ein heller Ort gewesen, wo Trecker und andere spannende Maschinen standen. Wo es nach frischem Stroh roch, in dem er mit Grete oft Höhlen gebaut hatte. Und wo Onkel Hinnerk oben auf dem Boden immer wieder die wunderbarsten Dinge für seine Schwester und ihn gebastelt hatte.

Alles vorbei. Jan wusste, dass die Scheune nun ein Ort des Schreckens war, den die Polizei gesperrt hatte. Dort war jetzt der Tod zu Hause.

Plötzlich spürte er einen Stoß, heftig und schmerzhaft, als wenn jemand ihn brutal schubste. Jan zuckte zusammen, hatte für einen Augenblick Probleme, das Gleichgewicht zu halten. Er stöhnte leise auf.

»Alles in Ordnung?«, erkundigte sich Grete erschrocken.

»Ja, ja, schon gut«, flüsterte er, hielt aber seine Hand benommen an den Kopf.

Aber nichts war gut. Etwas hatte sich verändert, von einem Moment zum anderen. Etwas Schlimmes. Und es ging von der Scheune aus.

Etwas war dort. Jemand.

Er schüttelte den Kopf, versuchte, den Druck, der auf einmal schwer auf ihm lastete, zu vertreiben.

»Willst du wieder mitspielen?«, fragte Grete.

»Ich weiß nicht ...«, sagte er. Vielleicht sollte er rübergehen und Papa und die anderen warnen? Er überlegte, zögerte noch, als auf einmal ein lauter Knall ertönte und die Wände der Scheune sich nach außen zu wölben schienen.

38

Krumme lag auf dem Bauch, das Gesicht auf dem Boden. Alles drehte sich wie nach einer Achterbahnfahrt, in seinen Ohren ein tiefes, betäubendes Dröhnen. Benommen versuchte er, sich aufzurichten, doch irgendetwas lag auf seinem Rücken.

Stöhnend drehte er den Kopf nach rechts, sah Niklas, ebenfalls auf dem Boden. Mühsam rappelte dieser sich auf.

Er erinnerte sich, dass er mit Tore gestritten hatte, dann gemeinsam mit Niklas die Scheune verlassen wollte.

Dann plötzlich … eine Explosion?

Er erkannte, dass auf seinem Rücken eine Tür lag. Ächzend versuchte er, sie zur Seite zu schieben.

»Helfen Sie mir!«, rief er Niklas zu. Der saß auf dem Boden, immer noch unter Schock. Sein Blick ging zu Krumme, aufgerissene Augen, Angst und Entsetzen. Oder war es Verachtung?

»Bitte!«, ächzte Krumme. Durch das Dröhnen in seinem Kopf hörte sich seine Stimme seltsam fern an.

Plötzlich wurde die Tür auf seinem Rücken zur Seite gehoben. Finn und Pat.

»Oh mein Gott, alles okay bei Ihnen?« Pat half ihm auf die Beine.

»Ich glaube schon«, stammelte Krumme. Er zitterte, aber es war vor allem der Schrecken. Schmerzen spürte er kaum.

»Oh nein …«, flüsterte Niklas erschrocken. Krumme folgte genau wie Finn seinem Blick in die Scheune. Ein Bild der Zerstörung. Eine Explosion hatte ein Loch in die Rückwand gerissen. Verbogene Metallstücke überall auf dem Boden. Flammen schlugen bis zum Heuboden hinauf. Das Chaos.

Und mittendrin, reglos neben einem Stützpfeiler, Tore.

Finn reagierte als Erster, Niklas folgte ihm sofort. Ein brennender Balken stürzte herab, begrub sie beinahe unter sich. Im letzten Moment konnten die beiden ausweichen. Hastig schoben sie die Überreste eines Schranks zur Seite, gelangten schließlich zu dem alten Mann. Gemeinsam hoben sie Tore an Armen und Beinen hoch, hievten ihn aus der Ecke. Funken regneten auf sie herab, als sie den Bauern aus der brennenden Scheune trugen, keinen Moment zu früh. Hinter ihnen krachten Teile des Daches brennend auf den Boden.

Krumme sah erschrocken zu Pat: »Was um Himmels willen ist denn passiert?«

Kurz darauf saß er auf einer Holzbank in der Nähe des Haubargs und wurde von einem Rettungssanitäter untersucht. Zum Glück war die Feuerwehr schnell vor Ort und konnte ein Übergreifen der Flammen auf den Hof verhindern. Aber durch die Hitze der letzten Tage war die umliegende Natur komplett ausgetrocknet. Die Feuerwehrmänner hatten alle Hände voll zu tun, damit die Eichen und das benachbarte Feld nicht ebenfalls zu brennen anfingen. Er sah Finn, der den Männern mit vom Rauch verschmierten Gesicht half, verkohltes Holz und Kisten zur Seite zu tragen.

Noch dröhnte der Kopf von der Explosion. Aber mit jeder Minute kehrten Geräusche und Worte in sein Bewusstsein zurück. Wie durch ein Wunder war Krumme praktisch unverletzt. »Glück gehabt«, sagte der Sanitäter, »nur einige Prellungen, nichts Gravierendes. Die Tür scheint Sie vor der Wucht der Explosion geschützt zu haben.«

Dankbar nahm Krumme eine Flasche Wasser entgegen, die Pat ihm reichte. Der Schock war ihr deutlich anzusehen. Mit aufgerissenen Augen starrte sie ihn besorgt an.

»Wie geht es Ihnen?«, fragte sie.

Er hielt sich den Kopf. »Besser.«

Das konnte man von Tore nicht behaupten. Der alte Mann lag regungslos auf dem Boden und wurde von einem Rettungssanitäter und einem Notarzt behandelt.

»Was ist mit ihm?«, ächzte Krumme.

»Er lebt, aber …« Pat zuckte mit den Schultern.

Krumme schüttelte verstört den Kopf: »War das ein Anschlag? Eine Bombe?«

Pat hob die Schultern. »Die Feuerwehr sagt, ein Benzintank wäre in die Luft geflogen. Aber wie und warum, das können sie erst sehen, wenn das Feuer gelöscht ist.«

»Die Spurensicherung soll unbedingt kommen«, sagte Krumme und konnte seine eigene Stimme kaum hören.

»Ich kümmere mich drum«, beruhigte ihn Pat und trat etwas zur Seite.

Krummes Blick fiel auf Olga, die mit den Kindern in einigem Abstand vor dem Haubarg stand. Die alte Frau war völlig fassungslos, wehklagte und schluchzte. Die kleine Grete hielt sich schwer geschockt von dem Feuer an ihrem Bein fest. Daneben der offenbar traumatisierte Jan. Wie in Trance ging der Kopf ruckartig zwischen der zerstörten Scheune, seinem bewusstlosen Großvater und dem blinkenden Rettungswagen hin und her.

Für einen Moment trafen sich ihre Blicke. Krumme versuchte, ihm ein aufmunterndes Lächeln zu schenken. Der Kleine sah nur mit regloser Miene zu ihm, wirkte dabei auf schmerzhafte Weise gleichzeitig erwachsen und zerbrechlich.

Der arme Junge!

Der Onkel tot, die Mutter im Koma, und jetzt musste er mit ansehen, wie der Großvater bei einer Explosion vor seinen Augen schwer verletzt wurde.

Der Schattenmann. Ob der Kleine ihn wieder gesehen hatte? Er schüttelte den Kopf. Er musste bei Verstand bleiben. Jetzt bloß nicht mit solchen Spukereien anfangen.

Er trank einen Schluck Wasser. Langsam konnte er wieder klar denken. Ein Glück – so schwer die Holzplatte auch gewesen war, sie hatte ihm wohl das Leben gerettet, ihn vor der Druckwelle geschützt.

Er sah zu Jans Vater Niklas. Er stand immer noch bei Tore. In seinen Augen blankes Entsetzen, das Gesicht vom Rauch verschmiert. Aber genau wie Krumme war er bis auf eine Schürfwunde an der Stirn vollkommen unverletzt. Ihr Glück, dass sie die Scheune praktisch bereits verlassen hatten, als es plötzlich knallte.

Krumme richtete sich langsam auf. Sein Rücken knirschte und knackte, aber sonst war alles in Ordnung. Er ging zu der Gruppe, die um den alten Mann herumstand. Der Sanitäter hatte Tore eine Infusion gelegt und hielt den Beutel hoch, damit sie besser laufen konnte.

»Wie geht es ihm?« Er zeigte seinen Ausweis der Kriminalpolizei.

»Ein Schädeltrauma, Verbrennungen und wohl auch mehrere gebrochene Rippen. Aber ist ein zäher Bursche. Er wird's überleben.«

Sie legten ihn auf eine Trage und schoben ihn vorsichtig in den Rettungswagen. Kurz danach verließen sie das Hofgelände Richtung Husum.

Schon der zweite Jessen im Nordseeklinikum, dachte Krumme.

Er wandte sich an Niklas, der dem Krankenwagen mit panischem Blick hinterherblickte. »Was für ein Glück, dass er das überlebt hat.« Er zeigte auf die schwelenden Reste der Scheune.

Niklas sah zu ihm, ohne jede Sympathie. Hatte er ihn überhaupt verstanden? Vielleicht hätte der Notarzt den immer noch unter Schock stehenden Mann gleich mitnehmen sollen.

»Was ist nur passiert?«

»Woher soll ich das wissen?«, zischte Niklas und ließ ihn stehen. Aber statt endlich zu seinen Kindern zu gehen, setzte er sich auf einen Baumstumpf, vergrub die Hände im Gesicht – und weinte.

Gerührt sah Krumme, wie jetzt umgekehrt Grete und Jan zu ihm kamen und ihn liebevoll umarmten. Niklas schluchzte laut auf. Endlich drückte er die Kinder an sich.

Pat hatte ihr Gespräch mit der Spurensicherung mittlerweile beendet. Sie unterhielt sich mit Finn, der, die Hände in die Hüften gestemmt, immer noch fassungslos neben den rauchenden Trümmern der Scheune stand. Vor ihm ragten die Reste eines alten Treckers aus den verkohlten Brettern. Ob er eine Ahnung hatte, was hier geschehen war?

Krumme erinnerte sich, wie Tore und Niklas gestritten hatten, bevor er die Scheune betreten hatte. Worum war es da gegangen?

Niklas schaute an dem Hof vorbei in die Ferne, schien nichts um sich herum wahrzunehmen. Krumme bemerkte, dass er die Fäuste ballte, sein Gesicht verriet jetzt nur Hass. Ein komischer Bursche. Den seltsamen Blick, kurz bevor Pat und Finn ihn gerettet hatten, würde er so schnell nicht vergessen. Was war das in seinen Augen gewesen? Verachtung, Verzweiflung? Oder Angst? Sollte er noch mal mit ihm reden?

Da stand Niklas mit einem Ruck von dem Baumstumpf auf. Er hatte scheinbar einen Entschluss gefasst. Mit langen Schritten marschierte er zum Mercedes. Er wirkte, als wäre er in einer ganz anderen Welt. Ohne jeden Abschied stieg er in den Wagen und rauschte mit Vollgas davon.

Wohin?

Das musste Krumme unbedingt wissen. Er lief mit immer noch wackeligen Beinen zu seinem Passat

Pat kam dazu, als er die Wagentür öffnete. »Was haben Sie denn vor?«

Er schüttelte den Kopf. Jetzt war keine Zeit für lange Erklärungen. »Ich melde mich. Kümmere du dich um die Spurensicherung.« Er sprang in den Wagen, startete den Motor.

»Aber … Sie können doch jetzt nicht fahren?« Pat sah ihn erschrocken an.

»Geht schon«, rief Krumme zurück und brauste ebenfalls vom Hof.

39

Krumme gab Vollgas. Nur so hatte er die Chance, Niklas in seinem Mercedes wieder einzuholen. Noch einmal wollte er sich nicht abhängen lassen.

Aber der Vater von Jan und Grete fuhr wie ein Verrückter. Krumme fluchte. Ihm war ein bisschen schwindelig. Pat hatte recht, eigentlich hätte er nicht fahren dürfen.

Niklas genauso wenig. Was um Himmels willen trieb ihn jetzt an? War ihm überhaupt bewusst, was er gerade tat? Er fuhr Richtung Husum. Wollte er Tore ins Krankenhaus folgen? Dann müsste er nicht so rasen. Der alte Mann würde bestimmt auf ihn warten.

Plötzlich hatte Krumme den Mercedes verloren und stand vor einer Kreuzung. Rechts die Straße nach Tönning, wo Niklas seine Druckerei hatte. Links ging es nach Husum.

Krumme entschied sich für links. Wieder trat er das Gaspedal nach unten, fuhr viel zu schnell und flog am Dorfausgang fast aus einer Kurve. Nur mit allerletzter Mühe schaffte er es, den Passat auf der engen Straße zu halten.

Er atmete tief durch. Wie hätte er Krüger erklären sollen, warum er innerhalb so kurzer Zeit zwei Dienstwagen in einen Graben setzte?

Aber Niklas war weg und trotz seines auffälligen und großen Wagens auf dem flachen Land nirgends zu sehen. Wütend schlug Krumme auf den Lenker. Was war er nur für ein mieser Polizist! Jetzt würde er nicht erfahren, wohin Niklas so dringend musste.

Er brauchte unbedingt Hilfe. Sowieso war es eine Schande, dass er einfach allein losgefahren war, ohne Pat wenigstens etwas zu verraten. Er suchte sein Handy, um sie anzurufen. Leider befand es sich in der Jacke, die unter den Sitz gerutscht war. Sosehr er den Arm während der Fahrt unter den Sitz streckte, er kam einfach nicht heran – und wäre stattdessen beinahe in Niklas' Mercedes gerast. Der stand nach einer scharfen Kurve plötzlich direkt vor ihm und musste warten, bis eine Schafherde die Straße frei machte.

Krumme rutschte tief in den Sitz und klappte die Sonnenblende herunter. Hoffentlich hatte Niklas ihn nicht erkannt. Nachdem die Schafe wieder auf eine Weide trabten, raste er weiter durch die grüne Marsch. Und Krumme hinterher, jetzt mit mehr Konzentration auf den richtigen Abstand bedacht.

Sie fuhren tatsächlich nach Husum. Also doch in die Klinik? Vielleicht wollte Niklas nach Ingrid sehen. Aber warum dann die grimmige Miene vor dem Haubarg?

Krummes Instinkt sagte ihm, dass er einer heißen Spur folgte.

Er war kaum überrascht, als Niklas nicht zum Nordseeklinikum abbog, sondern in Richtung Polizeipräsidium fuhr. Aber auch hier hielt er nicht. Es ging weiter, am Bahnhof und dann am Nordseemuseum vorbei in Husums östlichen Teil.

Endlich hatten sie ihr Ziel erreicht. Niklas hielt einfach schräg auf dem Bürgersteig und rannte zu einem unscheinbaren, rot geklinkerten Haus. Am Eingang hing ein schiefes Schild am Zaun: *Versicherungsagentur Steenbock*. Immer noch mit leicht rußgeschwärztem Gesicht und angekokelten Haaren marschierte er zur Eingangstür, klingelte und verschwand schließlich im Haus.

Was jetzt?

Sollte Krumme ebenfalls in das Haus gehen? Behaupten, er würde eine neue Versicherung benötigen? Natürlich Quatsch. Wenn er hineinging, dann nur, um Niklas zur Rede zu stellen. Er müsste zugeben, dass er ihn verfolgt hatte.

Er wartete noch eine Viertelstunde. Nichts passierte. Langsam wurde es im Wagen heiß, obwohl er die Fenster geöffnet hatte. Er stand in der prallen Sonne. Sein verschwitztes Hemd klebte am Körper. Also gut, dachte Krumme. Mal hallo sagen, den Rest würde er improvisieren.

Er schaute in den Rückspiegel, wischte sich mit einem Taschentuch den letzten Schmutz der Explosion aus dem Gesicht. Er blickte auf sein eigentlich helles, aber jetzt von Rauch und Asche verschmutztes Hemd.

Auch egal.

Er schloss die Wagenfenster und ging zu dem Haus. Auf der kleinen Seitenstraße war außer ihm kein Mensch unterwegs. Die Versicherungsagentur sah auf den ersten Blick völlig verlassen aus. Die Fenster waren geschlossen. Er versuchte hineinzusehen, aber die meisten Gardinen waren zugezogen.

Alles sah harmlos aus. Nur der schwarze Volvo XC 90 mit getönten Scheiben wirkte im Carport neben dem unscheinbaren Haus fehlplatziert. Auch die Klingel mit Videoanlage schien für das alte Gebäude etwas übertrieben.

Kein Ton zu hören. Also dann, dachte Krumme, zupfte das Hemd zurecht und klingelte.

Nichts passierte.

Er drückte erneut auf den Klingelknopf, dieses Mal etwas energischer. Auf einmal bewegte sich die Kamera hinter dem Glas. Sehr gut, er war bemerkt worden. Endlich wurde die Tür von einer dunkelhaarigen Schönheit in einem eleganten Kostüm geöffnet.

»Ja bitte?«, fragte sie, offensichtlich wenig erfreut über die Störung.

»Guten Tag. Entschuldigen Sie, dass ich störe, aber …«

»Sorry«, unterbrach sie ihn und warf dabei einen abschätzigen Blick auf seine verschmutzte Kleidung, »aber wir geben nichts.« Schon wollte sie die Tür wieder schließen. Doch Krumme schob im letzten Moment den Fuß dazwischen und zeigte seinen Ausweis. »Vielleicht sollte ich mich erst vorstellen. Kommissar Krumme von der Husumer Kriminalpolizei. Darf ich kurz hereinkommen?«

Die junge Frau zuckte zurück, sah ihn verwirrt an.

»Sie sind ein Kommissar?«, fragte sie. Sie hatte ein Kaugummi im Mund.

»Ja, genau. Sehen Sie, hier steht es.«

Sie blickte erneut auf den Ausweis und betrachtete ihn prüfend, versperrte aber noch immer den Eingang und machte keine Anstalten, ihn hereinzulassen.

»Was wollen Sie?«

»Ich suche Herrn Niklas Jacobs.«

»Kenne ich nicht.«

Er stutzte. »Sind Sie sicher?«

»Ja, bitte gehen Sie.« Sie wollte die Tür schließen, aber noch war sein Fuß dazwischen.

»Das muss ein Missverständnis sein. Ich habe selbst gesehen, wie Herr Jacobs vor kurzem hier in das Haus gegangen ist. Da steht sogar sein Auto, sehen Sie?« Er zeigte zu dem Mercedes, der ein paar Häuser weiter den Bürgersteig versperrte.

Die junge Frau wurde rot, er hatte sie beim Lügen erwischt. »Ach, den meinen Sie.«

»Genau den. Kann ich ihn kurz sprechen?«, fragte er.

»Tut mir leid. Herr …«

»Jacobs«, half er ihr.

»… ist gerade in einem Beratungsgespräch.«

»Verstehe. Wenn es Ihnen nichts ausmacht, würde ich gerne auf ihn warten.«

Sie zuckte mit den Schultern, wirkte jetzt aber völlig verunsichert.

»Vielleicht drinnen?«

Endlich trat sie zur Seite und führte ihn zu einem kleinen Wartezimmer in der Nähe des Eingangs.

»Ich sage Herrn Steenbock Bescheid.«

»Herrn Jacobs bitte auch. Und hätten Sie vielleicht ein Wasser für mich?«

Die junge Frau nickte, brachte ihm nach einem kurzen Moment wortlos eine Flasche und ein kleines Glas. Dann verschwand sie.

Krumme hatte in ihrer Abwesenheit einen raschen

Blick in den Flur geworfen. Mochte das Haus von außen einfach, fast ärmlich aussehen, so war es drinnen sehr exklusiv eingerichtet. Designeranrichte, teure Lampen, Parkett. Sogar ein paar moderne Statuen hatte er gesehen. Ein bisschen geschmacklos, aber sicher sehr teuer. Herrn Steenbocks Geschäfte schienen gut zu laufen.

Er setzte sich und trank sein Wasser. Auf dem Tisch lag nur eine Illustrierte, ein Automagazin. Er blätterte ein bisschen, nur Sportwagen.

Plötzlich ein Schrei. Leise, von weiter weg. Aber eindeutig ein Schrei.

Was passierte hier? Vielleicht hätte er Pat doch kurz sagen sollen, wohin er gefahren war. Er suchte in der Hosentasche nach dem Handy.

Ich Idiot, ich habe es im Auto gelassen!

Lag es an den verstörenden Ereignissen auf dem Jessen-Hof? Wie konnte er nur so vergesslich sein?

Immerhin: Seine Waffe hatte er dabei.

Er zog sie aus ihrem Halfter und betrachtete sie. Eine Walther P99, das letzte Mal hatte er sie vor vier Jahren benutzt. In einem dunklen Keller in Berlin-Neukölln, als er in einer Drogenwohnung einem durchgeknallten Junkie gegenübergestanden hatte.

Was würde ihn jetzt erwarten?

Er stand auf und guckte in den Flur.

Von irgendwo war ein Radio zu hören. Ansonsten war es absolut still. Er hatte keine Ahnung, wohin die Schwarzhaarige verschwunden war. Ins obere Stockwerk?

Wieder ein Geräusch. Als ob etwas umfiel, hart auf den Boden aufschlug. Krumme schlich durch den Flur.

Seine verdammten Schuhe. Die Gummisohlen knarrten auf dem Boden. Aber keiner schien ihn zu bemerken. Das Haus wirkte völlig ausgestorben.

Am Ende des Flurs entdeckte er eine Tür, unter der ein Lichtschein nach außen drang. Vorsichtig drückte er die Klinke runter. Vor ihm lag eine lange Kellertreppe. Aus der Tiefe hörte er, wie die Schwarzhaarige mit einem Mann sprach. Oder waren es mehrere? Krumme konnte kein Wort verstehen.

Er überlegte, ob er ebenfalls hinuntergehen sollte, entsicherte die Walther, hielt sie mit beiden Händen in den halbdunklen Kellergang.

Nein, nicht schon wieder ein Alleingang! Schlimm genug, dass er auf eigene Faust die Verfolgung aufgenommen hatte. Es wurde Zeit, sich wie ein verantwortungsbewusster Polizist zu verhalten. Bevor er irgendetwas unternahm, sollte er Hilfe aus dem Präsidium anfordern. War ja nur ein paar Minuten entfernt.

Krumme schaute sich um, schlich wieder vom Kellereingang weg. Er entdeckte ein verlassenes Zimmer. Auf einem Regal stand das Radio, daneben ein halbvoller Aschenbecher. Das Büro musste der Schwarzhaarigen gehören, neben den Zigaretten roch er ihr viel zu süßes Parfüm. Auf dem Tisch eine aufgeschlagene Modezeitung. Daneben ein Telefon.

Krumme nahm es in die Hand, schaute sich noch mal um, kein Mensch zu sehen. Er wollte gerade die Nummer eintippen, als er einen schweren Schlag auf den Kopf spürte. Zum zweiten Mal innerhalb eines Tages stürzte er in ein schwarzes Loch und versank in einem Strudel aus Schmerzen.

40

Die verbotene Tür war verschlossen. Aber er wusste genau, wie der alte rostige Schlüssel aussah, der neben den anderen im blauen Metallkasten im Flur hing. Trotzdem war er noch nie auf die Idee gekommen, ihn zu benutzen. Bisher hatte es gereicht, dass Tore und seine Mutter ihm strengstens verboten hatten, hinauf in den Dachstuhl des Haubargs zu gehen.

Aber nun lagen beide im Krankenhaus. Alles hatte sich verändert. Jan wusste, dass er durch diese Tür musste. Allein.

Es war in dem Moment passiert, als er die brennende Scheune gesehen hatte und Opa Tore, umringt von Ärzten. Da hatten sich die Bilder aus seinem Traum zusammengefügt, da hatten sie endlich einen Sinn ergeben.

Er hatte einen Auftrag.

Und große Angst.

Aber er musste das tun. Um seine Familie zu retten. Damit alles wieder gut wurde.

Jan schloss die Augen für einen kurzen Moment und holte tief Luft. Dann öffnete er die alte Holztür am Ende des Gangs neben der Speisekammer. Er musste sich dagegenstemmen, bevor sie mit einem unheimlichen Knirschen nachgab. Als wollte sie verhindern, dass jemand die Geheimnisse auf der anderen Seite entdeckte.

Er blickte auf eine schmale Treppe, die steil hinaufführte. Ein modriger Geruch wehte von oben herunter. Er kräuselte die Nase und drückte auf den Lichtschalter, der nur lose auf dem Putz hing. Es brummte leise, dann flammte nach einem kurzen Augenblick eine nackte Glühbirne am Ende der Stiege auf. Was dahinterlag, verbarg sich noch in einer undurchdringlichen Dunkelheit.

Jan kletterte die Stufen hinauf. Sie waren schief und krumm und eigentlich zu hoch für einen siebenjährigen Jungen wie ihn. Am Ende krabbelte er auf allen vieren über das verstaubte Holz.

Dann war er oben. Er blickte in eine unwirkliche zerklüftete Landschaft unter einem schwarzen Himmel.

Es dauerte ein bisschen, bis sich seine Augen an das Licht gewöhnt hatten. Außer der Glühbirne gab es noch zwei weitere kleine Lampen, die aber lange nicht ausreichten, um die gewaltige Kuppel auszuleuchten.

Er war schon einmal hier gewesen, mit Onkel Finn.

»Aber verrat das bloß nicht Ingrid oder deinem Vater!«

Hatte er auch nicht. Trotzdem hatten seine Eltern irgendwie von ihrem Ausflug unter das Dach erfahren und heftig mit Finn geschimpft.

»Wie kannst du nur?«, hatte seine Mutter gesagt. »Da oben ist es viel zu gefährlich für den Kleinen. Was, wenn ihm etwas passiert wäre?«

Ja, gefährlich war es schon. Die offenen Kabel. Der morsche Boden, der bei jedem Schritt durchzubrechen drohte. Die vielen, nur mit losen Brettern abgedeckten Löcher über den Abstellkammern und dem Heizungsraum im Erdgeschoss. Und natürlich die Berge aus altem Gerümpel, Kisten und Schrott, die schon bei der kleinsten Berührung zusammenstürzen konnten.

Eigentlich bestand der gewaltige Haubarg aus zwei Bereichen. Den vier ausgebauten Wohnungen, die sich praktisch alle im Erdgeschoss befanden. Darüber der riesige Dachboden, der unter dem Reetdach so hoch war, dass man ohne Probleme mehrere Häuser hätte hineinstellen können. Jans Opa hatte versucht, dort zwei Gästewohnungen zu bauen, die Arbeiten aber nach kurzer Zeit abgebrochen.

»Das Problem ist die Statik«, hatte Finn Jan erklärt. Jan hatte keine Ahnung, was dieses Wort bedeutete. Er verstand aber, dass es mit den vielen Balken und den sechs riesigen Stützpfeilern zu tun hatte, auf denen das Reetdach lag und die praktisch den ganzen Haubarg zusammenhielten. Finn hatte ihm die Pfeiler gezeigt. Sie waren so dick wie zwei Männer und bestanden aus alten Eichenbäumen.

Also keine Gästewohnungen. Stattdessen lagerte hier der Sperrmüll von Generationen. Rostige Nähmaschinen, verstaubte Ölbilder und zerschrammte Fotos. Kommoden und Schränke aus längst vergangenen Jahrhunderten, dazu zahllose Holzkisten mit von Motten zerfressenen Klamotten und verschimmelten Zeitungen.

Eine fremde Welt, direkt über ihren Wohnungen. Für einen Moment war Jan unsicher, ob er in dieser riesigen Kathedrale aus Gerümpel und Müll das wiederfinden würde, was er suchte.

»Pass auf, wo du hintrittst, hier sind überall Löcher«,

hatte Finn ihn damals ermahnt. »Immer schön auf den Holzplatten bleiben, dann kann dir nichts passieren.«

Jan wandte sich nach rechts, setzte ganz vorsichtig jeden Schritt auf den ächzenden Boden. Schob sich an alten Kartons vorbei, kletterte über ein verbogenes Rad, das im Halbdunkel wie ein Skelett schimmerte.

Er erreichte einen dunklen Abgrund. Nervös beugte Jan sich am Rand hinunter und sah in der Tiefe die Heizkessel der Ölheizung. Hier musste er rüber. Für Finn war es damals nur ein einziger langer Schritt gewesen. Er hatte Jan einfach auf den Arm genommen und ihn hinübergetragen. Jetzt hatte er keinen starken Onkel, um auf die andere Seite zu gelangen.

Komm schon, so weit ist es doch gar nicht!

Wieder dachte er an seine Mutter und seinen Opa. Er durfte sie auf keinen Fall im Stich lassen. Er ging ein paar Schritte zurück, atmete tief durch und rannte los. Ein Sprung – und er war auf der gegenüberliegenden Holzplatte.

Geschafft!

Er lächelte stolz. Schade, dass Grete das nicht gesehen hatte.

Die Hälfte des Weges hatte er schon geschafft. Er quetschte sich durch Berge von Gerümpel. Der Dachboden war keine glatte Fläche, sondern bestand aus vielen verschiedenen Ebenen. So musste er jetzt über eine wackelige Leiter nach oben klettern, nur um nach ein paar Metern eine andere, sehr morsch aussehende Treppe wieder vorsichtig hinunterzusteigen.

Ein Rascheln. Ganz deutlich und in der Nähe. Jan

verharrte, rührte sich nicht. Eine Maus? Oder sogar eine Ratte?

Als Kind, das auf einem alten Bauernhof aufwuchs, machten ihm Mäuse und auch Ratten kaum Angst. Onkel Hinnerk hatte ihm erklärt, dass die meisten Tiere viel mehr Panik vor ihm hatten als umgekehrt. Und lieber so schnell wie möglich davonliefen.

Aber wenn es gar kein Tier war? Sondern etwas viel Schlimmeres?

Er dachte an den Traum der letzten Nacht und schaute sich unsicher um, sah zu den vielen Schatten, die sich neben den Müllbergen auftaten.

Gegen seinen Willen begannen seine Augen zu zwinkern. Wurde er wieder beobachtet? Allein der Gedanke ließ ihn frösteln, dabei war es hier direkt unter dem Dach heiß und stickig.

Er versuchte, sich zu konzentrieren, zählte, so wie es seine Mutter ihm beigebracht hatte. Nach einem kurzen Augenblick war das unheimliche Gefühl weg. Nein, ganz sicher, außer ihm war hier keiner.

Er ging weiter. Er musste bald da sein. Das Schaukelpferd. Auf einmal stand es im Weg und schien ihn mit den schwarzen Perlenaugen traurig anzuschauen. Beim letzten Besuch mit Finn war er zu Tode erschrocken, als er aus Versehen gegen das Pferd gelaufen war. Jetzt hatte er Mitleid mit dem vergessenen Spielzeug, das hier seit Ewigkeiten allein in der Dunkelheit ausharren musste. Grete würde es lieben. Vielleicht konnte er Finn später überreden, es für seine kleine Schwester zu reparieren.

Er schaute sich um. In dieser Ecke des Dachbodens standen mehrere große Truhen. Finn hatte sie damals für ihn geöffnet. In den meisten lagen von Motten zerfressene Kleider und geheimnisvolle Bücher mit Ledereinbänden. Eine Truhe war bis obenhin gefüllt mit altem Spielzeug: Holzbauklötze, Puppen mit sehr unheimlichen Gesichtern, eine alte Eisenbahn, ein Dreirad.

Jan konnte sich gar nicht mehr an alles erinnern. Damals war sein Blick noch auf eine andere Truhe gefallen. Sie hatte schwere Metallscharniere und sah aus wie eine große Schatzkiste und wurde fast komplett von einem schäbigen Teppich verdeckt.

Gemeinsam mit Finn hatte er ihn zur Seite gezogen und die Kiste geöffnet. Aber zu ihrer Enttäuschung gab es darin nur zerrissene Tücher und Berge von Messing- und Kupferschrott. Kerzenständer, Spiegel, Teller und Schachteln mit rostigem Besteck und Werkzeug.

Aber er hatte noch etwas gesehen. Damals war es ihm nicht besonders interessant erschienen. Doch nun wusste er es besser.

Er schob den Teppich zur Seite. Er musste sich richtig anstrengen, bis das schwere Ding auf den schmutzigen Boden krachte. Endlich konnte er die Kiste öffnen. War es bei seinem letzten Besuch auch so dunkel gewesen? Er konnte kaum etwas erkennen.

Doch dann sah er es, es lag fast verdeckt unter dem ganzen Schrott. Jan atmete aus, lächelte. Er hatte es geschafft.

41

Das Haus in Husum, Niklas, die schwarzhaarige Frau, die Treppe in den Keller, der heftige Schlag – nur sehr zäh fügten sich die Bilder zu einem Ganzen. Ächzend öffnete Krumme die Augen. Aber um ihn herum blieb alles dunkel.

Stockdunkel. Wie in einer Gruft. Hatten sie ihn lebendig begraben?

Erst nach einem Moment erkannte er, dass er an einen Stuhl gefesselt war. Es gelang ihm nicht, auch nur einen Finger zu rühren, so fest hatten sie ihn mit breiten Klebebändern verschnürt.

Er versuchte, den Stuhl zu verrücken, aber auch das war unmöglich. Er war fest am Boden befestigt. Gar nicht gut. Das sprach dafür, dass der Raum öfter für Verhöre benutzt wurde – oder für noch viel unangenehmere Dinge. Der Gestank nach Schweiß und altem Blut. Er kannte diesen penetranten Geruch gut aus der Pathologie in Neukölln. Und vor allem von einem Einsatz in Berlin-Lichterfelde. Dort hatte er in einem anderen Leben einen Triebtäter festgenommen, der mehrere Frauen ausgeweidet und im Keller an der Decke aufgeknüpft hatte.

Auf einen Knebel für den Mund hatten sie verzichtet. Das bedeutete, dass sich diese Kammer sehr tief unter der Erde befand. Oder sehr gut isoliert war.

Was hatte so ein Keller in so einem unscheinbaren Haus zu suchen?

Er war eingesperrt in einem dunklen Grab. Hilfe war nicht zu erwarten. Niemand wusste, wo er steckte. Pat genauso wenig wie die Kollegen im Präsidium.

Ein leises Stöhnen aus dem schwarzen Nichts. Noch jemand steckte in dieser Falle!

»Hallo?«, rief er in die Dunkelheit.

Keine Reaktion. Nur ein leises Rascheln. Füßescharren auf dem Betonboden.

»Herr Jacobs? Sind Sie das?«

Wieder nur Stöhnen. Genau wie vorhin nach der Explosion auf dem Jessen-Hof.

»Sind Sie endlich aufgewacht, Kommissar Krümmel?«, fragte eine müde Stimme und hustete.

»Krumme heiße ich.«

»Das wird Ihnen auch nicht helfen.« Ein bitteres Lachen, dann wieder Husten, gefolgt von einem schmerzerfüllten Stöhnen.

»Was haben die mit Ihnen gemacht?«, fragte er.

»Das geht Sie gar nichts an«, rief er mit gebrochener Stimme.

»Ich würde Sie ja gerne in Ruhe lassen. Aber wie es aussieht, sitzen wir hier gemeinsam in der Klemme.«

»Selbst schuld. Warum sind Sie mir auch gefolgt?«

»Weil ich wissen wollte, was so wichtig ist, dass Sie wie der Teufel davonrasen und Ihre Kinder allein zurücklassen.«

Stille. Er hörte, wie Niklas die Nase hochzog. Weinte er?

»Was sind das für Leute?«, fragte Krumme.

Keine Antwort.

»Herr Jacobs, wenn wir hier rauswollen, sollten Sie schon ein bisschen mit mir reden.«

»Halten Sie endlich die Klappe.« Ein Schluchzen.

Krumme überlegte. Eigentlich war ihm selbst auch zum Weinen. Der Rücken tat weh, sein Kopf dröhnte. Und nun saß er hier in diesem stinkenden Loch und hatte keine Ahnung, was aus ihm werden sollte. Nur eines war sicher: Eine Medaille für gute Polizeiarbeit würde er für diese Aktion nicht bekommen.

»Haben Sie eine Ahnung, was die mit uns vorhaben?«

»Was wohl, Sie Idiot«, stieß Niklas hervor. »Die bringen uns um. Das sind verdammte Killer.«

»Haben die auch die Scheune in die Luft gejagt?«

»Natürlich haben die das!«

»Und was haben Sie mit solchen Leuten zu tun?«

Wieder schwieg Niklas. Aber er weinte, Krumme konnte sein leises Wimmern deutlich hören.

»Ich bin schuld, ich bin an allem schuld.«

»Woran?«

»Ich habe Unglück über meine Familie gebracht.«

»Warum?«

Erneut Stille. Krumme seufzte. Sein einziger Verbündeter in dieser trostlosen Situation wälzte sich in Selbstmitleid.

»Herr Jacobs, bitte.« Er versuchte, so verständnisvoll wie möglich zu klingen. »Warum haben Sie sich mit diesen Leuten eingelassen? Und warum wollten die Sie und Ihren Schwiegervater umbringen?«

Aus dem Dunkeln konnte er ein verzweifeltes Seufzen hören. Aber keine Antwort.

Draußen vor der Tür passierte etwas. Krumme vernahm Schritte und das Klirren eines Schlüsselbundes. Jemand stieg eine Treppe herab. Und tatsächlich, auf einmal wurde die schwere Metalltür mit einem lauten Quietschen geöffnet, ein schwacher Lichtschein fiel herein. Dann wurde von einer unsichtbaren Hand ein Schalter geklickt, und zwei Neonröhren flammten über ihnen an der Decke auf.

Krumme stöhnte auf. Nach der langen Dunkelheit hatte er auch mit geschlossenen Lidern das Gefühl, als würde er im Zentrum einer Sonne stehen. Nur langsam gewöhnte er sich an das grelle, surrende Licht.

Als er die Augen vorsichtig öffnete, erkannte er zwei Männer, die direkt vor ihm standen. Der eine trug einen Anzug und eine teure Krawatte. Die Haare waren in Wellen nach hinten gegelt. Er betrachtete ihn mit einem freundlichen, fast mitleidigen Lächeln. Nur eine Schramme am Kinn störte das Gesamtbild. Trotzdem war er ein attraktiver Mann.

Daneben stand ein großer junger Mann mit ungepflegtem Drei-Tage-Bart und Basecap, beide Hände in den Taschen der Jeans vergraben. Auf den ersten Blick wirkte er auf arrogante Weise entspannt, fast schläfrig. Aber die grauen Augen funkelten hellwach. Er musterte Krumme ohne jedes Mitgefühl, mit einer Kälte, die ihm einen eisigen Schauer über den Rücken jagte. Als er sich an der Wange kratzte, entdeckte Krumme ein winziges Tattoo über der Hand.

Kein Kreuz. Zwei Schlangen, eng umschlungen.

Krumme wusste, wer vor ihm stand: Der Mann, den er und Pat auf dem Überwachungsfoto der Tankstelle gesehen hatten. Der Mann, der höchstwahrscheinlich Ingrid Jacobs mit einem gestohlenen Auto überfahren hatte.

Der Schattenmann.

42

»Hauptkommissar Krumme aus Berlin, der neue Star der Husumer Kriminalpolizei«, sagte der Mann mit dem Anzug und hielt Krummes Polizeiausweis in die Höhe. »Willkommen in meinem bescheidenen Heim.«

»Sie kennen sich ja gut aus.«

Der Mann grinste. »Man muss nur die richtigen Kontakte haben.«

Krumme blinzelte, schaute sich in dem Raum um. Tatsächlich eine Art Gruft. Kein Fenster, Wände und Boden aus Beton. Überall dunkle Flecken. Geronnenes Blut.

Und in der anderen Ecke der ebenfalls an einen Stuhl gefesselte Niklas. Sein Kopf blutig, zerschlagen. Er versuchte, nach oben zu Krumme zu schauen, ließ dann erschöpft das Kinn sinken.

»Wie wäre es, wenn Sie uns zur Begrüßung losmachen würden, Herr … Steenbock?«, fragte Krumme und sah den Mann verächtlich an.

»Ja, gut, bleiben wir bei dem Namen.« Der Anzugmann grinste über das ganze Gesicht, ignorierte aber Krummes Frage. Er hatte seinen besorgten Blick bemerkt. »Sie beide kennen sich, oder?«, stellte er mit freundlicher Genugtuung fest.

»Was haben Sie mit ihm gemacht?«

»Hallo? Der Kerl kam hier herein und hat sich sofort wie ein Irrer auf mich gestürzt.« Er zeigte auf die kleine Wunde am Kinn. »Ich habe mich nur gewehrt. Der wollte mich umbringen.«

Niklas lachte bitter, ohne aufzuschauen. »Leider habe ich es nicht geschafft, Scheißkerl!«

Steenbock verzog keine Miene, sah Krumme weiter lächelnd an. Aber sein junger Partner versetzte Niklas einen heftigen Kinnhaken. Krumme zuckte erschrocken zurück. Niklas stöhnte, ließ den Kopf noch weiter nach unten hängen. Blut tropfte aus seinem Mund auf den Boden.

»Was soll das, verdammt?«, stieß Krumme hervor. Jetzt wollte der Basecap-Bursche auch ihm eine scheuern, aber eine kurze Geste seines Chefs ließ ihn im letzten Moment innehalten.

»Er bekommt nur, was er verdient. Irgendwelche Einwände, Herr Kommissar?«

»Haben Sie die Scheune in die Luft gejagt?«

Die beiden Männer tauschten einen stummen Blick, schwiegen aber.

»Natürlich haben die Schweine das!«, stieß Niklas laut hervor.

Wieder wollte der Basecap-Mann ihm eine verpassen, aber erneut hielt ihn Steenbock davon ab.

»Tut uns leid, Herr Jacobs. Wenn Sie Ihre Schulden nicht bezahlen, müssen wir leider ein bisschen Druck machen.«

»Was für Schulden?«, fragte Krumme.

Steenbock lächelte. »Das haben Sie nicht gewusst? Ihr Freund steckt mit seiner Druckerei in finanziellen

Schwierigkeiten. Deshalb kam er zu uns. Nett, wie wir sind, haben wir entschieden, ihm mit einer größeren Summe auszuhelfen. Natürlich zu den üblichen Konditionen.« Er grinste. »Leider hat sich Herr Jacobs nicht an die Abmachung gehalten. Er weigert sich, den Kredit zurückzuzahlen.«

»Wie oft soll ich es noch sagen?«, stieß Niklas hervor und spuckte dabei einen Blutregen über den Boden. »Ich will ja zahlen. Doch auch wenn ihr mich totschlagt, ich hab das verdammte Geld nicht.«

Steenbock ging zu ihm, packte Niklas an den Haaren, hob ihn hoch und sah ihm ins Gesicht. Kein Grinsen, jetzt war nur Verachtung in seiner Miene. Niklas wollte den Blick erwidern, aber ihm fehlte die Kraft, die geschwollenen Augen so lange offen zu halten.

Steenbock ließ den Kopf nach unten fallen. »Bedauerlich, sehr bedauerlich«, sagte er und schaute gedankenverloren an die Wand.

»Wieso lassen Sie den armen Mann nicht in Ruhe?«, fragte Krumme. »Die Frau im Koma, jetzt auch der Schwiegervater im Krankenhaus. Der Schwager tot. Finden Sie nicht, dass Sie ihm schon genug angetan haben?«

Steenbock drehte sich zu ihm, musterte ihn mit einem abschätzigen Lächeln.

»Gut, ich kann verstehen, dass Sie nicht die beste Meinung von uns haben. Aber nur damit Sie es wissen: Ich habe keine Ahnung, was mit dieser verdammten Scheune passiert ist. Und mit dem Tod seines dämlichen Schwagers haben wir auch nichts zu tun.«

Krumme erstarrte. Log Steenbock ihn an? Warum

sollte er das jetzt noch tun? Er blickte zu Niklas. »Sagen Sie bloß, Sie haben Hinnerk …?« Er stockte.

Niklas hob den Kopf, seufzte. Ihre Blicke trafen sich, und Krumme verstand.

»Ich hatte keine andere Wahl«, flüsterte Niklas.

Krumme sah ihn entgeistert an. Steenbock verschränkte die Arme und beobachtete die beiden voller Genugtuung.

»Na los, erzählen Sie ihm, was Sie getan haben.«

Niklas hustete, bevor er weiterreden konnte. »Ich hatte ihn gefragt, ob er mir einen Kredit geben kann, um meine Schulden zu bezahlen. Schließlich erbt er doch den Hof, Tore wird bald sterben.«

Krumme verdrehte die Augen. »Aber das hat er abgelehnt?«

Niklas seufzte wieder. »Er war total entsetzt, dass ich mit so was zu ihm komme. Wütend. Er hat mich angebrüllt, dass ich Schande über die Familie bringe. Ich habe ihn noch mal angerufen, von unterwegs, wollte mit ihm reden. Aber er hat nur gesagt, dass er Tore alles erzählen will.« Er schwieg.

»Da mussten Sie ihn zum Schweigen bringen?«

Niklas schluchzte leise. »Was sollte ich denn machen? Der Alte hätte mich vom Hof gejagt.«

»Sie sind heimlich früher nach Hause gekommen, haben sich in die Scheune geschlichen und ihn umgebracht. Anschließend haben Sie alles gefegt und sauber gemacht, um Ihre Spuren zu beseitigen.« Keine Frage, eine Feststellung.

Niklas nickte, starrte nur auf den Boden. Für einen Moment schwiegen alle.

Steenbock klatschte in die Hände. »Wunderbar, dann hätten wir das auch geklärt.«

»Und was jetzt?«, fragte Krumme. Ihm gefiel es gar nicht, wie der Schattenmann ihn die ganze Zeit ansah. Er versuchte, etwas in seinen Augen zu lesen. Aber es wollte ihm nicht gelingen.

»Tja, was nun? Das ist die Frage, Herr Kommissar«, antwortete Steenbock. »Ich bin Geschäftsmann und vertrete eine junge Firma mit großen Ambitionen hier im Norden. Wir können es uns nicht leisten, von unseren Kunden so an der Nase herumgeführt zu werden.«

»Machen Sie uns los, Herr Steenbock, oder wie auch immer Sie heißen. Wir setzen uns zusammen und reden. Ich bin sicher, wir finden einen Ausweg.«

Steenbock lächelte wieder. »So einfach geht das leider nicht, mein Lieber. Herr Jacobs lässt uns keine Wahl. Wenn wir bei ihm nachgeben, spricht sich das herum. Das darf nicht passieren.«

»Was dann? Wollen Sie uns beide erschießen?«

Steenbock gab sich überrascht.

»Was für eine radikale Idee, Herr Kommissar. Da wäre ich selbst nie draufgekommen. Du, Marko?«

Sein Partner schüttelte den Kopf, ließ Krumme dabei nicht aus den Augen. *Immerhin, jetzt weiß ich deinen Namen*, dachte er und erwiderte seinen Blick.

Steenbock ging zu Niklas, der zusammengesunken auf dem Stuhl hing. Nur die Klebestreifen verhinderten, dass er auf den Boden fiel. Steenbock beugte sich vor, schaute ihm in die geschwollenen Augen. »Was hältst du von der Idee des Kommissars? Sollen wir dem ganzen Elend auf diese Weise ein Ende machen?«

Niklas schwieg. Wollte er nichts sagen? Oder konnte er es nicht mehr?

Steenbock wandte sich wieder an Krumme. »Ich muss zugeben, um Sie tut es mir ein bisschen leid. Wir hatten bisher keinen Ärger mit der Polizei. Aber leider lassen Sie uns keine Wahl.«

»Man hat immer eine Wahl.«

»Große Worte, Herr Kommissar. Aber die Entscheidung ist gefallen.«

»Das war sie doch schon, als Sie hier hereingekommen sind. Also was sollte dieses Gerede?«

Steenbock betrachtete ihn wie einen ungezogenen Jungen. Er schüttelte den Kopf, vorwurfsvoll, streng. »Warum so ungeduldig? Aber Sie haben ja recht. Wir sollten nicht noch mehr Zeit verschwenden.«

Er nickte Marko zu. Der verzog keine Miene, griff in seinen Rücken, wo unter dem T-Shirt eine Pistole in der Hose steckte.

Eine Walther P99. Krummes Pistole.

Er ging zu Niklas und drückte sie ihm auf den Kopf und …

»Nein, nicht, Schluss damit!«, rief Krumme dazwischen. Steenbock blickte überrascht zu ihm. Auch Marko schaute auf und sah zu Krumme, hielt die Pistole aber immer noch an Niklas Stirn, den Finger am Abzug.

»Um was für eine Summe geht es?«

»Was geht Sie das an?«, fragte Steenbock, verärgert über die Unterbrechung.

»Ich habe Geld. Ich kann es Ihnen geben.«

»Was, *Sie*? Ich glaube kaum, dass Ihre Besoldungsstufe als kleiner Beamter dafür ausreicht.« Er lachte. Marko legte den Kopf schief und betrachtete Krumme mit starrer, abwartender Miene.

»Ich habe etwas gespart.« Er zögerte. »Eine halbe Million.«

»So viel? Wie soll das gehen?«

»Geschäfte.«

»Was für Geschäfte?«

Krumme zögerte. »Was meinen Sie, warum ich Berlin verlassen und hierher in die Provinz ziehen musste?«

Steenbock und Marko tauschten einen verblüfften Blick. Dann baute sich Steenbock direkt vor Krumme auf.

»Sie lügen mich an.«

»Nein, tue ich nicht. Ich gebe Ihnen das Geld. Und dafür lassen Sie uns beide laufen.«

»Warum sollten Sie das machen? Es sind seine Schulden.«

»Dumme Frage. Weil Sie sonst uns beide umbringen.«

Steenbock nickte.

»Na schön, dann bringen wir nur ihn um. Und Sie können sich mit Ihrem Geld freikaufen.«

Krumme schüttelte den Kopf. »Nein, wir beide oder keiner.«

»Sie haben gehört, was er getan hat. Außerdem schuldet er uns viel mehr Kohle.«

»Ihre Entscheidung. Wenn Sie einen von uns erschießen, bekommen Sie gar nichts.«

Steenbock kratzte sich am Kinn. Er lächelte, sah zu Marko. »Schau mal an, unser Kommissar ist ja ein ganz abgebrühter Bursche.« Er überlegte. »Na schön, Marko wird mit Ihnen das Geld holen. Ich passe hier solange auf Ihren Freund auf.«

»Für wie dumm halten Sie mich? Nein, Herr Jacobs kommt mit. Ich gebe Ihnen das Geld. Dann gehen wir getrennte Wege.«

Alle sahen ihn jetzt an. Sogar Niklas hob seinen blutigen Kopf und blickte verständnislos zu ihm.

Steenbock überlegte. Dann schob sich wieder sein Vertreterlächeln über das Gesicht. »Na gut. Die Sonne scheint. Ein schöner Sommertag. Wieso sollten wir nicht alle zusammen einen kleinen Ausflug machen?«

43

Die Bushaltestelle bestand nur aus einem verbogenen Schild mit dem Fahrplan. Der Bus kam hier nur vier mal am Tag vorbei. Meistens konnte er an der verwaisten Haltestelle durchfahren Richtung Husum.

An diesem späten Nachmittag wartete hier ein kleiner Junge. Aus dem Rucksack, den er auf dem Rücken trug, schaute ein Plüschschaf heraus.

Jan blickte mit gemischten Gefühlen hinauf in den Himmel. In dem perfekten Blau bauten sich langsam immer größere Wolkenberge auf. Seine Mutter hatte ihm mal erklärt, was das für das Wetter bedeutete: Heute Abend gab es ein heftiges Gewitter.

Hoffentlich war bis dahin alles erledigt, was er sich vorgenommen hatte. Ein bisschen mulmig war ihm schon. Er hasste Blitze und Donner. Auch das Ziel seiner Reise ließ ihn trotz der schwülen Hitze vor Angst frösteln. Aber jetzt gab es kein Zurück mehr.

Er schloss die Augen und rief sich die Bilder aus dem Traum in Erinnerung. Zuerst waren sie noch ohne jeden Sinn gewesen. Doch nun verstand er, worum es ging und was sein Auftrag war.

Auf der anderen Straßenseite saß eine Krähe, direkt neben dem flimmernden Asphalt. Sie legte den Kopf schief und beobachtete ihn. Nur ein Vogel, doch sein starrer Blick gefiel ihm überhaupt nicht. Er überlegte, ob er ihn verscheuchen sollte. Aber dafür hätte er über die Straße laufen müssen, und das hatten ihm seine Eltern strengstens verboten.

Er suchte ein Steinchen und warf es nach dem Tier. Laut schimpfend flog die Krähe davon, schwang sich in die Höhe und landete schließlich neben ihren Freunden auf dem gegenüberliegenden Acker.

Er hörte ein leises Brummen und schaute nach links. Der Bus, endlich. Jan wollte die Angelegenheit so schnell wie möglich hinter sich bringen.

Ein bisschen hatte er ja ein schlechtes Gewissen, dass er sich einfach auf und davon gemacht hatte und den schmalen Feldweg bis zur Straße gelaufen war. Nur von Grete hatte er sich kurz verabschiedet. Natürlich ohne ihr zu verraten, wohin die Reise ging, das hätte ihr nur Angst gemacht. Aber auch so hatte sie den Ernst der Lage gespürt und ihn zum Abschied lange in den Arm genommen.

»Viel Glück«, hatte sie gesagt und ihn fest gedrückt.

Olga hatte er nichts erzählt. Sie hätte geschimpft. Oder hätte sie als Einzige vielleicht verstanden, wie wichtig seine Mission war? Er schüttelte den Kopf. Je weniger davon wussten, desto besser. Und wer war nach der Explosion der Scheune sonst noch da? Keiner.

Er erinnerte sich gut, wie sehr seine Eltern mit ihm geschimpft hatten, als er allein zum Kommissar in die Stadt gefahren war.

Aber nun lag seine Mama im Krankenhaus und wollte nicht mehr aufwachen. Für sie tat er das alles. Für sie und Opa Tore.

Der Bus hielt direkt neben ihm. Jan war jedes Mal von neuem beeindruckt, wie groß er war. Mit einem gedämpften Zischen öffnete sich die Tür vor dem Fahrer, einem untersetzten Mann mit einem gewaltigen Bauch. Jan kannte ihn gut, er war oft mit ihm gefahren.

»Moin, Hannes«, sagte er.

Der Fahrer sah ihn freundlich an. »Moin, Jan, das ist ja eine Überraschung.«

»Einmal nach Husum bitte.« Er wusste genau, wie teuer die Fahrt war. Jan hatte die entsprechenden Münzen mühsam aus seinem Sparschwein herausgefummelt.

»Mien Jung, tut mir leid, ich kann dich so allein nicht mitnehmen. Wo sind deine Eltern?«

Jan sah ihn entgeistert an. Beim letzten Mal hatte es deshalb keine Probleme gegeben. Aber das war auch ein anderer Busfahrer gewesen.

»Jan, mein Kleiner, was treibst du denn hier?«

Von hinten aus dem spärlich besetzten Bus schob sich eine dicke Frau nach vorn. Jan kannte sie gut. Trine Brehmers. Sie wohnte zusammen mit ihrem Mann in einer alten Bauernkate in der Nähe des Seedeichs.

»Er will nach Husum«, klärte Hannes sie auf. »Ich habe ihm gesagt, dass ich ihn ohne Eltern nicht mitnehmen darf.«

Trine sah Jan besorgt an und strich ihm über die verschwitzten Haare. »Hast du denn nicht gehört, dass seine Mutter einen schweren Unfall hatte?«, fragte sie Hannes, der überrascht den Kopf schüttelte. Trine erzählte ihm von dem Zwischenfall auf der einsamen Straße und von dem gefährlichen Raser, von dem bis jetzt jede Spur fehlte. Auch von dem Feuer auf dem Jessen-

Hof hatte sie schon erfahren. Kein Wunder, die Rauchwolke hatte man in ganz Nordfriesland gesehen. Jan verriet ihr, dass Opa Tore ebenfalls ins Krankenhaus gebracht worden war. Trine hielt sich erschrocken die Hand vor den Mund.

»Du Armer«, sagte Hannes voller Mitgefühl, »ihr habt aber gerade wirklich Pech auf dem Hof.«

Jan nickte.

»Und jetzt willst du deine Mama und deinen Opa im Krankenhaus besuchen?«, fragte Trine.

Das war eigentlich nicht Jans Ziel. Unsicher presste er die Lippen zusammen und schaute ängstlich, immer noch am Eingang stehend zu den beiden Erwachsenen hinauf.

»Was ist denn mit Olga? Kann die dich nicht begleiten?«, fragte Hannes.

Jan zögerte. »Die muss doch auf Grete aufpassen.«

Für Trine war die Sache klar. »Ich kümmer mich um den Jungen«, sagte sie zu Hannes. »Ich muss sowieso nach Husum, da kann ich ihn zur Klinik begleiten.« Wieder blickte sie zu Jan. »Ist das in Ordnung für dich, mein Kleiner?«

Er nickte. Auch Hannes war nach kurzem Zögern einverstanden. Jan konnte einsteigen. Hannes gab ihm die Münzen zurück, bestand darauf, dass er nicht für die Fahrt bezahlen musste. Die Tür schloss sich. Endlich fuhren sie weiter.

Trine zog ihn mit zu ihrem Platz, wo ihr noch leerer Einkaufskorb stand. Er durfte sich ans Fenster setzen. Zum Glück stellte Trine keine weiteren Fragen. Stattdessen bot sie ihm ein paar Apfelstücke aus einer Plastikdose an und fing an zu erzählen, wie gut sie seine Mutter kannte. Und den alten Tore, überhaupt Jans ganze Familie. Jan mochte Trine gerne, auch wenn sie nie aufhörte zu reden. Sie war fast so alt wie Olga und hatte vier Kinder, die alle erwachsen und zum Teil selbst schon Eltern geworden waren.

Während die alte Frau neben ihm in einer Tour plapperte, schaute Jan aus dem Fenster. Die graue Wand über der Nordsee wurde immer höher. Schon ein bisschen unheimlich, fand er. Eine Wolke erinnerte ihn an einen grimmigen Riesen, eine andere an einen Bären. Und noch eine an ein Schaf.

Er blickte zu Kuschel, der ihn aus dem Rucksack heraus, den er fest auf dem Schoß hielt, anguckte.

Meinst du, wir kriegen das hin?, dachte er. Kuschel lächelte.

Jan seufzte erleichtert. Mit seinem Freund an der Seite fühlte er sich schon viel besser. Die erste Etappe hatten sie bereits geschafft. Jan war sicher, dass sie auch die restlichen Hürden irgendwie bewältigen würden.

Er drückte den Rucksack an seine Brust. Nicht nur, um Trost und Kraft bei Kuschel zu finden. Da war noch etwas in der Tasche, etwas, das er auf keinen Fall verlieren durfte. Mit seinen kleinen Fingern spürte er die harten Kanten unter dem Stoff. Obwohl er genau wusste, dass das nicht sein konnte, hatte er das Gefühl, als würde es sich bewegen, als wäre es auf einmal lebendig geworden.

Jan atmete tief durch. Bestimmt war es nur das Brummen des schweren Dieselmotors, der unter Trine und ihm dröhnte.

44

Was habe ich nur getan?

Natürlich hatte er keine halbe Million. Die Geschichte mit dem Geld aus Berlin – alles gelogen. Aber was hätte er tun sollen? Die beiden Männer wollten Niklas und ihn erschießen, nur einen Augenblick später, und sie beide wären tot gewesen.

Nun saßen sie alle in Steenbocks Volvo. Durch einen Seitenausgang hatte Marko sie in den Wagen geschoben. Keine Chance für Krumme, sich irgendwie bei Nachbarn bemerkbar zu machen. Nun saß Marko hinter dem Steuer, daneben Niklas mit Handschellen an den Sitz gekettet. Dahinter er, ebenfalls mit gefesselten Händen.

Er schaute aus dem Fenster. Die Scheiben waren schwarz getönt, von außen konnte keiner in den Wagen gucken. Schreien oder Rufen wäre auch keine gute Idee. Denn neben ihm saß Steenbock so entspannt und lässig, als würden sie in den Urlaub fahren. Mit dem Unterschied, dass er mit einer Pistole in der Hand auf Krummes Kopf zielte.

»Herr Kommissar. Wir sind so weit. Also los, wo geht's hin?«

Krumme schaute unschlüssig in die Mündung der Waffe. Was war sein Plan? Er hatte keinen. Erst mal hatten sie dieses verdammte Haus verlassen müssen, den

Rest musste er improvisieren. Wenn er nur gewusst hätte, wie.

»Haben Sie nicht gehört?« Steenbock stieß ihm die Pistole in die Seite. »Wohin fahren wir?«

»Erst mal los. Nach links.«

Der schwere Wagen setzte sich in Bewegung. Niklas' mühsam aufgerichteter Kopf fiel beim Anfahren wieder nach unten.

Der wird mir keine Hilfe sein. Krumme seufzte. Eigentlich hatten sie nur das Gefängnis gewechselt: Keller gegen Auto. Ansonsten war die Lage genauso hoffnungslos wie vorher. Wenn er Pech hatte, reichte ein Schlagloch, und Steenbock schoss ihm ins Gesicht.

Denk nach!

»Was soll der Quatsch?«, unterbrach Steenbock seine Gedanken. »Wo fahren wir hin? Oder wollen Sie sich das an jeder Straßenecke aufs Neue überlegen?«

Krumme sah ihn an. »Jetzt rechts«, sagte er nur. Kurz darauf fuhren sie am Polizeipräsidium vorbei. Steenbock bemerkte seinen traurigen Blick.

»Ich warne Sie. Irgendwelche Spielchen, und ich jage Ihnen eine Kugel in den Kopf. Mir völlig egal, ob ich damit die Polster versaue. Wäre nicht der erste Wagen, den ich mir aus diesem Grund neu kaufen muss.«

Krumme nickte nur müde. Zum Hafen? Ins Zentrum von Husum? Nein, zu viele unschuldige Menschen, das konnte er nicht riskieren.

Sein Blick fiel auf ein Straßenschild. Also gut, er musste Zeit gewinnen, um sich einen Plan zu überlegen.

»Links. Nach St. Peter-Ording.«

»Wie bitte? Was sollen wir denn ausgerechnet da?«

»Denken Sie etwa, ich habe dieses Geld unter meinem Kopfkissen versteckt?«

»Keine Ahnung, wie durchgeknallt Sie sind.«

»Nach St. Peter-Ording«, wiederholte Krumme. »Dann erfahren Sie es.«

Vorläufig herrschte Stille im Wagen. Marko war ein guter Fahrer. Keine Raserei, keine riskanten Manöver, nichts, was auffallen könnte. Schon bald hatten sie Husum verlassen und fuhren durch die Eiderstedter Marschlandschaft. Nicht auf der Bundesstraße, sondern auf kleinen Nebenstraßen.

Wieder einmal, dachte Krumme, der die gleiche Strecke vor gar nicht langer Zeit in umgekehrter Richtung gefahren war.

»Sagen Sie bloß, Sie wollen zum Jessen-Hof?«, schien Steenbock denselben Gedanken zu haben.

»Nach St. Peter-Ording, habe ich gesagt«, erwiderte er viel entschlossener, als er sich fühlte.

Was sollte er dort machen? Fieberhaft ging er verschiedene Optionen durch. Aber alle scheiterten bereits im Ansatz daran, dass er an diesen verdammten Wagen gefesselt war. Wie sollte er sich befreien? Was war mit Niklas? War er bewusstlos? Vom Rücksitz aus sah er nur den Hinterkopf.

Durch das getönte Fenster konnte er erkennen, wie zum ersten Mal seit mehreren Tagen wieder Wolken am blauen Himmel auftauchten. Heute Abend würde es ein heftiges Gewitter geben, vielleicht auch einen Sturm. Krumme hoffte inständig, dass er diesen Wetterumschwung noch miterleben durfte.

Mit jeder Minute kamen sie ihrem Ziel näher. Krumme spürte, wie sein Puls immer schneller ging. Er begann wieder zu schwitzen, trotz der klimatisierten Luft im Volvo.

»Was für eine wunderbare Landschaft«, fing Steenbock auf einmal an.

»Wie bitte?«

»Nordfriesland. Das ist wirklich eine zauberhafte Welt. Dieses Grün. Die unendliche Weite. Schon schön. Und die Leute sind eigentlich auch ganz malerisch. Ein bisschen stur vielleicht.«

Krumme sah ungläubig zu Steenbock.

»Sie sind nicht aus Friesland?«, fragte er ihn.

»Nein.« Steenbock lachte. »Wir machen nur Geschäfte hier.« Er rückte seine Krawatte mit der freien Hand zurecht. Mit der anderen hielt er weiter die Pistole und zielte auf ihn.

»Wer ist ›wir‹? Etwa Sie und Ihr bärtiger Freund da vorn?«, fragte Krumme, der dachte, besser reden, als sich jetzt schon eine Kugel einzufangen.

Wieder betrachtete Steenbock ihn wie ein Kind, das dumme Fragen stellt. »Nein, wir sind nur Vertreter einer viel größeren«, er zögerte, »Firma. Sektion Nordfriesland.« Er zwinkerte ihm zu.

Krumme nickte. Dass Steenbock auf einmal so gesprächig wurde, war ein schlechtes Zeichen. Es bedeutete, dass er sie beide auf jeden Fall umbringen würde, selbst wenn er das Geld bekäme.

Aber er wird das Geld nicht bekommen. Weil es gar keine halbe Million gibt.

Krumme atmete tief durch. Jetzt wurde es wirklich Zeit, dass er eine Idee hatte. Sein Leben hing davon ab.

Und das von Niklas. Dem Mann, der seinen Schwager auf eine Egge gestoßen hatte.

Krumme sah ein Schild an der Straße. Sollte es dort vielleicht eine Möglichkeit geben, ihre schwierige Situation zu verbessern und irgendwelche neuen Optionen zu bekommen? Er wusste es nicht. Trotzdem musste er schnell entscheiden.

»Da vorn rechts rein.«

Steenbock beugte sich vor, um das Schild zu lesen. »Tümlauer Koog. Sportbootclub St. Peter-Ording?«, fragte er ungläubig.

»Ich habe das Geld auf einem Schiff versteckt«, behauptete Krumme.

Was für eine bescheuerte Idee!

Das dachte wohl auch Steenbock. Seine Miene verriet, dass er ihm kein Wort glaubte. Trotzdem nickte er Marko zu, als Zeichen weiterzufahren.

Über einen sehr schmalen Weg erreichten sie den Deich. War zunächst noch nichts von einem Jachtclub zu sehen, präsentierte sich ihnen auf einmal ein prachtvolles Panorama: Vor den Wolken, die mittlerweile bis hinauf in die Unendlichkeit des nordfriesischen Himmels reichten, blickten sie auf eine Bucht, die auf der linken Seite von den beginnenden Stränden St. Peter-Ordings und auf der rechten vom rot-weißen Leuchtturm in Westerhever begrenzt wurde. Erste Blitze am Horizont verrieten das nahende Gewitter. Gerade war Ebbe, das Meer nur als blaues Band in der Ferne zu erkennen. Davor überall Salzwiesen und graues Watt. Mittendrin ein schmaler Priel, der in Schlangenlinie bis zu einem kleinen Hafen führte. Er bestand nur aus einem einzelnen Steg, einer Handvoll Schiffe und einer flachen Hütte. Alles befand sich auf einer winzigen Landzunge, die in die Bucht hineinragte.

Der Sportbootclub St. Peter-Ording.

Marko hielt den Wagen auf Steenbocks Zeichen an. Misstrauisch versuchte dieser, sich zu orientieren.

»Und hier haben Sie Ihr Geld versteckt?«

Krumme nickte vorsichtig. Er war sicher, dass selbst der einfältigste Idiot sehen musste, dass er log. Aber ein Idiot war dieser Mann ganz bestimmt nicht.

Steenbock klopfte Marko auf die Schulter und zeigte zu einem großen Sandhaufen, der sich noch vor dem Hafen neben einem Bagger auf einem einsamen Parkplatz befand. »Fahr dahin.«

Offensichtlich plante der Jachtclub größere Umbauten. Im Moment war niemand zu sehen. Kein Wunder, lagen doch alle Segelschiffe und Motorboote aktuell auf dem Trockenen.

Marko stellte den Volvo zwischen Sandhügel und Bagger ab, direkt an der Kante zum winzigen Hafenbecken. Hinter ihnen auf dem Deich stand ein rot geklinkertes Schleusenhaus, aus dem bei Bedarf der Zufluss auf die jenseits des Deichs gelegenen Wasserkanäle geregelt wurde. Auch hier war kein Mensch zu entdecken.

Steenbock forderte alle auf auszusteigen. Marko löste die Handschellen, zuerst die von Niklas, dann die von Krumme.

Jetzt kommt es drauf an, dachte Krumme. Entweder er fand eine Möglichkeit, die beiden zu überraschen, oder er und Niklas würden in den nächsten Minuten sterben.

Konnte Marko Gedanken lesen? Während er die Handschellen aufschloss, sah er Krumme mit einem abschätzigen Grinsen tief in die Augen, als wollte er sagen, *Tu mir den Gefallen, gib mir einen Anlass, dich zu erschießen!* Tatsächlich hielt er Krumme wieder seine Walther vor die Nase – jetzt sogar mit einem Schalldämpfer auf der Mündung.

Krumme stieg aus dem Wagen. Für einen Moment hatte er das Gefühl, die Beine würden ihm unter dem Körper wegknicken, so nervös war er. Verzweifelt suchte er nach einer ähnlichen Situation aus alten Berliner Zeiten, die ihm vielleicht helfen könnte.

Aus Niklas' Augen war jeder Glanz verschwunden. Wie eine Puppe ließ er sich von Marko neben den Sandhaufen schieben.

»Na schön, da sind wir also«, begann Steenbock und fuhr sich mit zwei Fingern über die verschwitzte Stirn. Kurz vor dem Gewitter war es noch einmal unerträglich schwül geworden. Er zeigte zu Krumme. »Wir beide gehen jetzt zu Ihrem Boot und holen das Geld. Marko bleibt mit Herrn Jacobs hier beim Wagen.«

In Krumme arbeitete es. Wie konnte er nur sich und Niklas retten?

Auf einmal nickte Steenbock Marko zu. Der lächelte – und schoss Niklas ohne Vorwarnung in den Bauch. Ein leiser Knall, gerade laut genug, um eine Ente in der Nähe aufzuschrecken. Niklas stöhnte auf. Ungläubig drückte er die Hand auf den Bauch. Dunkles Blut tropfte auf den Boden. Leichenblass und mit grenzenlosem Entsetzen in den Augen taumelte er nach hinten und fiel auf den Sandberg.

Krumme schrie auf, wollte ihm zu Hilfe eilen. Doch Steenbock zielte mit seiner Pistole auf Krummes Kopf. »Keinen Schritt weiter, Herr Kommissar.«

Krumme blickte zu dem sich windenden Niklas, der seine mit Blut verschmierte Hand hilfesuchend nach ihm ausstreckte. »Aber … warum haben Sie das getan?«

»Nur damit Sie nicht auf dumme Gedanken kommen«, erklärte Steenbock kühl. »Keine Spielchen mehr. Wenn wir nicht gleich wieder zurückkommen, wird er verbluten.«

»Aber wo sollen wir hier einen Arzt herbekommen?«

Steenbock grinste. »Darüber reden wir später. Jetzt holen wir erst einmal Ihre halbe Million.«

45

Jan schloss für einen Moment die Augen. Er spürte, wie die frische Brise, die von der See über das Wattenmeer blies, durch seine Haare fuhr. Wie angenehm das nach diesen heißen Tagen war. Er hörte das leise Gurgeln der Priele, das Lachen der Möwen über sich am Himmel und atmete tief durch.

Er öffnete die Augen.

Das Wrack sah viel größer aus als auf den Zeitungsbildern, die Olga ihm und Grete gezeigt hatte. Wie ein großer Wal ragte es aus dem Watt heraus, bereit, alles zu verschlingen, was ihm in den Weg kam. Im Vergleich zu den Fotos war es durch den Gezeitenwechsel von Ebbe und Flut zwar wieder ein gutes Stück im Schlick verschwunden, aber es war immer noch riesig.

Ein ferner Blitz erleuchtete den dunklen Himmel über der Nordsee. Er zählte, so wie Onkel Hinnerk es ihm beigebracht hatte. *Eins, zwei, drei …* Erst bei sechs kam der Donner. Noch war das Gewitter ein gutes Stück entfernt. Ein Glück. Aber lange würde es nicht mehr dauern, dann würden die schwarzen Wolken die Küste erreichen. Jan wusste, was das bedeutete: Sturm, Blitze und Regen.

Jetzt, wo er vor dem Wrack stand, war er selbst überrascht, wie perfekt auf einmal alles zusammenpasste.

Die vielen verwirrenden Bilder aus seinem Traum, die Visionen, die ihn nachts nicht zur Ruhe hatten kommen lassen – alles ergab auf einmal einen Sinn. Es hatte den Zweck gehabt, ihn hierherzuführen.

Hier würde es enden.

Er starrte auf das große Loch im Rumpf, das wie ein aufgerissenes Maul schien. Vorsichtig, ganz vorsichtig machte er einen Schritt nach vorn, um einen Blick ins Schiffsinnere zu riskieren.

Aber die Öffnung lag in einem undurchdringlichen Schatten. Jan sah ins Nichts. Alles war schwarz, aber auf unheimliche Weise hatte er das Gefühl, als sei dieses Schwarz in Bewegung, ein Strudel, der sich träge im Schiff von einer Seite zur anderen schob.

Auf einmal war ihm, als hörte er das gleichmäßige Stampfen einer Maschine. Stimmen. Schreie. Nur sehr leise, wie eine Ahnung. So flüchtig wie ein Gänseschwarm, der oben am Himmel über das Land fliegt.

Was waren das für Geräusche? Woher kamen sie? Jan schüttelte den Kopf. Was passierte hier? Plötzlich spürte er, wie er von Angst und Furcht getroffen wurde. Von Zorn und Wut und Hass. Aber es waren nicht seine Emotionen. Wie Nebelschwaden schienen sie aus dem Schiff zu kommen, strichen über ihn hinweg und verflüchtigten sich im Nirgendwo.

Jan drückte sein Plüschschaf eng an die Brust, wartete, bis das beklemmende Gefühl verschwunden war.

Er musste keine Angst haben. Er war nicht allein.

Er griff in den Rucksack und zog den Schatz heraus, den er im Hof unter dem Dach gefunden hatte. Jan betrachtete ihn nachdenklich, strich mit seiner kleinen

Hand darüber. Wie schwer er war. Wie warm. Wie er leuchtete!

Er blickte in das dunkle Loch des zerstörten Schiffes. Er kniff die Augen zusammen, um etwas zu erkennen. Und tatsächlich – bewegte sich da etwas? Stand da jemand?

Er spürte, wie eine kalte Hand nach ihm griff, wie sie versuchte, ihn in einen Traum zu ziehen. In einen fremden, unheimlichen Traum, aus dem er nie mehr entkommen konnte.

Erschrocken zuckte er zurück. *Nein, nicht!*

Doch im selben Moment legte sich eine Gewissheit wie ein Tuch über ihn.

Du musst keine Angst haben.

Du bist nicht allein!

Und wirklich, er hörte Schritte im Watt direkt neben sich. Ein Schatten fiel über ihn, aber er spürte keine Furcht.

Jetzt!

Jan holte aus und warf seinen goldenen Schatz in den dunklen Bauch des Wracks.

46

Mit den Händen in den Taschen beobachtete er, wie die beiden Männer zum Bootssteg gingen. Vorneweg der Kommissar aus Berlin mit seinem leicht schiefen Gang. Dahinter Alta, der natürlich nicht Steenbock hieß. Aber was bedeuteten schon Namen in ihrem Geschäft?

Ob der Kommissar wirklich Geld auf einem Schiff versteckt hatte? Falls ja, hatte diese Geschichte am Ende doch etwas Gutes. Dann hatte das ewige Herumsitzen vor dem Jessen-Hof wenigstens einen Sinn gehabt.

Für den alten Mann und diesen Jacobs war es sowieso egal. Sie würden hier und heute sterben. Er warf einen Blick auf die Pistole des Kommissars. Nicht schlecht, lag gut in der Hand, hervorragender Druckpunkt. Er beschloss, die Waffe zu behalten.

Jacobs' Röcheln riss ihn aus seinen Gedanken. Marko ging zu ihm, betrachtete seine Qual, ohne eine Miene zu verziehen. Der Mann lag mit dem Rücken auf dem Sand. Mit der einen Hand versuchte er, die Blutung abzudrücken, die andere streckte er hilfesuchend nach ihm aus.

»Bitte, einen Arzt«, röchelte er. Ganz schwach, er war kaum zu verstehen. Er würde sterben, so viel war sicher.

Eigentlich konnte er ihm auch den Gnadenschuss geben, für ihn war die Geschichte hier zu Ende.

Aber warum sich um den ganzen Spaß bringen?

Er erinnerte sich an das Aquarium, das er früher als Kind besessen hatte. Darin zwei Piranhas. Ab und zu hatte er sie mit anderen Fischen gefüttert. Lebenden Fischen. Er hatte sie ins Wasser geworfen und zugesehen, wie die Piranhas sich auf sie gestürzt hatten. Wenn sie sehr ausgehungert waren, hatten die Raubfische sie sofort aufgefressen. Manchmal hatten sie aber auch nur die Flossen ihrer Opfer abgebissen, um sie sich für später aufzubewahren.

Er hatte immer neben dem Aquarium gestanden und zugeschaut, wie die verstümmelten Kreaturen im Wasser herumtrieben. Wie hilflos sie mit dem Mund geschnappt und dabei dämlich ins Nichts geglotzt hatten. Manchmal hatte er ihren Todeskampf stundenlang beobachtet.

Dieser Jacobs guckte gerade genauso blöd wie früher die Fische. Auch er schnappte nach Luft. Und auch er würde sich noch ewig quälen. Marko war ein guter Schütze, er hatte genau gezielt. Ohne ärztliche Hilfe hatte der Mann keine Chance, er würde langsam verbluten. Er schien das Bewusstsein zu verlieren.

Marko trat mit dem Fuß nach ihm. »He, Arschloch, nicht schlappmachen«, flüsterte er.

Tatsächlich riss der Mann die Augen erschrocken auf, als würde er ihn zum ersten Mal sehen.

Marko lächelte. Die Angst der anderen war für ihn wie eine Droge.

Er legte den Kopf schief, so wie er es damals auch vor dem Aquarium gemacht hatte, und genoss das Schauspiel, den Kampf um Leben und Tod.

Doch halt, wieso ging Jacobs' Blick an ihm vorbei? Irritiert drehte er sich um – und sah, wie ein Riese mit schwarzen Locken wutentbrannt auf ihn zulief. Der junge Jessen!

Er hob die Pistole hoch. Zu spät. Der Kerl schlug ihm mit der linken Faust auf den Unterarm. Marko hörte ein Knacken, und ein heftiger Schmerz fuhr wie eine Nadel durch seinen Körper. Die Walther fiel scheppernd auf den Boden. Marko riss den anderen Arm schützend hoch, aber wieder brauchte er zu lange. Jessens rechte Faust traf ihn ins Gesicht. Er wurde nach hinten geschleudert, stürzte neben Jacobs in den blutgetränkten Sand. Für einen Moment sah er nur Sterne.

Aber nur kurz. Er hatte oft um sein Leben gekämpft. Auch mit Männern, die größer und stärker waren als er. Und immer hatte er gewonnen.

Er blendete den Schmerz aus, rollte sich zur Seite, kurz bevor der Riese ihm mit dem schweren Arbeitsschuh den Kopf zertreten konnte. Eine kurze Drehung, ein Tritt gegen das Knie. Schon war er wieder auf den Beinen, während der Jessen-Bastard stöhnend einknickte. Marko griff in die Hosentasche, zog ein Klappmesser heraus und ließ die Klinge aufschnappen. »He, Bauernarschloch, willst du dich wirklich mit mir anlegen?«

Sein Gegner richtete sich langsam auf, in den Augen purer Hass. Marko grinste. Sehr gut. Gefühle waren in so einer Situation nur ein Zeichen von Schwäche.

Wie ein wilder Stier stürmte der Kerl auf ihn zu. Marko wich geschickt aus und stach im selben Moment zu. Treffer! Er spürte, wie die Klinge durch den Arm ging.

Aber er hatte Jessens Kraft und vor allem Wut unterschätzt. Er war kein geübter Kämpfer wie Marko. Aber er schien vor Hass zu glühen. Ohne auf die Verletzung zu achten, versetzte er Marko einen heftigen Schlag in den Bauch. Ächzend ging er in die Knie, pfiff wie ein kaputter Reifen. Jessen drehte seinen gesunden Arm brutal nach hinten. Er hörte ein Krachen, als eine Sehne riss, stöhnte. Aber noch war es nicht vorbei. Der Riese warf ihn wie eine Puppe auf den Boden, mit dem Kopf voran. Markos Gesicht krachte auf die Erde, er schmeckte Blut.

»Jetzt mach ich dich fertig!«, zischte Jessen.

Marko verlor. Das war nicht möglich. »Halt«, krächzte er, als Jessen ihn auf die Knie legte.

Er wird mir das Rückgrat brechen!

Verzweifelt wollte er die Arme heben, weiterkämpfen. Keine Chance – wie gebrochene Flügel hingen sie nach unten.

»Stopp, Finn! Hör auf!« Eine Frauenstimme. Wie im Traum sah er ein großes Mädchen in schwarzen Klamotten, fast genauso gewaltig wie der Jessen-Bastard. *Die Bullenschlampe*. Er hatte sie durchs Fernglas gesehen, auf dem Hof, zusammen mit dem Kommissar. Sie hatte eine Pistole in der Hand, zielte auf ihn.

»Finn«, wiederholte sie, »lass ihn! Er ist es nicht wert!«

»Dieses Schwein«, fluchte Jessen, atemlos vor Wut. »Er hat Ingrid über den Haufen gefahren. Er hat Hinnerk umgebracht. Dafür wird er büßen. Jetzt!«

Und damit drückte er mit ungeheurer Kraft Markos Rücken über seinem Knie nach unten. Langsam. Immer tiefer.

»Finn!«, rief das Mädchen.

Ein erstes Knirschen. Marko spürte, wie ihm Tränen über die Wangen liefen. Nur noch ein Augenblick, dann … zerrissen mehrere Schüsse die Luft.

47

Krumme blickte über das feucht schimmernde Watt hinaus auf das offene Meer. Er sah die riesige Wolkenwand, die sich bedrohlich dem Land näherte, erfüllt vom dunklen Leuchten des bevorstehenden Sturms. Am Horizont funkelten bereits erste noch stumme Blitze über der Nordsee.

»Heute Nacht wird's ganz schön krachen, was?«, meinte Steenbock, der eigentlich Alta hieß. »Hoffen wir mal, dass wir dann alle gemütlich zu Hause im Trockenen sitzen.«

Krumme drehte sich zu ihm um. Steenbock nickte ihm mit einem schmalen Lächeln zu. Sein Jackett wölbte sich über der Tasche, in der er die Pistole versteckte. Aber er musste gar nicht so vorsichtig sein. Das Gebäude des Sportbootclubs schien geschlossen, und auf dem gesamten Hafengelände war kein Mensch zu sehen. Außer Marko und Niklas. Aber die warteten hinter dem Sandberg auf sie.

»Also, wo ist denn nun Ihre Jacht?«

Krumme schaute sich nervös um. Jetzt kam es drauf an, er musste sich entscheiden, sein Leben hing davon ab. Keines der wenigen Schiffe am langen Steg konnte man wirklich als Jacht bezeichnen. Ein paar Segeljollen, Angelboote mit winzigen Kajüten, dazu einige Motorboote.

Lieber Gott, hilf!

Argwöhnisch beobachtet von Steenbock blickte er unsicher zu dem einzigen etwas größeren Motorboot mit einer Kajüte.

»Da ist es«, behauptete Krumme und versuchte dabei, so selbstbewusst wie möglich zu wirken. In Wirklichkeit hatte er Todesangst.

»Das ist also Ihr Boot?« Die Frage klang, als ob Steenbock die Antwort schon wusste: *Natürlich nicht. Alles gelogen.* Er hatte seine Pistole jetzt aus der Tasche gezogen. Die Mündung auf Krumme gerichtet zeigte er, dass er sich endlich beeilen sollte.

Krumme kletterte ungelenk auf das Schiff. Es wackelte, nicht weil es im Wasser schwamm, sondern weil es etwas schräg im Watt lag.

Steenbock blieb direkt daneben auf dem Bootssteg stehen, ließ ihn keinen Augenblick aus den Augen.

Krumme schaute sich unschlüssig um. In Berlin war er oft mit einem Freund auf dessen Segelschiff auf der Havel unterwegs gewesen. Als Leichtmatrose, der sich um die Ausrüstung kümmern musste.

Daran hatte er sich erinnert, als er das Schild zum Sportbootclub gesehen hatte.

»Das Geld, wo ist es?« Steenbock verlor langsam die Geduld. Er hatte erkannt, dass Krumme nur seine Zeit verschwendete.

»Gleich.« Krumme machte sich an der Bootskiste am Heck zu schaffen.

»Stopp, für wie dumm halten Sie mich?« Steenbock kletterte ebenfalls auf das Boot, wollte sehen, was Krumme aus der Kiste herauskramte. Für eine Sekunde kämpfte er auf dem schwankenden Heck mit dem Gleichgewicht.

Jetzt!

Auf einmal ging alles ganz schnell. Krumme hatte im Bootsinnenraum eine Stange entdeckt. Am Ende hatte sie einen stumpfen Enterhaken. In den Havelschleusen hatte er mit solchen Dingern andere Schiffe auf Abstand gehalten. Jetzt riss er die Stange hoch, wirbelte sie mit aller Kraft Steenbock entgegen – und schlug ihm die Pistole aus der Hand. Im hohen Bogen fiel sie nach hinten, aber nicht ins Wasser, sondern zurück auf den Bootssteg.

Steenbock brüllte auf. Er packte die Stange am anderen Ende, zerrte an dem Haken, versuchte, Krumme den Metallstab aus der Hand zu drehen. Ohne Erfolg. Doch Steenbock war viel jünger und kräftiger. Immer noch auf dem höheren Heck stehend versetzte er ihm wütend einen Tritt gegen den Kopf.

Krumme stöhnte, schüttelte sich benommen. Aber er gab nicht nach, stieß Steenbock mit der Stange nach hinten. Laut fluchend stürzte der Mann auf den Steg, schlug hart auf das Holz auf.

Die Chance!

Krumme rappelte sich auf, wollte Steenbock hinterherspringen, als er sah, wie sein Gegner über den Steg kroch und nach der Pistole griff. Er drehte sich um, die Waffe mit beiden Händen auf Krumme gerichtet – und drückte ab. Einmal, zweimal, dreimal!

Die erste Kugel traf Krumme in den Arm. Ächzend fiel er zurück ins Boot, während die anderen Schüsse durch die Scheibe krachten, Glassplitter regneten auf ihn herab.

»Scheißbulle, jetzt mach ich dich kalt!«, rief Steenbock.

Krumme lag flach auf dem Plastikboden. Er hörte, wie Steenbock wieder auf das Schiff kletterte. Hastig griff er in die Bootskiste, suchte verzweifelt nach irgendetwas, um sich zu verteidigen.

Plötzlich legte sich ein Schatten über ihn. Wie ein Racheengel stand Steenbock hinter ihm auf dem Deck. »Du Dreckskerl! Hast du im Ernst gedacht, du kannst mich reinlegen …«

Weiter kam er nicht. Krumme warf sich zur Seite auf den Rücken, auf den schmerzenden Arm und feuerte die Signalpistole auf Steenbock ab!

Die Kugel zischte aus der Waffe, traf den Mann in den Bauch! Die Wucht des Aufpralls warf Steenbock zurück. Ungläubig blickte er an sich herunter, sah, wie sich das Feuer zischend in seinen Körper brannte.

Krumme starrte entsetzt nach oben, und für einen schrecklichen, unendlich langen Moment blieb die Zeit stehen.

Die von innen leuchtenden Wolkenberge. Der beginnende Sonnenuntergang, gebrochen von einem ersten donnernden Blitz. Davor der schwankende, noch aufrecht stehende Mann, dessen Bauch von einer unerbittlichen Flamme aufgefressen wurde. Der Geruch nach verbranntem Fleisch. Die Gewissheit in Steenbocks Blick, gleich sterben zu müssen. Aber auch der grenzenlose Hass und die Entschlossenheit, Krumme mit in den Tod zu reißen. Mit einer letzten Kraftanstrengung hob er die Pistole, zielte auf den wehrlos vor ihm liegenden Kommissar und …

Ein Schuss. Aber nicht aus Steenbocks Waffe. Krumme sah, wie sein Kopf von einer kleinen Explosion zur Seite geworfen wurde. Ein letzter ungläubiger Blick. Dann brach er zusammen, rutschte in das Watt, platschte in den Schlamm. Krumme konnte hören, wie die Flamme immer noch zischte, einfach nicht aufhören wollte zu brennen.

Mit einem Stöhnen ließ sich Krumme nach hinten fallen. Was war geschehen? Er hatte keine Kraft, um nachzuschauen. Stattdessem starrte er in den endlosen Himmel.

Schnelle Schritte auf dem Steg. Sie kamen näher, sprangen auf das Boot. Dann schob sich ein SEK-Beamter in sein Blickfeld. Das Gewehr im Anschlag sicherte er das Boot. Und schließlich Friedrichs. Und Ludwig. Mit einem breiten Grinsen blickten sie auf ihn herab.

»Moin, Herr Kollege«, begrüßte ihn der lange Friedrichs. »Alles frisch?«

48

So viel Aufregung hatte der Sportbootclub St. Peter-Ording in seiner Geschichte noch nicht erlebt. Während der Himmel sich immer mehr verdunkelte, blinkten auf dem Parkplatz überall Rettungs- und Polizeiwagen. SEK-Beamte packten ihre Ausrüstung zusammen, während das Gelände von Uniformierten der Schutzpolizei abgesperrt und kontrolliert wurde.

Vor dem Absperrband drängten sich erste Schaulustige, Touristen und Bauern aus umliegenden Höfen und Ferienhäusern, die sich fragten, was um Gottes willen in ihrem sonst so beschaulichen Paradies passiert war.

Mittlerweile war auch der Hafenmeister aufgetaucht. Der kleine Ludwig versicherte dem aufgeregten Mann mit grauem Vollbart, dass er sich keine Sorge um seine Schiffe machen musste – die Polizei hatte alles unter Kontrolle.

Krumme nahm all das wie in einem Traum wahr. Verwirrt schaute er in die Runde. Wo kamen auf einmal all die Kollegen her? Gerade wurde er von einem Sanitäter versorgt, demselben, der beim Jessen-Hof nach ihm geschaut hatte.

»Sie sind wohl auch nich' wegen des schönen Wetters hier, was?«, fragte er ihn im breiten Norddeutsch, während er einen Verband um seinen Arm wickelte.

»Wie bitte?« Krumme presste die Lippen zusammen, die Schusswunde tat höllisch weh.

»Die anderen haben mir verraten, dass Sie aus Berlin sind. Normalerweise kommen Ihre Freunde zur Erholung nach Nordfriesland. Aber Sie sind hier wohl nur auf der Suche nach Schwierigkeiten.« Er grinste.

Krumme versuchte es ebenfalls mit einem Lächeln, doch der Sanitäter zog in diesem Augenblick den Verband fest. Er stöhnte auf.

»So, war nur eine Fleischwunde. Aber zusammen mit Ihren anderen Verletzungen«, der Sanitäter zeigte auf Krummes diverse Prellungen, »sollten Sie unbedingt mal im Krankenhaus vorbeischauen.« Damit packte er seine Tasche ein.

Friedrichs trat mit Pat zu ihm an den Rettungswagen.

»Na, wohl noch mal Glück gehabt, was, Kollege?«, fragte Friedrichs. »Wenn wir nur einen Augenblick später gekommen wären, hätten wir Sie auch in so eine Tüte packen können.« Er zeigte zu dem mit Schlick beschmierten Steenbock, der gerade in einen Leichensack gelegt wurde.

»Danke …« Krumme fehlten die Worte.

»Danken Sie nicht mir, sondern dem SEK-Kollegen, dem ich gesagt habe, er soll schießen«, sagte Friedrichs. Er stellte den Fuß betont lässig auf die Stoßstange des Rettungswagens. Krumme war sicher, dass er die Geschichte seiner Rettung im Präsidium in Zukunft sehr oft hören würde.

»Ich habe nur keine Ahnung, wie …«, fing er an, aber Friedrichs unterbrach ihn.

»Sie wollen wissen, wieso wir rechtzeitig hier waren?

Obwohl Sie niemandem gemeldet haben, wo Sie sich herumtreiben?«

Krumme nickte. Auch das würde er noch lange zu hören bekommen. Zu Recht.

»Da können Sie sich bei Ihrer patenten Kollegin bedanken. Die hat im Gegensatz zu Ihnen mitgedacht und uns alarmiert.« Friedrichs stutzte, als er sah, wie ein paar Bootsbesitzer bei Ludwig standen und sich lautstark beschwerten, weil sie nicht zu ihren Segelschiffen konnten. »Einen Moment, bin gleich wieder da.« Er ließ Pat und Krumme allein, um seinem Kollegen zu helfen.

Pat stand unsicher vor Krumme. »Ganz hübsch was los hier, wie?«, sagte sie zu ihm, als er sie nachdenklich betrachtete.

»Also habe ich eigentlich dir mein Leben zu verdanken?«

Sie sah ihn vorwurfsvoll an. »Wieso haben Sie mir nicht gesagt, wo Sie hinfahren?«

»Da wusste ich es ja selbst noch nicht.«

»Sie hätten aus Husum anrufen können. Statt allein in dieses Haus zu gehen.«

»Ja, das war ein Fehler. Aber ich dachte, das wäre ein harmloses Versicherungsbüro.«

Pat verdrehte die Augen.

»Aber wie hast du mich denn nun gefunden?«

»Über Ihr Handy. Ich habe in der Zentrale angerufen und denen gesagt, sie sollen Ihren Standort anpeilen.«

Krumme sah sie verlegen an. Die moderne Technik. Auf einmal kam er sich uralt vor.

»Dann bin ich sofort hingefahren. Mit Finns Auto. Denn leider hatten Sie sich ja unseren Wagen geschnappt. Den haben wir dann in Husum gefunden. Mit dem Handy auf dem Rücksitz.« Sie sah ihn streng an. »Aber keine Spur von Ihnen.«

Krumme räusperte sich. Es wurde immer peinlicher für ihn.

»Herrn Jacobs' Mercedes haben wir ebenfalls gesehen. Aber wo steckten Sie beide? Wir hatten keine Ahnung. Wir wollten gerade auch sein Handy orten lassen, da hat Finn zufällig gesehen, wie Sie zusammen mit diesen Männern aus dem Haus kamen und weggefahren sind.«

»Und ihr hinterher?«

Pat nickte. »Aber natürlich habe ich die Kollegen alarmiert. Die haben dem SEK Bescheid gesagt. Friedrichs und Ludwig haben sich auch auf den Weg gemacht. Die Frage war, wann wir eingreifen. Wir haben entschieden, erst einmal zu schauen, was sie vorhaben. Von dahinten«, sie zeigte zum Schleusenhaus auf dem Deich, »haben wir den Hafen beobachtet. Bis die auf Herrn Jacobs geschossen haben. Da hat Finn die Geduld verloren und ist einfach losgerannt, obwohl die Kollegen noch nicht bereit waren. Ich dachte, er bringt den Kerl mit der Mütze um. Wenn ich nicht dazwischengegangen wäre, hätte er ihn in Stücke gerissen!«

Sie zeigte zu einem anderen Rettungswagen, wo Marko für den Transport ins Krankenhaus vorbereitet und mit Handschellen an die Bahre gekettet wurde. Sein Gesicht sah fürchterlich aus.

»Obwohl, vielleicht hätte ich Finn einfach machen lassen sollen. Schließlich hat dieser Kerl seine Schwester ins Koma gefahren.« Sie sah voller Verachtung zu dem Krankenwagen und wandte sich dann wieder an Krumme. »Was sind das nur für Leute? Sind die verantwortlich für die Explosion und Hinnerks Tod?«

Krumme räusperte sich. Dann erzählte er ihr alles, was er wusste. Von dem Keller. Dass Niklas Schulden gemacht hatte, die er nicht mehr zurückzahlen konnte. Und schließlich verriet er ihr auch, was er in der dunklen Gruft unter dem Haus über Hinnerks Tod erfahren hatte.

Pat sah ihn an. »Der Jacobs hat Hinnerk umgebracht?«

»Er ist extra früher nach Hause gekommen. Er wollte unbedingt verhindern, dass Hinnerk mit seinem Vater spricht.«

»Aber er hat ein Alibi. Ich dachte, er war in München?«

Krumme nickte. »Müssen wir wohl noch mal überprüfen. Offensichtlich hat er uns alle getäuscht.«

Pat konnte es nicht glauben. Sie blickte zu dem Sandberg, wo ein Notarzt und mehrere Sanitäter immer noch um Niklas' Leben kämpften. Auch Finn stand daneben und sah besorgt auf seinen Schwager hinunter.

»Wie geht es ihm?«, fragte Krumme.

»Er hat viel Blut verloren. Keine Ahnung, ob er es schafft.« Pat schüttelte traurig den Kopf. »Was für ein schrecklicher Tag für die Familie. Erst die Explosion und der alte Tore im Krankenhaus. Dieses Elend hier und dann auch noch das mit dem Jungen.«

Krumme horchte auf. »Jan? Was ist mit ihm?«

Pat sah ihn traurig an. »Ach ja, das wissen Sie noch gar nicht. Es ist von zu Hause ausgebüxt.«

»Schon wieder?«

»Eine Nachbarin hat ihn begleitet. Sie dachte, er wollte seine Mutter in der Klinik besuchen. Aber kaum sind sie in Husum aus dem Bus gestiegen, hat er sie einfach stehen lassen und ist davongelaufen. Keiner weiß, wohin.«

»Aber er ist nicht zum Krankenhaus?«

Pat schüttelte den Kopf. »Die Fahndung läuft. Bisher ohne Erfolg.«

Krumme stand ächzend auf. Er wollte selbst sehen, was mit Niklas war. Sein Zustand schien sich stabilisiert zu haben. Die Sanitäter legten ihn auf eine Trage und schafften ihn ebenfalls in einen Rettungswagen. Für einen kurzen Moment trafen sich ihre Blicke. Dann drehte Niklas den Kopf zur Seite.

Pat ging zu Finn, der half, seinen Schwager in den Rettungswagen zu schieben, und sah ihn fragend an.

»Der Arzt meint, er wird es überleben«, sagte er müde, aber erleichtert.

Krumme tauschte einen nachdenklichen Blick mit Pat. Was würde Finn nur sagen, wenn er erfuhr, dass ausgerechnet sein Schwager Hinnerk umgebracht hatte? Er sah, dass der junge Jessen genau wie er einen Armverband trug. Offensichtlich war auch er nicht unverletzt geblieben. Aber im Gegensatz zu ihm schien das den Riesen kaum zu kümmern.

»Ich habe das mit Jan gehört«, sagte Krumme. »Keine Sorge. Ich bin sicher, wir finden den Kleinen wieder.«

»Meinen Sie, diese Schweine haben ihn gekidnappt?«

Er überlegte und schüttelte den Kopf. »Nein, ich glaube nicht.«

Finn seufzte müde, strich mit der Hand durch seine

schwarzen Locken. Pat stand betroffen neben ihm und sah aus, als würde sie ihn am liebsten in den Arm nehmen.

»Herr Krumme?« Der kleine Ludwig kam zu ihnen. »Gerade hat ein Kollege von der Bredstedter Wache angerufen.«

Er sah den Kollegen erstaunt an. »Kommissar Mannsen?«

»Genau, so heißt er.« Ludwig lächelte über sein ganzes Kugelgesicht. »Gute Nachrichten. Er hat gesagt, dass er den Jungen gefunden hat.«

»Wie bitte?« Krumme sah ihn mit aufgerissenen Augen an.

»Wie geht es ihm?« Finn ging so plötzlich auf ihn zu, dass der kleine Polizist erschrocken zurückwich.

»Ist gesund und munter. Alles in Ordnung, hat Mannsen gesagt.«

Krumme, Pat und Finn tauschten einen erleichterten Blick.

»Und wo ist Jan jetzt?«

»Sie sind auf dem Weg ins Krankenhaus. Zu seiner Mutter.«

49

Als sie das Nordseeklinikum in Husum erreichten, war auch das Gewitter endlich über Nordfriesland angekommen. Pechschwarze Wolken hingen tief über der Marsch. Blitze krachten über das Land. Schließlich öffnete sich der Himmel, und es begann zu regnen. Dicke Tropfen trommelten auf die Scheibe, als die Rettungswagen vor der Notaufnahme des Krankenhauses hielten. Der kurze Weg von dem Wagen in die Klinik reichte, dass Pat und Krumme klitschnass wurden.

Finn war im Krankenwagen zusammen mit seinem schwerverletzten Schwager gefahren. Sanitäter brachten Niklas jetzt direkt in den OP. Krumme hatte die überraschten Kollegen auf der Fahrt informiert, dass er für Hinnerk Jessens Tod verantwortlich war und entsprechend überwacht werden musste.

»Sie wissen schon, dass Jacobs' Geständnis aus diesem Keller vor Gericht noch nicht ausreicht?«, mahnte Friedrichs.

Krumme nickte. Sie mussten die Aussage später unbedingt noch einmal offiziell zu Protokoll nehmen. Sie vereinbarten, der Familie solange noch nichts zu sagen.

Mannsen erwartete sie bereits im Flur vor der Krankenstation, zusammen mit Harke. Mit gerade durchgedrücktem Rücken und den Händen auf den Knien beobachtete er mit einem versonnenen Lächeln, wie der Regen an einer Scheibe herunterlief.

»Moin«, sagte Krumme, verblüfft, auch Harke hier zu sehen. Der blickte nur kurz freundlich auf und sah dann wieder aus dem Fenster. Für Pat war es das erste Mal, dass sie ihn sah. Er schien ihr ein bisschen Angst zu machen. Entsprechend blieb sie auf Abstand und folgte Krumme, als der Mannsen ein Stück zur Seite zog.

»Meine Güte, du siehst schrecklich aus!«, flüsterte sein Freund und betrachtete besorgt Krummes breiten Armverband.

Er winkte ab. »Halb so wild. Erzähl mir lieber, was mit dem Jungen ist.«

»Keine Sorge. Macht einen ganz fidelen Eindruck.«

»Wo habt ihr ihn gefunden?«

»Ja, verrückt. Er stand vorhin plötzlich zusammen mit Harke vor meiner Tür und wollte wissen, ob ich sie beide ins Krankenhaus zu seiner Mutter fahre.«

»Harke war bei ihm?« Krumme und Pat sahen zu dem Betriebshelfer, der so weit weg saß, dass er sie nicht verstehen konnte.

»Keine Ahnung, was die beiden getrieben haben«, erwiderte Mannsen und strich über sein rundes Gesicht. »Der Kleine behauptet, dass er ihn und Nis besuchen wollte.«

Pat sah die beiden fragend an.

»Sein Hausgeist«, verriet Krumme ihr und verdrehte die Augen. Dann wandte er sich wieder an Mannsen.

»Was sagt er dazu?«

»Harke meint, sie wären ein bisschen spazieren gegangen.«

Krumme bemerkte erst jetzt Harkes von Schlamm verkrusteten Hosenbeine. Er runzelte die Stirn. »Flunkert er?«

Mannsen hob die Schultern. »Tut er nie. Aber manchmal kapier ich auch nicht, was er mir eigentlich sagen will.«

Krumme überlegte und warf Harke wieder einen kurzen Blick zu. Dann zeigte er zum Krankenzimmer. »Meinst du, wir können da kurz rein?«

»Oh ja, nur zu.« Mannsen lächelte. »Du wirst staunen.«

Und tatsächlich, als Krumme zusammen mit Pat den Raum betrat, traute er seinen Augen nicht. Nicht nur Jan und Finn saßen bei Ingrid, sondern auch der alte Tore. Zwar im Rollstuhl und sichtlich angeschlagen, aber Krumme hatte ihn noch nie so glücklich gesehen.

Und das hatte einen guten Grund: Seine Tochter Ingrid war bei Bewusstsein! Mit einem Liegegips an ihrem rechten Bein und einer Bandage am Arm, aber mit glänzenden Augen hielt sie Jans Hand und strahlte über das ganze Gesicht.

»Hallo, Herr Kommissar, schön, Sie zu sehen«, sagte sie mit schwacher Stimme, aber durchaus freundlich. Krumme konnte es nicht fassen. Waren es ihre Medikamente? Das letzte Mal, als sie sich gesehen hatten, hatte sie ihn wüst beschimpft.

»Finn hat mir gerade erzählt, was draußen in St. Peter-Ording passiert ist.« Nun legte sich doch ein Schatten über ihr Gesicht.

»Ach ja?«

»Er sagt, dass Niklas von irgendwelchen Erpressern

entführt wurde. Und dass Sie ihm das Leben gerettet haben.«

»Ich?« Er sah erstaunt zu Finn. »Ich denke, Ihr Bruder hat daran einen wesentlich größeren Anteil. Wenn er nicht im richtigen Moment gekommen wäre, dann …« Er schwieg, blickte hilfesuchend zu Pat, die aber genau wie er überfordert war von der Situation.

Tore griff nach der freien Hand seiner Tochter. »Egal. Niklas ist bald wieder auf dem Damm. Wichtig ist nur, dass die Kerle geschnappt wurden, die euch das angetan haben.«

»Genau, Mama, jetzt wird alles gut, ganz bestimmt!«, sagte auch Jan ohne jeden Zweifel.

Oje, dachte Krumme klamm, das würden schwierige Gespräche werden, wenn er der Familie die Wahrheit über Niklas erzählen musste. Aber das war das Problem eines anderen Tages. Jetzt gab es erst einmal Grund zur Freude.

»Frau Jacobs, wie schön, dass es Ihnen wieder … so gut geht. Kaum zu fassen, wie schnell Sie sich wieder erholt haben«, stammelte er.

»Ein Wunder, oder?«, meinte Tore mit seinem heiseren Bass. »Doch an so was glauben Sie ja nich'.« Eine kleine Spitze, die aber nicht böse gemeint war. Dafür hatte der alte Mann viel zu gute Laune. Freundlich zwinkerte er ihm zu.

Krumme lächelte unsicher zurück. Nach den turbulenten Ereignissen des vergangenen Tages fühlte er sich wie in einem rosaroten Traum. Draußen tobte der Sturm, doch im warmen Licht des Krankenzimmers schienen sich alle Probleme aufgelöst zu haben. Seltsam.

Auch für Ingrid, die voller Liebe ihren Sohn ansah. »Ich bin aufgewacht und habe Jan neben mir gesehen. Da wusste ich, alles ist gut.«

Der Junge strahlte. Glücklich kletterte er auf das Bett, um sich an seine Mutter zu kuscheln. Krumme bemerkte die schlammverschmierten Hosenbeine. *Wo um Himmels willen hatten Harke und er sich herumgetrieben?*

»Du hast uns einen ganz schönen Schrecken eingejagt, kleiner Mann«, wandte er sich mit leisem Vorwurf an Jan.

Ingrid stupste ihn mit dem Finger auf die Nase. »Da hat der Kommissar recht. Wie oft haben wir dir gesagt, dass du nicht allein herumstromern sollst«, sagte sie überraschend sanft. Eine Folge des Unfalls? Oder war sie nur müde? Auf jeden Fall kein Vergleich zu der nervösen Frau, die ihm aus Sorge um ihren Sohn sogar eine gescheuert hatte.

Jan lächelte nur, auf ähnlich versonnene Weise wie Harke. Wenn er ein schlechtes Gewissen hatte, ließ er es sich nicht anmerken.

Krumme blickte zu Pat. Die verstand, was er meinte, und nickte. »Wir gehen dann. Ich soll auch noch mal beim Arzt vorbeischauen«, sagte Krumme. »Aber wie schön, dass es Ihnen so gut geht. Wir haben die Tage ja bestimmt noch ausreichend Zeit, über alles zu reden.«

Auch Jan und Finn beschlossen, Ingrid und Tore allein zu lassen, damit sich die beiden erholen konnten.

»Mama, darf Harke uns mal mit Nis besuchen?«

Ingrid überlegte angestrengt. »Harke?«

»Der Freund vom Kommissar. Der mich zu dir gebracht hat«, half Jan.

Ingrid wirkte immer noch leicht verwirrt, nickte aber schließlich. Jan gab ihr jubelnd einen Kuss und verließ mit Finn das Zimmer.

»Nis?«, wandte sich Ingrid hinter vorgehaltener Hand an Krumme. »Das ist der Name von dem Hund, oder?«

Krumme zuckte mit den Schultern und lächelte.

50

Am nächsten Morgen war alles vorbei. Das Gewitter hatte sich verzogen. Die Sonne schien am strahlend blauen Himmel, und eine leichte Brise wehte von Westen über das Meer in die Stadt. Als Krumme auf seinem Weg zum Präsidium am Hafen entlangging, schloss er für einen Moment die Augen und schnupperte die nach Salz riechende Luft. Um ihn herum nur lächelnde Gesichter: Händler, die neue Waren in die Geschäfte trugen. Gastwirte, die ihre Tische am Kai für den Ansturm der Touristen vorbereiteten. Ältere Damen, die mit ihren Hunden Gassi gingen. Der Briefträger, der mit seinem Fahrrad über das Kopfsteinpflaster wackelte. Sie alle strahlten und freuten sich auf den neuen Tag und das Ende der schwülen, drückenden Hitze, die so ungewöhnlich für Nordfriesland gewesen war.

Im Präsidium begann der Tag mit einem schwierigen Termin – Krüger wollte Krumme und Pat sehen.

»Was haben Sie sich nur dabei gedacht?«, kam er gleich zur Sache, als die beiden vor seinem Schreibtisch saßen. »Nennt man so was in Berlin professionelle Polizeiarbeit, Herr Kollege?«

Nachdem Krumme letzte Nacht aus dem Krankenhaus nach Hause gekommen war, hatte er noch lange wach gelegen. Was sollte er Krüger sagen? Am Ende entschied er, alle Fehler zuzugeben.

»Das ist ja wohl auch das Mindeste«, meinte Krüger. »Seien Sie froh, dass Ihre junge Partnerin mitgedacht hat. Sonst hätte die Sache für Sie und Niklas Jacobs sehr böse enden können.«

Pat hob die Hand wie in der Schule: »Aber man darf nicht vergessen, dass Kommissar Krumme als Einziger von Anfang an den Verdacht hatte, dass der Tod von Hinnerk Jessen kein Unfall war.«

Krumme war gerührt. Pat nahm ihn in Schutz. Auch Krüger lächelte.

»Wie auch immer«, sagte dieser schon etwas ruhiger, »ich bin sehr gespannt auf Ihren Bericht, Krumme. Und ich will Jacobs' offizielles Geständnis so schnell wie möglich.«

»Was ist mit Marko? Hat er schon irgendetwas gesagt?«, fragte Krumme. Krüger informierte ihn, dass der Mann bis jetzt jede Aussage verweigerte. Immerhin: Die Kollegen hatten die »Versicherungsagentur« noch in der Nacht auf den Kopf gestellt. Steenbocks echter Name war Giuseppe Alta. Und zusammen mit seinen Leuten arbeitete er für die italienische Mafia.

Pat sah ihn ungläubig an. »Die Mafia? In Nordfriesland?«

Krüger nippte an einer kleinen Wasserflasche. »Die 'Ndrangheta aus Kalabrien. Seit sie in Italien immer mehr unter Druck gerät, hat sie ihre Geschäfte auch in andere europäische Länder verlagert. Wir hatten schon länger Hinweise darauf, dass sie auch bei uns aufgetaucht ist. Vor allem in Verbindung mit Prostitution und Drogenhandel, in Flensburg, Rendsburg und wohl auch in Husum. Dazu noch Schutzgelderpressungen. Kaum zu fassen, dass sie eine Zentrale praktisch in Sichtweite unseres Präsidiums hatten.«

Krumme schüttelte den Kopf. Unglaublich, dass die Mafia mit ihren Krakenarmen selbst bis hinauf in den Norden aktiv war.

Krüger schien seine Gedanken zu erahnen. »Keine Sorge. Das ist nicht Ihr Problem. Die Kollegen der Abteilung ›Organisiertes Verbrechen‹ haben die Angelegenheit übernommen.«

»Kann es sein, dass die Mafia noch hinter anderen aktuellen Fällen steckt?«, fragte Krumme.

»Ganz bestimmt«, erwiderte Krüger. »Das werden wir prüfen. Meinen Sie die Explosion auf dem Jessen-Hof?«

»Dieser Steenbock …«

»Alta«, korrigierte Krüger.

»… hat gesagt, sie hätten nichts damit zu tun.«

»Das scheint zu stimmen«, beteiligte sich jetzt auch Pat. »Die Spurensicherung arbeitet noch auf dem Hof. Aber gestern meinte der Kollege, dass es wohl ein Unfall war. Sie haben mehrere Kanister und Gasflaschen gefunden, die nicht sachgemäß gelagert wurden. Dazu eine zerbrochene Glasflasche, die wie ein Brennglas funktioniert hat«, ergänzte sie.

Krüger wirkte von ihrem Bericht wenig überzeugt. »Trotzdem schon ein Zufall, dass diese Explosion gerade jetzt passiert. Würde mich nicht wundern, wenn Alta und seine Leute doch die Finger im Spiel hatten.«

»Und der Tote im Leuchtturm?«, fragte Krumme.

»War tatsächlich ein Selbstmord«, antwortete Krüger. »Auch wenn das die Leute in Westerhever nicht wahrhaben wollen.«

»Friedrichs meinte, der Mann sei eigentlich ein ganz lebensfroher Mensch gewesen.«

»Wir haben sein Handy gecheckt«, erklärte Krüger und schob seinen Kopf nach vorn. »Er hat seine Frau mit einer zwanzig Jahre Jüngeren betrogen. Am Ende hat er wohl ein schlechtes Gewissen bekommen und Angst gehabt, dass seine Gattin von der Sache Wind kriegt.« Er lehnte sich zurück und trank einen Schluck. »Vielleicht lag es auch am Wetter, dass bei ihm die Sicherungen durchgebrannt sind. Die letzten Tage waren ein einziger Albtraum. Eine Anzeige nach der anderen. Schlägereien. Herzinfarkte. Nördlich von Bredstedt haben sie gestern Morgen einen Tierarzt tot neben seinem Wagen gefunden. Ich hoffe, der Regen hat die aufgeheizten Gemüter abgekühlt. Zu viel Hitze bekommt den Friesen nicht.«

»Danke für deine Unterstützung«, sagte Krumme wenig später im Büro zu Pat und schenkte ihr ein Lächeln. Die senkte verlegen den Blick.

»Fahren wir wieder ins Krankenhaus?«, fragte sie.

Er nickte. »Mal schauen, ob wir schon mit Jacobs reden können. Und dann müssen wir wohl oder übel auch der Familie die Wahrheit sagen.«

»Ich kann das bei Finn übernehmen.«

Krumme lächelte. »Den magst du wirklich gerne, oder?«

Pat überlegte. »Ja. Aber als er diesen Gangster in Stücke reißen wollte, da habe ich auch Angst vor ihm gehabt.«

»Wollt ihr euch wieder treffen? Auch so, meine ich, jetzt wo der Fall aufgeklärt ist?«

Pat zuckte unsicher mit den Schultern. »Mal schauen.«

Krumme sah, dass es ihr unangenehm war, ausgerechnet mit ihm darüber zu reden. Er beschloss, nicht weiterzubohren.

»Wollen wir dann los?« Krumme griff nach der Jacke, als ein Handy leise zu summen begann. Er seufzte. »Oder willst du erst noch telefonieren?«

»Das ist nicht meins«, sagte Pat. Sie lächelte.

Überrascht erkannte er, dass es tatsächlich sein Handy war. Er kramte in der Tasche und nahm ab. Es war Tore.

»Herr Jessen, das ist ja eine Überraschung. Wir wollten gerade …«

Doch der alte Mann ließ ihn nicht zu Wort kommen. Ungewohnt aufgeregt redete er auf ihn ein. Schließlich kündigte Krumme seinen Besuch in der Klinik an und beendete das Gespräch.

»Was ist denn los?«, fragte Pat neugierig.

Krumme starrte ungläubig auf sein Handy. »Nicht zu fassen. Die haben ihn im Krankenhaus untersucht und festgestellt, dass der Tumor in seinem Kopf nicht mehr gewachsen ist. Er ist immer noch da. Aber wenn er sich weiter so entwickelt, stehen die Chancen gut, dass der alte Mann vielleicht doch wieder gesund wird.«

»Aber das ist ja fantastisch! Erst seine Tochter und jetzt er. Ein Wunder.«

»Das hat er auch gesagt. Und ob ich nicht endlich akzeptieren will, dass es hier in Nordfriesland zwischen

Himmel und Erde auch Dinge gibt, die man nicht immer erklären kann.«

Pat grinste. »Und? Hat er Sie bekehrt?«

Krumme schüttelte den Kopf. »Ich freue mich für ihn und seine Tochter. Was für ein Glück! Aber was wir in den letzten Tagen herausgefunden haben, sind ganz normale Verbrechen. Betrug. Erpressung und Mord. Begangen aus Missgunst und Gier. Mit Wundern, dem schwarzen Mann oder der Rache von Pastor Hauke hat das nichts zu tun.«

Pat musterte ihn einen Moment nachdenklich. »Na dann, fahren wir ins Krankenhaus.«

»Was hältst du davon, wenn wir gehen? Ich müsste auf dem Weg noch was erledigen.«

»Was denn?«

Er räusperte sich. »Ich brauche dringend noch ein paar neue Schuhe.«

Pat sah ihn überrascht an. »Was für Schuhe?«

Krumme zögerte. »Zum Tanzen. Heute Abend habe ich wieder meinen Kurs. Aber meine aktuellen Schuhe sind viel zu eng. Ich habe überall Blasen.«

Pat lächelte. »Sie sind in einem Tanzkurs?«

»Für Anfänger. Ich kriege mit Ach und Krach Walzer, Discofox und Cha-Cha-Cha hin.«

»Ich kann Ihnen helfen, wenn Sie wollen.«

»Du kannst tanzen?« Krumme sah sie überrascht an.

Pat streckte den Rücken. »Natürlich kann ich tanzen.«

Er wurde rot. »Klar, warum auch nicht ...«, stammelte er.

»Ich habe sogar das Goldstar-Abzeichen.«

»Wirklich?«

Pat nickte. »Ich liebe tanzen! Es ist gut für Herz und Seele. Und fördert die Teamfähigkeit. Ohne Partner geht es nicht.«

Krumme verstand genau, was sie meinte. »Wenn das so ist, brauche ich wohl unbedingt noch Nachhilfe.« Er seufzte.

»Wann immer Sie wollen.«

»Aber nur, wenn du mich endlich nicht mehr siezt.«

Pat lächelte verlegen. Dann stand sie auf und reichte Krumme sein Jackett. »Na dann, schauen wir mal, ob wir bequeme Schuhe für dich finden, Theo.«

51

Stave Geerkens' Welt war wieder in Ordnung. Seine *MS Lena* stampfte tapfer durch das graublaue Wasser an Eiderstedt vorbei Richtung Meer. Der Diesel tuckerte gleichmäßig wie ein Uhrwerk. Die neue Benzinpumpe war am Ende doch nicht so teuer gewesen. Gemeinsam mit Görcan war es ihm gelungen, sie in einer Nacht einzubauen.

Gerade rechtzeitig, um mit einer neuen Angelgruppe in See zu stechen. Zwanzig Angler und einige wenige Anglerinnen saßen entspannt auf dem Deck in der Sonne, freuten sich auf einen Tag auf See und auf hoffentlich viele Dorsche.

Und für morgen hatten sich sogar noch mehr Angelfreunde angemeldet. Er war wieder im Geschäft. Zufrieden trank er einen Kaffee und sah hinaus auf das ruhige Wasser. Der Himmel über ihnen strahlte in einem prachtvollen Blau, und die Sonne schien heute nur für ihn zu scheinen. Ein Glück, dass die vermaledeite Hitze vorbei war.

Mattes stand mit ihm in der Kajüte, in der einen Hand ein Brötchen, in der anderen die aktuelle Ausgabe der *Husumer Nachrichten*. »Die Ermittlungen in Bezug auf die Gasexplosion in der Altstadt sind abgeschlossen«, las er mit vollem Mund vor. »Die Stadtwerke Husum erklärten, dass es sich um einen tragischen Unfall gehandelt habe. Menschliches Versagen lag aber nicht vor. Die Stadtverwaltung sieht das anders. Aus ihrer Sicht sei bei der Reparatur des alten Gassystems vor ein paar Jahren grob gepfuscht worden. Um weitere Unfälle auszuschließen, muss jetzt die Hälfte der Leitungen oberhalb der Rosengasse ausgetauscht werden. Ein Teil der Altstadt wird auf Monate hinaus eine große Baustelle sein, der Bürgermeister ...«

»Ist das alles, was heute in der Zeitung steht?«, unterbrach ihn Stave ungeduldig.

Mattes sah ihn überrascht an, schluckte erst einmal den Bissen hinunter. »Nein, hier gibt's noch was über die Schießerei in St. Peter-Ording. Krasse Geschichte. Hast du davon schon gehört?«

Stave schüttelte den Kopf, den Blick immer auf das Wasser gerichtet. Gerade war Ebbe, da musste er ein bisschen aufpassen, dass er immer in der Fahrrinne hinaus aufs Meer blieb und nicht auf Grund fuhr. In der Ferne konnte er auf der linken Seite schon den Leuchtturm von Westerhever erkennen. Dahinter begann das offene Meer. Und rechts ...

»Halt mal kurz die Klappe«, unterbrach er Mattes, der gerade den Artikel vom Polizeieinsatz am Tümlauer Koog vorlas.

Er kniff die Augen zusammen und schaute rüber zum Watt zwischen Nordstrand und der Hallig Südfall. Die Sonne spiegelte sich in der nassen Fläche. Er musste etwas suchen, bis er das Wrack wiederentdeckte.

»Der Schrottkahn ist ja kaum noch zu sehen«, bemerkte Mattes.

Er hatte recht. Nach dem kurzen, aber heftigen Sturm der letzten Nacht ragte nur noch die Spitze aus dem grauen Schlick. Ein paar Gezeitenwechsel, und das Schiff verschwand wieder komplett im Wattenmeer.

Schon komisch, dachte Stave und fragte sich, ob der alte Frachter jemals wieder auftauchen würde.

»Schade«, meinte Mattes. »Ich hab's kein einziges Mal geschafft, hinzugehen und mir das alte Ding aus der Nähe anzugucken.«

Stave sah seinen Leichtmatrosen nachdenklich an. »Mach dir keinen Kopp. Ich war da. Ist nur ein Haufen Schrott.«

Damit schnappte er sich den Rest von Mattes' Mettbrötchen und stopfte ihn sich mit einem Happen in den Mund.

»He, was soll'n das?« Mattes sah ihn sauer an.

»Jetzt jammer nicht«, sagte Stave mit vollem Mund und grinste. »Kümmer dich lieber um unsere Gäste. Ich will, dass sie heute den perfekten Tag haben.«

Epilog

Winter, 1879

Im Osten glimmte bereits ein dünner Streifen am Horizont. Der neue Tag, der hoffentlich bald diese elende Nacht verdrängen würde. Aber noch tobte das Meer mit fürchterlicher Wucht. Brecher um Brecher schob sich über die dunkel schäumenden Fluten. Die ganze Welt ein tosendes Inferno. Und mittendrin, klein und zerbrechlich, ein dünnes Brettergestell, das sich auf hohen Beinen der Urgewalt der Nordsee entgegenstemmte. Welle um Welle brach sich krachend an den geteerten Eichenpfählen der Rettungsbake, ließ das hölzerne Gebilde, das einsam in der endlosen Weite der See stand, bis in seine Grundfesten erzittern.

In einem kleinen Raum kauerten fünf Seeleute. Erschöpft, zitternd vor Kälte und Angst. In den ausgezehrten Gesichtern zeigte sich der Schrecken der letzten Stunden.

Stunden, die ihr Leben für immer verändert hatten. Sie wussten, dass sie verdammt waren, dass sich mit dem, was zuletzt passiert war, mit dem, was sie getan hatten, ein Schatten auf sie gelegt hatte. Jeder Wellenschlag gegen die Rettungsbake erschien ihnen wie der donnernde Ruf des Teufels, der nach ihren Seelen rief, um sie in den Abgrund der Hölle hinabzuziehen.

Ihre Augen glänzten wie Kohle in der Dunkelheit der

engen Kammer. Stumm hingen die Männer ihren Gedanken nach, immer noch gefangen von dem Grauen, das sie in dieser Nacht erlebt hatten.

Der Orkan. Gottes Strafe war über sie gekommen, fürchterlich, gnadenlos. Die gigantischen Wellen, die ihr Schiff wie ein Spielzeug hin und her geworfen hatten. Das schrille Kreischen, als die See mit Macht an dem Stahl zerrte, ihn immer und immer wieder zu brechen versuchte.

Schon nach einer Stunde war allen Männern klar gewesen, dass sie dem Untergang geweiht waren. Ihre Ladung, Eisenerz aus Brasilien, war verrutscht und hatte die *Maria Selva* zur Seite gedrückt. Sie hatten um ihr Leben gekämpft, wie kleine Puppen waren sie von den Wellen über die Planken geworfen worden. Dimitri, der Grieche. Der dicke Matthias. Thomas, ihr Steuermann. Alle waren über Bord gegangen, schreiend vom schwarzen Abgrund der See verschlungen worden. José, der glatzköpfige Baske aus Bilbao, von einem herabstürzenden Ladebaum erschlagen. Mario aus Lissabon, eine armgroße Stahlniete, herausgepresst vom tosenden Sturm, hatte ihm den Schädel gespalten.

Ihr Schiff, obwohl aus feinstem irischem Stahl, hatte von Anfang an keine Chance gehabt. Noch weniger die Besatzung. Alle waren sie verdammt. *Nimm diese armseligen Seelen*, hatte der Allmächtige dem Teufel zugerufen, *ich will sie nicht mehr haben!*

Sie waren dem Tod geweiht. Alle hatten das gewusst. Nur ihr Kapitän, Sergio Ruiz aus Porto, stemmte sich noch ihrem Schicksal entgegen. Er wollte das Unvermeidliche nicht akzeptieren, nicht wahrhaben, dass ihre

Reise kurz vor dem Zielhafen in Hamburg so ein Ende nehmen sollte. Wie ein Fels stand der groß gewachsene Iberer auf der Brücke, brüllte Kommandos mit tiefer Stimme gegen den Sturm.

»Wir haben ihn im Stich gelassen«, sprach einer der Männer in der Rettungsbake aus, was alle dachten. Er hieß Martins, kam wie ihr Kapitän aus Portugal, sprach aber gutes Deutsch.

»Haben wir nicht. Es war seine Entscheidung, auf dem morschen Kahn zu bleiben.« Das war Santos, Bootsmann, ein stämmiger Spanier. Mit grimmiger Miene spuckte er auf den Boden.

»Er war unser Kapitän. Und wir haben ihn getötet«, flüsterte der rothaarige Mann neben ihm. McBride, ihr irischer Maschinist aus Dublin.

»Er war ein gottverdammter Mistkerl. Er wollte, dass wir alle verrecken«, schimpfte Santos.

»Hör auf zu fluchen«, wies ihn Pinto, der vierte Seemann, zurecht. Seine langen schwarzen Locken waren nach hinten gebunden. Auf der Wange klaffte eine blutige Wunde. Auf der Flucht von der *Maria Selva* hatte eine heftige Böe ein scharfes Tau in sein Gesicht geschleudert.

»Lass ihn fluchen. Santos hat ihm ein Messer ins Herz gerammt. Er kommt so oder so in die Hölle«, stellte der Letzte in der Runde fest. Falk, ein Ostfriese.

»Ich habe euch verfluchten Feiglingen das Leben gerettet.« Santos sah ihn finster an.

»Er hat recht. Wir kommen alle in die Scheißhölle.« Falk wischte sich mit dem Handrücken über die vom Salzwasser zerfurchte Stirn. Keiner widersprach ihm.

Ein Blitz zerriss den Himmel über der Bake. Offensichtlich war auch der Herrgott der gleichen Meinung wie Falk.

Für eine Weile verstummten die Männer und hingen ihren Gedanken nach. Sie dachten daran, wie der Kapitän auf einmal auf der Treppe gestanden hatte, wie er verhindern wollte, dass sie in das einzige intakte Rettungsboot auf der Backbordseite klettern.

»Habt ihr das Funkeln in seinen Augen gesehen? Wie Flammen in einer schwarzen Höhle«, sagte Pinto leise.

»Er war besessen. Der Teufel selbst«, flüsterte McBride mit heiserer Stimme. Das Schweigen der anderen gab ihm recht. Sie starrten in die Dunkelheit, waren auf einmal wieder auf dem sinkenden Schiff. Und sahen, wie der Kapitän vor ihnen in den wirbelnden Himmel aufragte. Wie aufrecht und gewaltig er auf dem im Sturm schwankenden Frachter gestanden hatte, die Beine wie angewachsen auf den rutschigen Planken. Wütend hatte er sich ihnen in den Weg gestellt und Santos mit seinen riesigen Pranken am Arm gepackt.

»Hiergeblieben, ihr elenden Feiglinge!«, hatte er gegen den Sturm gebrüllt. Pinto drückte die Hände vor das Gesicht, erinnerte sich an das in der Nacht funkelnde Messer, das Santos auf einmal in der Hand gehalten hatte. Hörte den Schrei, der im Unwetter schnell verklang.

Kurz darauf hatten sie in dem kleinen Boot gesessen, nur ein brüchiger Nachen, eine Nussschale im kochenden Nirgendwo. Wie gebannt hatten sie zurück zu dem Frachter gestarrt. Das Heck hatte sich plötzlich nach oben gehoben. Ein lautes Knirschen war über das

Meer gehallt, für einen Moment sah es aus, als würde das schwere Schiff in der Mitte zerbrechen. Aber die *Maria Selva* war aus Stahl gebaut, sie hielt dem gewaltigen Druck stand. Wieder ein schriller Schrei. Dann versank der Titan im schwarzen Meer mit einem letzten Ächzen, als wäre das Schiff ein lebendiges Wesen.

»Was soll jetzt werden?«, fragte Falk. Konnte es sein, dass der Sturm langsam nachließ? Oder bildete er sich nur ein, dass die Wucht abnahm, mit der die Wellen gegen die Rettungsbake einschlugen?

»Wir leben, das ist alles, was zählt.« Martins kratzte sich am kahlen Schädel.

»Vielleicht verrecken wir auch hier auf diesem Scheißding«, ächzte Falk. Tatsächlich ließ ein heftiger Brecher ihre kleine Kammer erzittern. Was, wenn die hölzerne Konstruktion einfach umkippte, der ständigen Belastung nicht mehr standhielt und genau wie der stählerne Frachter in den Tiefen des Meeres versank?

»Keine Sorge, früher oder später kommen wir hier weg. Die Küste ist nicht weit. Und davor liegen viele Inseln«, sagte Falk, der Ostfriese.

»Und dann?« Pinto wirkte niedergeschlagen.

McBride klopfte ihm lachend auf die Schulter. »Bleib doch einfach hier. Such dir eine hübsche Friesenfrau!« Er grinste. »Die sind bestimmt ganz verrückt nach deinen dunklen Locken.«

Pinto sah ihn an. So schlecht war McBrides Vorschlag gar nicht. Er überlegte, was für eine Rückkehr nach Portugal sprach. Eigentlich gar nichts.

»Vielleicht sollten wir das alle machen«, fand auch Santos.

»In Nordfriesland bleiben? Und dann? Sollen wir etwa Bauern werden?«, fragte Falk.

»Wieso nicht? Ich habe es jedenfalls satt, mich von einem irren Kapitän über die halbe Welt jagen zu lassen.«

Während die Morgendämmerung langsam gegen die Nacht gewann, begannen die Männer über das Leben nach der Rettung zu reden. Die Stimmung wurde besser, als die Seeleute sich ihre Zukunft in leuchtenden Farben ausmalten. Alle waren sicher, dass an der Küste lauter hübsche Friesinnen nur auf sie warten würden.

Doch noch dauerte es drei Tage, bis sie von der Bake gerettet und auf eine Hallig gebracht wurden. Der einsetzende Frost hatte zur Folge, dass sie erst nach mehreren Wochen aufs Festland übersetzen konnten. Auch wenn zumindest Santos und Martins zunächst noch andere Pläne hatten, am Ende blieben sie alle in Nordfriesland, fanden eine neue Arbeit und gründeten eine Familie. Keiner von ihnen kehrte auf die See zurück.

Auch Pinto setzte nie wieder einen Fuß auf eine Schiffsplanke. Er konnte einfach nicht vergessen, was er auf dem Deck der *Maria Selva* gesehen hatte. Den Kapitän, auferstanden von den Toten. Als das Schiff in sein dunkles Grab geglitten war, hatte er zu ihm gesehen, nur zu ihm. Da war er ganz sicher.

Mehr noch als die anderen glaubte Pinto, dass er Sünde auf sich geladen hatte. Natürlich, Santos hatte dem Kapitän ein Messer ins Herz gerammt. Dafür würde er in der Hölle brennen.

Aber auch Pinto hatte dem Bösen nachgegeben.

Es lag einfach in seiner Natur. Bevor er im Hafen von Lissabon auf der *Maria Selva* angeheuert hatte, war er ein einfacher Dieb gewesen. Eine menschliche Elster. Wenn etwas glänzte und funkelte, musste er es haben, koste es, was es wollte.

Und Capitano Ruiz hatte in seiner Kabine etwas gehabt, das er unbedingt haben wollte. Einen richtigen Schatz. Seit er es zum ersten Mal in der Kabine gesehen hatte, hinter ihm, an der hölzernden Wand, hatte Pinto an nichts anderes denken können. Immer wieder während ihrer langen Reise versuchte er, sich Zugang zur Kabine des Kapitäns zu verschaffen.

Kurz vor dem Untergang des Frachters war es ihm endlich gelungen. Die Männer hatten draußen im Orkan um ihr Leben gekämpft, als er in die Kabine schlich und sich das Schmuckstück holte. Für einen langen Moment hatte er es in der Hand gehalten, die Augen vom funkelnden Gold erleuchtet.

Das Kreuz.

Pinto hatte keine Ahnung, woher der Capitano es hatte. Vielleicht von einer Fahrt nach Südamerika. Das Prunkstück eines alten Schatzes, es musste unendlich wertvoll sein. Aber Pinto wollte es nicht verkaufen, nicht für alles Geld auf der Welt. Mit geübten Fingern hatte er es eingesteckt und sich zurück aufs Deck geschlichen.

Plötzlich hatte ihm der Capitano im Weg gestanden. »Was treibst du hier, Idiot?«, hatte er auf Portugiesisch gefragt. Pinto hatte ihm nicht geantwortet. Er hatte sich einfach an ihm vorbeigeschoben und schließlich einen Platz im einzigen noch intakten Rettungsboot gefunden. Dieses schwere Kreuz aus Gold und Edelsteinen, es brachte ihm Glück vom ersten Moment an. Der Kapitän und viele Seeleute waren in der tosenden See gestorben. Aber er lebte.

Jetzt saß er mit den vier Männern in der Rettungsbake. Er schob seine Hand in die Jackentasche und spürte das kalte Gold. Er lächelte. Pinto wusste noch nicht, was die Zukunft bringen würde, was für Pläne der Herr im Himmel mit ihm hatte. Aber er war überzeugt, solange er das Kreuz hatte, würde das Schicksal es gut mit ihm meinen.

Dank

Vielen Dank an alle, die mich bei der Arbeit an diesem Buch unterstützt haben. An meine Lektorin Leonora Tomaschoff vom Goldmann Verlag, der ich alles Gute für ihre Babypause wünsche. An ihre genauso wunderbare Nachfolgerin Emily Modick für ihre Euphorie und Hingabe für dieses Buch. Ich freue mich schon auf viele weitere gemeinsame spannende Geschichten mit Kommissar Krumme! An meine Lieblingsnordfriesen Inga und Frank, die mit kritisch-unbestechlichem Blick über das Manuskript gegangen sind. Eure – im Gegensatz zu den Jessens – herzliche Familie und Euer Zuhause auf Eiderstedt waren eine große Inspiration. Danke auch an meinen Agenten Dr. Harry Olechnowitz, an Angelika Huber und Susanne Brandt. An meinen guten Freund und geschätzten Autorenkollegen Janne Mommsen für seine zahllosen Ratschläge zu Nordfriesland und dem Leben im Allgemeinen. An Sven von Loga, meinen Hallig-Hooge-Kumpanen, mit dem ich in Zukunft bestimmt noch zu vielen anderen Orten spannende Krimiprojekte machen werde. Und natürlich an meine Frau Anke und meine Jungs Malte und Nils. Vielen Dank für Eure Geduld und Euer Verständnis, als ich viele Wochen lang kaum noch mein Büro verlassen habe.

Ganz besonders tief verneige ich mich vor allen Leserinnen und Lesern! Danke für die positiven Briefe und Mails. Toll, dass Kommissar Krumme so viele Freunde gefunden hat und nun schon zum dritten Mal in Nordfriesland ermitteln kann. Ihre Meinung, Anerkennung, aber auch Kritik sind mir sehr wichtig. Denn auch wenn es für mich immer wieder eine große Freude ist, in diese ganz besondere Landschaft mit ihren liebenswerten Menschen einzutauchen, ist es doch Ihr Interesse und Ihre Fantasie, die diese Geschichten mit Leben füllt!

Hendrik Berg

wurde 1964 in Hamburg geboren. Nach einem Studium der Geschichte in Hamburg und Madrid arbeitete er zunächst als Journalist und Werbetexter. Seit 1996 verdient er seinen Lebensunterhalt mit dem Schreiben von Drehbüchern. Er wohnt mit seiner Frau und seinen beiden Kindern in Köln.
Mehr zum Autor und zu seinen Büchern finden Sie bei Facebook und unter www.hendrik-berg.de

Mehr von Hendrik Berg:

Lügengrab. Kriminalroman
Deichmörder. Kriminalroman
(auch als E-Book erhältlich)

GOLDMANN
Lesen erleben